夏娃看言情的時候亞當在幹什麼

王若虛●著

Contents

前言

可能是在二〇〇九年冬天，我剛完成了長篇小說《限速二十》的創作，大學交通工具長篇三部曲告一段落（另兩部是《馬賊》和《火鍋殺》），打算寫一個全新的系列，將視角對準八十和九十年代出生的寫作者群體，他們所面對的時代變化，機遇和挑戰，史詩和悲歌。

我深信在二十一世紀的第一個二十年裡，中國最年輕的那批寫作者一直身處於史無前例的發展時期，少年作家出書、青春文學興起、電子雜誌、MOOK主題書、同人寫作、圖片小說、博客連載、火星文體、一百四十字短小說、網路文學、粉絲電影、IP熱、新媒體寫作，還有層出不窮的版權糾紛……幾乎每一兩年就要刷新一次對舊事物的認知。

如果沒有同時代的人用筆描繪這幅波瀾壯闊的圖景，那就太可惜了。這就是為什麼二〇一〇年十月我發表了第一部該系列的短篇小說〈微生〉，系列名「文字帝國」，來自其中一句對白：

「文字的世界就像個大帝國，從來沒有人能成為帝王，每個作者在這個帝國裡都像一個小小的漢字，也許常用，但絕不是唯一，更不會說它就是最好的。」

我自己也許只是這世界裡的一個邊旁部首，但想做一件前人未曾做過的事情，用若干中短篇和長篇小說來勾勒一幅畫卷，即整整一代寫作者的風貌和境遇，無論是他或她是功成名就還是沒沒無聞，是流芳百世還是飽受爭議。

如果讀到這裡你覺得以上表述太正式太複雜，那就請把它理解為《中華小當家》的大宇宙燒麥，或者胖虎大雜燴。

「文字帝國」是無數生活原型的重新排列組合，是虛構作品，每個角色的行為和台詞都經過了分解、轉化和不負責任的胡亂搭配，請讀者朋友們不要做無謂但十分有趣的真相連連看。

本書是該系列的第一本短篇小說集，也是我的第三本短篇集，因為版權關係，最早期的〈微生〉和〈瘋女王〉未能收錄其中。用作書名的《夏娃看言情的時候亞當在幹什麼》曾是〇八年寫的另一部小說的名字，沒有發表，機緣巧合下用到了文字帝國的短篇裡。夏娃，亞當，意味著一個開始，長篇《逐鹿》、《八卦賞析》和短篇集《宿敵》在創作中，由於我飄忽不定的寫作速度，不知道什麼時候會和讀者見面。

在這裡要感謝陳麗麗為〈光環〉提供關於華師大老宿舍樓的資料，〈光環〉中商隱的詩歌均由上師大的錢芝安創作。感謝《萌芽》、《小說界》雜誌長期以來對我的指導和幫助。

最後，將本書獻給我的兩位外公。

商隱

同小姐

一九九七年

那年三月，《驚鴻劫》的電視劇組進到晏摩女子高中來取景拍戲，校方封鎖了半個校園供給他們使用。

當天所有的體育課都被取消了，學生們還被告知若非必要，課間不要隨便跑出教學樓，女生們只好擠滿教室窗戶看熱鬧。她們沒有等來哪個明星，倒是發現那群剪短髮的女演員們很可憐，她們穿著藍上衣黑布裙、披著白圍巾，手抱書本，在導演指揮下在學校禮堂前面走了一遍又一遍。看看她們那身三十年代女學生的裝扮，再看看自己身上可以稱之為彩色麻袋的健生牌運動校服，「真・晏摩女生」們簡直想從窗台上跳下去。

不明就裡的女生認為劇組選擇晏摩是因為它有一百二十年歷史，前身是教會女子學校，每棟老樓的每個樓層都有各自的鬼故事，曾經是禮拜堂的老禮堂更是古色古香，是上海市一級文物保護建築。有點文學素養的女生會驕傲地告訴其他人，《驚鴻劫》改編自著名女作家文秀錦（一九二一－一九八八）的同名作品，而她正是我校歷史上最著名的文化名人校友，只有第一，沒有之一。

陳伊鈴就是在這天正式轉學到了晏摩女中。

晏中作為市重點排名前二十的學校，中考時每一分破格分價值三萬，兩分為上限，可入學籍，不入學籍的純借讀費則要十五萬，這還只是紙面上的價格。

陳伊鈴轉進來不花一分錢，但付出了生命的代價。她大伯伯是晏摩女中的教務主任，全市特級數學教師，半個月前車禍身亡，身後無嗣。學校為了凸顯人情味，就把他在區重點念高二的姪女破格轉了過來。

剛到晏摩，新校服還來不及買，她只能穿著舊校服上學，但也不過是另一種顏色搭配的健生牌運動麻袋，畢竟公立學校的學生是逃不脫麻袋時尚風的。

陳伊鈴在晏摩上的第一堂課是語文，老師叫同學上去默寫文言文片段，點名說，商隱。

下面立刻起了一陣小騷動。

那個叫商隱的女孩坐在教室倒數第一排，站起來時個子高到好像五官隱沒在了雲層之中。坐在第四排的陳伊鈴看到她寫字時馬尾辮一跳一跳的，校服很可能是普通男生的尺碼。過了一會兒她寫完了，黑板上一段文字讓陳伊鈴嘆為觀止。

語文老師：「說了多少次，你怎麼又寫繁體字了？」

商隱：「說了很多次，我繁體字都會，還怕簡體字？」

老師不願和她糾纏，說行了你下去吧。

商隱：「我默寫得對嗎？」

老師：「……對。」

她這才走回到座位上。穿過第四排課桌線的瞬間，陳伊鈴看到她的鼻尖上有一粒痣，芝麻粒大小。

「她好厲害。」陳伊鈴對新同桌道。

「余守恆的外孫女。」對方沒有想到陳伊鈴的特殊身分，直抒胸意道，「不花錢的借讀生。」

但後半句話沒有打擊到陳伊鈴，她完全沉浸在前半句帶來的震驚之中。

初中四年用的語文教材，余守恆的文章出現了三篇，其中兩篇必修，一篇選修，必修的文章裡短的那篇要背誦全文。在理科偏科的初中生最恨的中國現當代作家排行榜裡，他位列第三，排在魯迅和朱自清後面。

但在長壽方面，他贏了另外兩位。余守恆病逝於三年前的清明節，也就是一九九四年，享年七十六歲。那時候陳伊鈴正在讀初二，余老作家去世的消息在電台報紙上都發布了，語文老師上課時也說了這件事，有年少無知的初中男生在課後猛拍語文課本說他終於死啦！

有一點可以肯定，無論余老作家死沒死，他的外孫女都可以進晏摩女中念書。

電視劇組只來拍攝一天就走了，校園又恢復了常態，圖書館開始開放。陳伊鈴在區重點高中時就是圖書館常客，但晏摩圖書館叫她有點失望，館藏不夠豐富，內容也很保守，管理員老師似乎認為只有死掉的作家才是世界上最靠譜的作家，死得越久遠，就越應該進那個人的作品。但死人未必都合適，知名校友文秀錦的小說作品涉及情愛的太多，圖書館只進了幾本她的抒情散文和旅歐行紀，陳伊鈴都看過了。

她惋惜地把書放回去，一轉身，書架縫隙間的一雙眼睛把她嚇得差點叫出聲。對方踮起腳，把手指放在嘴唇上示意她不要驚慌。等那人繞過那排書架走過來，陳伊鈴才發現是余守恆的外孫女。

「沒找到想看的書嗎？」

陳伊鈴點點頭，忽然發現商隱身後的書架上就是長長一排《余守恆全集》。

商隱往兩側瞄了幾眼，拉開校服拉鍊，從褲腰帶裡拿出挺厚一本綠封面的書，說，推薦你讀這本。

這是陳伊鈴從未聽說過的作家，書名是《青銅時代》，看上去很新很新。一翻版權頁，是這個月剛剛出版的。

「真心推薦你看這個，這套書一共三本，黃金，白銀，青銅。」

陳伊鈴乍一聽還以為是《聖鬥士星矢》的故事，商隱很快解釋說，青銅的這本最厚，講的是唐傳奇裡的故事。陳伊鈴有些誤會，說你是要賣給我？商隱說不不不，是借，免費的，學校圖書館不會進這種書，但我想讓大家都知道，就專門在這裡守株待兔——你不愛看可以，可別出賣我。說著商隱就把書往褲子裡塞。

陳伊鈴後來跟她說，那時候的商隱鬼頭鬼腦，眼睛賊飄，哪有著名作家外孫女和默寫文言文堅持用繁體字的文藝世家女的風範，簡直像馬路上倒賣外匯券的黃牛。還有把書塞在褲腰帶後面的「走私」方式，真是虧她想得出來。

商隱此時就會反駁說陳清揚 你住口，我這也是為了推廣文學事業沒辦法的事情。

陳伊鈴馬上會去揪她頭髮，說不許這麼叫我！你外公知道你幹這事兒肯定要氣死。

商隱：「我外公可不是課本上那個作家，他本人要可愛多了，他要是知道我這麼幹，肯定拍手稱快！」

一九八八年的訪客

余守恆並非商隱的親外公，他是商隱外婆的親哥哥，嚴格來說商隱應該管他叫舅外公。

商隱的外婆叫余書城，生於一九二一年，比余守恆小三歲，總共結過三次婚，最後一任丈夫死於六〇年，那之後就沒有再嫁。十年浩劫結束後，孑然一身的余守恆搬到復與公園後門外的蘭考路老宅，和妹妹一家同住，直到去世。

余守恆搬來的第二年，商隱就出生了，沒過幾年她父母便分居，母親遠走美國，父親去了北京，蘭考路老宅只剩下兩個老人和一個女童。在她的童年世界裡，舅外公就是外公。

關於余守恆終身未婚的謎團，外面有好幾種說法。一說他早年在延安抗大曾有個對象，是個才女，死於敵機轟炸。一說他年輕時有個青梅竹馬的女同學，後來他去了延安，她留在上海搞地下工作，結果在租界執行任務時不幸被捕，為了革命事業壯烈犧牲。

商隱外婆卻有另外一種說法，就是余守恆年少時貪玩，愛折騰，愛闖禍，不過有個家裡開棉紗廠的富家小姐很中意他。雙方家裡門當戶對，又是郎才女貌，對方都差點來余家提親了。余守恆也挺喜歡那姑娘，但很看不起女方家裡和日本人做生意，三八年的時候毅然決然脫離了大資產階級家庭，前往革命聖地，那時他剛好二十歲。等到他四九年解放後回到上海，才得知當年的富家小姐為了等他回來一直未婚，後來到尼姑庵出家，在抗戰勝利前夕患肺炎病故。余守恆覺得特別對不起這個姑娘，遂終身不娶。

商隱聽到這個版本的故事時剛戴上兒童團的綠領巾，忽略了故事重點，問外婆：那時候你怎麼沒去延安呢？

外婆沉吟一聲，道，我本來想去的，但你舅外公一走，我父母就提高了警惕，臨行前被他們發現了，沒走成。

等商隱稍微長大點了，知道舅外公在文化界的定位和地位之後，就越發好奇什麼叫「年少貪玩、愛折騰愛闖禍」，畢竟官方資料裡這群文化元老都是幫眉目慈祥的老爺爺老奶奶，好像他們一生下來就是這種飽經風霜、看透世事的樣子，只有等身著作和一大堆光輝頭銜，既沒青春期也沒逆反期。

余老先生自辯說我也沒覺得自己年輕時很鬧騰啊，無非就是看看書寫寫字，拉提琴，看電影看戲看話劇，游泳打球，郊遊騎馬，跟一個師傅學了兩年拳腳功夫，偶爾去百樂門跳跳舞或者下注賭馬，唯一的污點就是跟著一個男同學去過一次鴉片館，純粹好奇嘛，沒幾天那個鴉片館就毀於火災啦。

在一旁擇菜的外婆說還好被火燒了，不然就多了一個家破人亡的紈絝子弟，少了一個無產階級文學家。

余老先生絕地反擊道你不是也去過四馬路的窯子嘛？

外婆說我那是去找我第一任丈夫！

余老先生說你很早就對那地方充滿好奇了，我一直都清楚。

兩個老人之間的對招，每次都讓商隱知道了很多這個年齡不該知道的冷知識。

平時生活裡，商隱很難在舅外公身上找到年少輕狂的影子。誠然，他對吃喝很講究，每個禮拜都要到郊區釣一次魚，每次都有所收穫，用漁獲來烹調他的獨門魚頭粉絲湯。每隔三天要吃一頓外婆做的紅燒肉，配紹興太雕酒。商隱從未見過舅外公喝啤酒，他說他這輩子喝過中國很多地方的特產酒，各有千秋，唯獨啤酒，必須要喝英國的麥芽酒，比利時的、德國的都不行，他特別愛管青島啤酒叫德式涼白開。當他牽著商隱的小手在大馬路上飯後散步時，會告訴她這裡曾經有哪家菜館的什麼菜最有名，大師傅的手藝是多麼神奇。

但在上門拜訪的客人面前，舅外公恢復了著名老作家的模樣，菸也不抽，端著一個白瓷茶杯，正襟危坐在沙發上和來客侃侃而談，客廳所有的酒瓶都被外婆提前收在一個五斗櫥裡。尤其重陽節和過年的時候，會有貴客蒞臨，前呼後擁一大幫人，還有電視台的記者。客人問您老最近胃口好嘛？余老先生提高嗓門回答說好啊，一頓飯兩碗玉米粥一個半饅頭。站在遠處的商隱心想你昨晚做的魚頭湯紅得那叫一個鮮豔啊。

貴客每年都來，面孔三四年一換，商隱永遠也不會對學校同學說客人的名字，但至少知道了，自己的舅外公是多麼了不起，無論名望還是演技。

所以當她九歲那年，那個奇怪的客人登門拜訪時，商隱絲毫沒覺得這個五十來歲的男人有什麼特別的，除了他襯衫、毛衣配蝴蝶結的穿法有點奇怪。在那之前，商隱一直以為蝴蝶結只有男人們參加晚宴時搭配燕尾服才戴。

這個客人和老先生聊了什麼，隔壁房間的商隱沒聽到，她那天晚上有很多作業要寫，兩個人說話時聲音又壓得特別低。等她迎來解放時，客人已經走了，客廳的八仙桌上多了兩個木盒子和兩個棕色玻璃瓶，瓶子有點像小支裝的可樂，但要更大一些。

舅外公用扳頭打開一瓶，往玻璃杯裡倒滿了淺棕色液體，看到商隱：嘗嘗？

他找來一根筷子，沾了點液體放到小女孩的嘴巴裡，商隱眉頭瞬間擰在一起：苦死了！

老先生哈哈大笑，說這就是舅外公最喜歡的味道。

商隱臉皺成一團，回房間去找自己的水果糖了。

第二天早上上學前，商隱在客廳垃圾筒裡發現了那兩個空瓶子，她撿起來一個研究了下，商標上全是英文，最大的單詞是「India Pale Ale」。

至於那兩個木盒子，她很久都沒再看到。

一九九七年

和同行相比，晏摩女中的老師可以少操心一件事，那就是早戀。

在其他學校，兩個女生手牽手在校園裡走，被視為關係要好；兩個男生手牽手，被視為「詭異」；異性要是手牽手，在當時會被當場擊斃。

晏摩的女學生們經常三三兩兩手牽手走路，有時還要穿著胳膊肘，再正常不過。要是哪個女生從來沒牽手過，那就是孤僻、不善交友的標誌。在很多老師的記憶裡，商隱原本就是這麼一個異類，跟誰都不太要好，對誰都瞧不起，包括老師。她倒是有很多天南海北的筆友，每個禮拜要收到全國各地的信件，有時還有郵政包裹，礙著商隱的特殊身分，門口保安都幫她收下，老師也不敢開包檢查。但自從陳伊鈴轉學過來之後，她終於找到了勾肩搭背的對象，連筆友都不怎麼聯繫了。

極其偶爾，老師們會撞到課間兩個女同學開玩笑般的抱在一起打鬧，也不會上去喝止這種有失體面的行為。晏摩三分之二的女生是住校生，男老師男校工加起來不到一打，要是管教太嚴，難保會出變態學生。畢竟，現在不是中世紀了，畢竟，都是女孩子，能出什麼事兒呢？九十年代的老師們單純地想著。

要是她們聽到商隱和陳伊鈴的如下對話，也不會信以為真：「我當你男朋友吧。」

陳伊鈴想都沒想就說行啊，反正你都能站著尿尿啦。

住校生每天都要洗澡，無奈學校的公共浴室又老又破，經常有老鼠在排水溝裡賽跑。新生往往嚇得花容失色，老生後來見怪不怪了。陳伊鈴第一次去洗澡時就給嚇壞了，商隱說你別怕，不會咬人的，這裡一屋子都是未來的母老虎。

為了安撫新同學，商隱就在蓮蓬頭下給陳伊鈴表演了模仿男生的絕活。

陳伊鈴看得嘆為觀止，咬著手指問，你練了多久？

商隱說掌握了秘訣就很快，你要學嗎？

陳伊鈴決定地拒絕了。

除了能站著尿尿，商隱的學習成績也像男生，理科好，文科差，在晏摩女中裡顯得鶴立雞群，不，是獨樹一幟。陳伊鈴那個死去的伯伯就是學校為了狠抓數學水平從外校高價挖來的，生前將商隱視為難得的人才看待。但商隱不太喜歡這個老師，說他上課時曾宣揚狗肉很好吃，週末開的補習班只收男生不收女生，是典型的重男輕女性別歧視。

陳伊鈴聽了之後說，哦，我其實和這個伯伯來往不多。

那時她已經啃完了青銅和黃金，正在看《白銀時代》，知道未來的世界都是銀子做的，容易留下半真實半虛假的牙印。個子比她高出快一個頭的商隱，就像書裡那個恐龍般的男主角。陳伊鈴就問這個「男朋友」，為什麼你外公是那麼有名的作家，你卻語文那麼差？

商隱說就因為是名作家才看不懂語文課在考什麼，我初中就拿課後練習給他做過，什麼中心思想段落大意詞彙替換，他全做錯了，拿過課本一看，自己的文章都是被刪節和修改過的。

陳伊鈴憤慨道真是操蛋。

商隱說，是啊，真操蛋。

看完時代三部曲之後，陳伊鈴向商隱宣布了她心藏已久的計畫——寫一部以民國時代晏摩女中為背景的小說，小說主角的原型就是文秀錦，陳伊鈴最喜歡的女作家。

以前都是陳伊鈴眼睛睜得老大看著商隱，這次終於倒了過來：「你瞭解她嗎？」

「啊呀，是虛構的小說，又不是人物傳記。」

商隱回過神，說哦她的書我倒沒怎麼看。

陳伊鈴連自己的筆名都想好了。她一直覺得自己的真名有點土，源自一九七九年高考作文的題目「改寫《陳伊玲的故事》」，也就是商隱和她出生的那年。她想把筆名叫「樂賞心」，賞心悅目的音樂，「樂」和「悅」又可以同音。

商隱問，那你女主角的名字想好了嗎？

陳伊鈴說沒有，我想給她起個特別的名字。

商隱沉默了很久，說，你想特別對吧？不如就叫同小姐吧，同學的同。

「同？有這個姓嗎？」

「反正也是虛構的故事呵。」商隱用手指刮了一下對方下巴，「沒人會在意真假。」

一九九一年的禮物

商隱十二歲的生日禮物什麼都不要，只想要看一下那兩個木盒子。

年輕時經歷過日機轟炸和抗美援朝的余老先生熬不過這個小姑娘的糾纏，趁著家裡其他人不在，和她訂立了規矩，兩個木盒，她只能選一個打開看。

面對桌子上兩個一模一樣的盒子，商隱抬頭看向舅外公：該選哪一個？

舅外公說，隨便。

小姑娘猶豫了半天，指了指左邊的那個。余老先生接下去的動作不是去取那個盒子，而是先把另一個盒子拿進自己屋子，然後回來，打開商隱選中的盒子。

這是她第一次見到從左往右翻的本子，紙張暗黃，邊緣毛糙，略顯斑駁的封面上是紅色繁體字的「中國公學中學班 筆記本」字樣。每翻開一頁，都叫人擔心那張紙會不會碎裂下來。

在一個小學五年級的學生看來，這是一本無聊透頂的筆記本，每頁上都是一個人的簽名，不是毛筆就鋼筆，下面的落款時間倒是頗為古老，最早是從一九〇八年開始。但那些簽名的人，商隱一個也不認識。除了中國人，裡面還夾雜著幾個老外。

「這人是？」她指著其中一個英文簽名問，落款時間是一九二三年。

「泰戈爾。」

商隱毫無印象，過了一會兒又問那這個呢？

「蕭伯納。」

「這些都是誰？」商隱問，發現有幾頁紙還被仔細地撕掉過。

「早先的文人。」

商隱翻來翻去，覺得沒幾個名字是認識的，何況還都是繁體字。有趣的是，憑著她對數字的天生敏感，發現這些簽名的落款時間到五三年停過一小段時間，直到五七年又開始了，到一九七九年又停了，之後過了很久很久才出現了最後一個簽名，在一九八七年。

「最後這人是誰？」

「本子的上一個主人。」

「當中隔了很久啊？」

「因為她晚年已經放不下身段問其他人要簽名了。」

「身段？是什麼？」

「一種莫名其妙的東西。」舅外公知道她看完了，小心合上本子，放回內嵌絲絨的盒子裡，蓋上蓋子，講，今天你看到的，絕對不可以說出去。

商隱覺得失望和後悔，問那另一個盒子裡的是什麼。余老先生說那個嘛，是本子主人的遺作，不過要等你過二十歲生日的時候才能看。小女孩覺得二十歲生日那將是何其遙遠的事情。她後悔自己選了左邊的盒子，內容如此無趣。

這個錯誤的觀念直到她初中一年級時加入文學社之後才被徹底顛覆，因為指導老師上課時提到的好幾個大作家的名字怎麼那麼眼熟，就去問語文老師借了一本相對通俗易懂的現代文學史的書。翻完之後語文老師見她臉色不對，開玩笑地問怎麼啦？你是不是發現曹雪芹寫的後半部《紅樓夢》了？

商隱想起舅外公對她的叮囑，搖搖頭，放下書走出了老師辦公室，但馬上又回來了，問，哪裡可以看到文秀錦的書？我們學校圖書館有嗎？

語文老師說你去新華書店看看吧。然後不忘職業操守地補充說，她的小說你這年齡看為時過早了。

商隱哦了一聲，又走了。

語文老師知道余守恆的外孫女是不會聽自己的勸告的。

晏摩女中被電視劇組拿來當取景地的老禮堂，每年要花不少錢來修繕和保養。除了古典造型，最著名的就是禮堂內部的復古木葉吊扇，以及朝東的那一排彩色的玻璃窗。這些彩色玻璃都是很久之前從國外進口的，純原裝，每一塊都價格不菲。當東方的陽光透過五彩玻璃照進禮堂時，看過的人都說，終身難忘那樣的景象。

這些寶貴的玻璃經歷了戰火和革命、騷亂和浩劫，倖存至今，終於在建校一百二十週年之際、分管教育的副市長蒞臨參觀的前夕，被人打碎了一塊。

學校領導急得抓破腦袋，這時候上哪裡去買貨真價實的替代品呢？就算聯繫到國外供貨商也來不及了，副市長還有兩天就要來了。關鍵時刻，教務主任盛贊跟上司說他可以解決這個問題。其實無非就是買一塊普通玻璃，用彩色油性筆塗上顏色就行了。盛贊在大學時代學過一點美術，這種純色塊塗抹根本不需要什麼技術，只需要和腦袋一樣大的膽子。國產玻璃裝上去之後，遠看毫無破綻。反正大領導們只是過來逛一圈，講講話，題題字，又不是來研究建築藝術的。

校慶當天終於平安糊弄了過去。

但破壞學校財產和市級保護建築的喪心病狂的罪魁禍首不能輕易放過，學校政教處幾乎是把住校的女生全部詢問了一遍，幾乎要連女生浴室的耗子們也給拷問了，可惜還是沒能抓住真凶。

誰能懷疑到著名作家余守恆的外孫女頭上呢？

起因是陳伊鈴進了晏摩之後理科成績一直跟不上，上星期的月考位列全班倒數前十，心情鬱悶。商隱從家裡偷偷帶來一小瓶黑方威士忌，晚課後陪她在草坪上聊天。陳伊鈴其實沒怎麼喝，大部分黑方都是被女酒鬼商隱乾掉的。商隱沒醉，但為了讓陳伊鈴發洩一下情緒，教唆她撿起小石子投向草坪後面的老禮堂。

陳伊鈴力氣小，底氣弱，石子砸在水泥地上。商隱說你不行，看我的。玻璃碎了之後，商隱愣在原地，是陳伊鈴第一個反應過來，抓起她的手一路猛跑。

那天晚上商隱久久無法入睡，好不容易睡著了，夢到一群神父和修女追著她，要把她架到火堆上和聖女貞德作伴。

唯一懷疑過她倆的人是盛贊。第二天兩個女生帶著濃重的黑眼圈去上課，在課上直打哈欠。盛贊看看商隱，再看看陳伊鈴，說，你們倆昨晚幹什麼了啊？那麼夜不能寐？他說這話時眼神裡的信息量很豐富，因為他剛剛幫領導出謀劃策過彩色玻璃的事情。

下了課，陳伊鈴悄悄問商隱，盛老師會不會發現了？

商隱說你放心，他就算發現了也不會告發。

「為什麼？」

「反正我就是知道。」

盛贇也是晏摩女中的活傳奇之一。六一年出生的他在家裡排行老大，七四到七六年第二波上山下鄉高峰時，他適時得病，最後是二弟替他去插隊。一九八〇年他考上中文專科的師範班，八三年畢業，在一所普高工作了四年後結婚，對象是自己曾經教過的女學生。因為是已婚男教師，業務水平也不錯，二十八歲時調進了晏摩，還評上了中級職稱。進來兩年不到他就和妻子離了婚，理由之一是前妻只有高中文化。為了證明自己的品味，過了兩年，盛贇娶了一個本科學歷的姑娘。她是晏摩畢業的，回母校做講座時認識了英俊風流、談吐儒雅、三十一枝花的盛老師。大家本以為王子和公主的故事畫上了圓滿句號，誰知去年這第二任妻子跑到日本去打拚了，不久就提出了離婚，盛贇再度成了單身漢。

引用他同事的刻薄評論來說，盛老師現如今是蓄勢待發。

盛贇雖然情場失意，但職場上春風不斷。第二任妻子前腳去了日本，他後腳就成了全市最年輕的語文特級教師，升任晏摩女中語文教研組長。陳伊鈴的伯伯死後，又接過了教務主任的位子，滿打滿算他現在才三十七歲。

晏摩很多女生都深信不疑三點，一是盛老師至少能活到八十歲，二是他很可能再度娶學生當老婆，三是如果他沒做到第二點，也許能活過一百歲。

大家對盛贊的長壽很有信心。他每天早上起來先要靜坐吐納半小時，三餐準時，吃魚不吃肉，晚飯只喝粥，飯後必散步，睡眠保證七小時。不沾菸草，每星期只喝二兩黃酒，還必須是花雕，因為太雕裡糖分太多。這種老年保健生活使得盛老師看上去只有二十七、二十八歲的樣子，他那個上山下鄉吃過很多苦的二弟有一次來學校找他，旁人一度以為這是盛贊的叔父輩。

商隱說，盛老師那麼年輕，也有可能是以前吃了不少田小娥的紅棗。

好在當時看過《白鹿原》的女生不多，很多人不懂典故，這話才沒傳到盛贊耳朵裡。但陳伊鈴是看過的，說你怎麼那麼粗俗啊，怎麼不說是潘金蓮的葡萄。

商隱猥瑣地大笑三聲，說你別這樣，我還是喜歡您溫良恭謙的樣子。

陳伊鈴一直弄不太明白，商隱為什麼總是很牴觸盛贊。

她轉到晏摩沒多久，申請加入文學社。九十年代屬於下崗工人和經商潮，很多作家都下海做生意去了，校園裡的文學社人才凋零，身為指導老師的盛贊很欣賞陳伊鈴的熱情和幹勁，破格提拔她當副社長，負責培訓高一社員。商隱立刻就跑去質問盛贊，說我以前就自薦當社長，你沒同意，為什麼陳伊鈴一來就破格了？盛贊說陳伊鈴在以前的高中就是文學社社長，他們的社刊做得一直不錯，陳有工作經驗，為什麼不能破格提拔呢？

商隱說還有一個月就期末考了，這時候當副社長有什麼意思？

盛贇問，你這是在教我怎麼當指導老師？

商隱不說話。

下一次文學社社員交習作的時候，商隱被叫到盛贇的辦公室。起因是她交的那篇習作不是盛贇布置的題目，而是一篇自命題小說，講的是俄羅斯沙皇時代一個貴族家的家庭教師勾引貴族女兒的故事，小說題目很中國風，叫〈一樹梨花壓海棠〉。

盛贇把文章拍在她面前的桌子上，問，什麼意思？

商隱說我寫得很淺顯易懂。

盛贇按了按太陽穴，說，看來跟你說不通了，叫你家長來吧。

商隱說我爸在北京工作，我媽在美國當訪問學者，舅舅到四川出差，爺爺家和我們斷絕了來往，外婆七十有六，外公和舅外公都在骨灰盒裡，您要叫哪個來學校？

盛贇強壓下一口惡氣，緩緩道，等你舅舅回來吧。

商隱哦了一聲，走出辦公室，過了一會兒忽然又折回來了，說，盛老師，我是不會讓你得逞的，除非我死了。

一九九四年的遺囑

余老先生沒等到商隱的二十歲生日就去世了。

縱觀余老一生，分外蹊蹺。四五十年代是他成名的時期，寫作速度和產量驚人，六七十年代自不必說，八十年代開始後，老頭就很少動筆了，連回憶錄都不寫。商隱初一那年，正值她們學校百年校慶，校方軟磨硬泡，余老先生才答應給寫一段賀詞，馬上就被收錄進了學校的精美紀念冊。家裡也沒有余老自己的作品，全是別人的書，以及一些他託人從國外弄來的原版作品的珍本，平時是不允許別人碰的。

公開場合的活動更不用提了。八二年退休後，他經常跑去各地會老朋友，故地重遊。九〇年開始他腿腳不好，只能老實待在家裡，最多去遠郊的魚塘釣魚。那些找上門來的講座、紀念講話、會議、作序的各種邀請，余老先生也是能推就推，能躲就躲，統一的藉口就是身體不好，各種大病小病時常折磨著他。這給很多人一種余守恆老先生在跟病魔作鬥爭的錯覺。其實他每頓晚飯都要喝酒吃肉，一天半包菸。

曾經在出版社工作的顏必行老先生是少數知道這個秘密的人，也是唯一能和晚年的余老先生坐在一起吃肉喝酒抽菸的朋友。有一回兩個人正在那裡逍遙，忽然有訪客不期而至，是他以前一個學生。兩個老頭手忙腳亂地做掩護工作，把酒菜撤下，顏老師從院子那個門撤離，余老先生躺到床上，商隱給他拿來紙巾擦掉嘴角紅燒肉的痕跡。但一屋子菸味沒辦法立刻驅散，商隱的外婆很無奈地點燃一支菸，說，算我頭上吧。

商隱這才知道外婆也會抽菸。

客人進來之後，對外婆說，啊呀，余老先生身體那麼不好，您還抽菸？

余老憋著飽嗝，在一邊咳嗽了一下，說，沒事，沒事，誰都有鬱悶的時候。

外婆說行，不抽了，我給你熬玉米粥去。

「為什麼您對顏爺爺不隱瞞？」有一次商隱問舅外公。

「當年就是他拖著我去鴉片館滿足好奇心的。我倆之間沒有秘密。」

不過在去世前的那一年時間裡，他的健康狀況是真的惡化了，菸酒全戒，一日三餐都要吃他最恨的玉米粥，大半時間都是躺在床上休息。商隱覺得老人非常可憐。余老曾經說過，他最理想的死亡方式就是抽完最後一口菸捲，吃掉碗裡最後一塊紅燒肉，喝乾杯子裡最後一滴，這時候死神推門而入，對敲著二郎腿、紅光滿面的余守恆說，時候到了，我們走吧。

這是另一種勇士的死法，像盛贊老師這麼懂養生的人是永遠不會理解的。

老人在九四年的清明節過世，備受矚目的追悼會舉行之後，顏必行老先生帶來了余守恆生前立下的遺囑。內容很短，他所有的作品版權和版稅收入全部歸了妹妹余書城，如果她也去世，則轉到商隱身上；他那些珍本書，留給余書城的兒子陳一鳴，也就是商隱的舅舅，並希望他在自己過世後搬回蘭考路，照顧年邁的母親；私人文件、書信全部銷毀；院子東南角泥土下面埋著一罈紹興黃酒，送給顏必行。

「其他東西你們看著辦吧。」這是遺囑最後一句話，不提自己的一生，不提文學和寫作。

商隱問，那兩個木盒子呢？

外婆和舅舅飛快地交換了一下眼神，外婆說，小孩子不要管這個。

商隱說不行，舅外公答應過我二十歲生日的時候就讓我看完。

外婆說你舅外公已經死了，現在是我做主。

商隱：憑什麼？

外婆沒說話，舅舅陳一鳴走進老先生生前的房間，過了一會拿著一封信交給商隱。女孩隱約覺得信封眼熟，似乎是多年前那個蝴蝶結客人連同兩個木盒子一起帶給舅外公的。這封信比那個簽滿名字的筆記本要新多了，鋼筆繁體字，豎排。信的大意是，自己知道來日無多，特地託人將兩件東西交付雖無兄，一件是她小叔年輕時的筆記本，上面是當時很多文壇大家的簽名，這個雖無兄年輕時就見過，後來上面又添加了很多名字，權當做個紀念；二是她自己寫的最後一部小說，半虛構，半真實，是年少時在上海的生活紀聞，因為涉及到諸多真實人物，她十分猶豫要不要發表。書稿交給余兄是最放心的，如果他要出版，必須是書中當事人全部過世後。如果不願出版，則隨意處置。

信的落款是文秀錦。

雖無，是余守恆年輕時給自己取的字。

商隱看完信，感覺已經過了一個世紀。她長出一口氣，說，現在當事人都過世了，為什麼不能給我看？

外婆不知道從哪裡摸出一包菸，講，誰說的，我還沒死呢。

商隱：你也在書裡？你認識文秀錦?!

外婆說我當然認識她，我和她是晏摩教會女中的同學，沒有我，她怎麼認識你舅外公？

一九九七年

這年的期末考之後，暑假第一天，陳伊鈴到商隱家做客。

從小到大，商隱都沒有帶同學回家來吃過飯，陳伊鈴是獲此殊榮的第一人。

外婆看到這個女生的時候，瞬時就明白了外孫女前幾天為什麼忽然想到要去剪短頭髮。看來是兩個人約好了一起去剪的。但論新髮型的效果，外孫女稍遜一籌。

高中生不能燙頭，兩個女孩就用最笨的辦法，把頭髮末梢繞著原子筆捲上幾圈，捲上三個小時，捲髮效果就出來了，能保持個把小時，足夠在鏡子前臭美一番。

商隱捲完後問外婆：像不像你們年輕時代的風格？

外婆說我們那時候的妓女才這麼弄。

商隱不要臉地哈哈大笑說不像現在的妓女就行。

但在陳伊鈴面前，外婆還是給足面子的，儘管陳一鳴不在家，她還是做了一大桌子菜，並且在飯桌上努力克制自己的傾訴欲。

陳伊鈴父親是音樂學院副教授，母親是越劇團的國家二級演員，條件不錯，家裡請了保母和一個專門燒菜的阿姨，但她仍十分讚嘆商隱家飯菜的精緻，認定外婆的手藝甩開自己家阿姨十條街，堪比外面菜館的大師傅。

商隱講還不都是被我舅外公那刁鑽的嘴巴給逼出來的。

外婆本來想告誡陳同學若干關於家庭保母和主人桃色緋聞的活生生的殘酷案例，但終於忍住了，維護了晚飯的世界和平。

吃過飯後商隱帶她看了舅舅交易的那些首版珍本書，全是國外原版，價格均以英鎊或美元計，隨隨便便就是三位數起板。當年那些余老先生的珍本書一傳到陳一鳴手裡之後，馬上就被拿出去交易了。買進賣出，有點像股票。舅舅腦子很活，眼光也準，余老先生沒看錯人。

陳伊鈴說要是國內作家的書也有珍本交易就好啦。

商隱說那是不可能的，我們只知道玩古董字畫和珠子石頭。

那天晚上陳就住在商隱家，兩個女孩共享一張床。她們悄悄喝兌了健力寶的伏特加。商隱喝了酒就話多，跟陳伊鈴說外婆的故事，講她年輕時漂亮又大膽，十六歲去給劉海粟的學生當人體模特，後來以訛傳訛，傳成她給劉海粟當過人體模特。但已經相當厲害了，要知道那可是解放前，一個資產階級家的小姐脫光了給人畫，要什麼樣的勇氣？余守恆去了延安後，她很快被父母逼著嫁給一個軍官，但一直生不出小孩，被婆婆和小妾欺負，一度想到自殺，被軍官的司機救下。離婚後跟一個畫家同居過一段時間，就是畫她人體的那個畫家的朋友，兩個人快要結婚時解放戰爭即將結束，畫家撇下她跟著家族逃去台灣，淹死在太平輪上。解放後她嫁給米店工人陳安，也就是商隱的親外公。沒幾年就生了一子一女，本來想取名叫解放和紅旗，外婆說我的孩子不能跟汽車一個名字，就叫一飛和一鳴。姊弟倆還沒上小學，外公就掛了，此後她就沒再嫁人。吃了很多苦，總算兩個小孩都沒早夭，都挺有出息——光說事業不說家庭的話。

陳伊鈴聽得嘆為觀止，實在難以把這段經歷和剛才那個牙齒掉光、光靠牙床來吃飯的乾癟老太太聯繫起來。

伏特加的酒勁上來後面對面瘋狂甩頭，用飛舞的頭髮梢和對方決鬥。商隱用力過猛，脖子一度抽筋別住，好半天沒緩過來。她只好歪著脖子和陳伊鈴討論那部關於文秀錦的小說《同小姐》，討論同小姐在故事裡最愛的究竟是青梅竹馬、同情革命的富家公子，還是浪漫風流的貧窮作曲家，抑或眼神危險的青幫弟子、四處漂泊的混血兒海員——以及，同小姐怎樣和自己未來的丈夫在喧譁狂歡的舞廳裡一見鍾情。

對這點陳伊鈴略有疑義，說為什麼所有受歡迎的愛情故事都要一見鍾情呢？

「難道你不相信一見鍾情？」

「不太相信吧，我覺得日久生情會更加穩定，你很相信嗎？」

「我相信，真正美好的東西能超越時間的長短，我們都遲早會愛上的。」

最後她們都睏了，耳朵裡各塞一枚 walkman 卡帶機的耳機，在 Chuck Berry 的音樂中慢慢合上雙眼。

一個睡得很好，另一個徹夜未眠。

陳伊鈴來做客之前，商隱已經去陳家玩過一次，不過沒有住在那裡。她在陳伊鈴的書桌玻璃板下面看到了自己的漫畫像，頭特別大，雙眼有神，鼻尖一粒小痣，一手提著酒瓶，一手勾著一個小小人的脖子。小小人沒有五官，比「商隱」矮一個頭。

商隱說這個小人是你吧？哈哈哈哈，為什麼沒有臉？陳伊鈴故作自戀道，我無法描繪出自己的美貌。商隱說這事兒交給我好了，來，給你先描個鬍子上去。說完兩人打成一片。

壞徵兆是，陳伊鈴上洗手間的時候，商隱隨意翻了下她桌子上的各種本子，結果在文學社每週隨筆的作文本上發現了盛贊給她寫的文章點評。陳伊鈴兩千字的文章，盛贊在下面寫了將近一千字的評語，好的字句、有問題的字句都勾了出來並配以說明，可謂不厭其煩，比金聖嘆評《水滸》還仔細。而商隱交上去的文學社作品，除了〈一樹梨花壓海棠〉，盛贊給的就是一個「閱」字。

陳伊鈴的每篇文章，盛贊都是這麼認真對待。

司馬昭之心，路人皆知。

商隱看看睡在身邊的女孩，知道到了必須要做出決斷的時刻。

第二天，兩個女孩到大中午才起床，外婆已經做好了早午飯。趁著老人家又回去廚房忙活，商隱飛快地回到房間，拿出一個木盒子，塞進陳伊鈴的書包，再坐回八仙桌邊端起菠菜粥，對一臉詫異的女伴講，盒子裡的東西很珍貴，借給你幾天，務必明天再打開看，而且要對任何人保密。

商隱知道她明天就要跟著父母去外地旅遊，回上海要三四天之後。

陳伊鈴不知道盒子裡賣的是什麼藥，但看著商隱認真的眼神，點了點頭。

下午，當客人離開之後，商隱回到床上好好補了一覺。

昨天夜裡，為了斟酌寫在那本古老的簽名本最後一頁上的那段話，商隱苦思冥想了很久。

好在她是用鉛筆寫的，文秀錦和她小叔的在天之靈，應該會原諒她這個大逆不道的舉動吧？

一九九五年的中考志願

外婆太會藏東西了。

舅外公去世後的兩個月裡，商隱趁著外婆不在時悄悄搜遍了家裡每個角落，找到了小學起就失蹤的明星貼紙、一張藏起來的語文考卷、幾顆塑料ＢＢ彈和若干蟑螂木乃伊，就是沒發現那兩個木盒子。有一天吃早飯的時候，外婆往她的泡飯裡夾了一筷腐乳，說，死心吧，你找不到的，還不如好好用心念書，今年就中考了。

七十四歲的老太明察秋毫，外孫女在幹嘛，她十分清楚。

商隱沒答茬，硬生生吞下一整塊鹹鹹的腐乳。

舅舅陳一鳴已經搬了進來，把一切看在眼裡。有一次幫外甥女默寫英文單詞的時候問她，想不想給你點木盒子的提示？

商隱怔怔，問，你知道在哪裡？陳一鳴說不知道，但我能猜個八九不離十。商隱說我也能猜到，不用你幫忙。舅舅笑笑，重新叼上菸斗，一臉高深莫測。過了會兒，商隱問：「木盒到底還在不在家裡？」

陳一鳴說當然在，你外婆經歷了那麼多，早就不相信眼淚，不相信口號，也不相信銀行和保險箱。

「在就好，我遲早會找到的。」

這番對話過去不到一禮拜，轉機就來了。外婆因為甲狀腺開刀，在醫院住了快一禮拜，由陳一鳴負責陪護，期間家裡的伙食需要商隱自行解決。那個星期天中午商隱不想出門買吃的，泡麵也吃完了。好在家裡剛買了一個電飯煲，煮飯很方便，她就想煮點米飯配著斜橋榨菜對付一下。

在廚房裡盛米的時候，商隱手裡的小碗在米缸深處磕到了一樣硬硬的東西。

事後商隱很佩服外婆的英明神武。老太知道外孫女是個從小衣來伸手飯來張口、不會做家務的獨生女，在學校裡做值日生能氣死勞動委員，就算她把房間、客廳翻個底朝天也不會想到去廚房米缸裡搜查，因為她平日裡走進廚房的唯一動力就是晚上肚子餓了找剩菜解饞。而外婆每天醒著的時候有一半時間是在廚房為她的一日三餐忙碌。假如沒有在米缸裡發現用塑料袋包好的木盒子，商隱一定連米都不會淘，直接放進電飯煲裡加水去煮。

一個木盒裡是簽名本，另一個木盒裡是文秀錦的遺作。

為了看手稿，商隱一天都沒吃飯。看完之後，她更沒胃口吃飯了。

商隱終究養成了基本的耐心，沒有直接跑去醫院找外婆，而是等著她出院回到家。商隱也不顧老人剛動完手術不久，傷口尚未完全癒合，把兩個木盒往桌子上用力一放，雙手扠腰，居高臨下地看著縮在沙發上閉目養神的外婆。外婆睜開眼，看看盒子，再看看目光銳利的外孫女，說你要是換身綠軍裝戴個紅臂章，我就算是回到六十年代了。

女孩不理會她的嘲笑，一指木盒：「我都看到了。」

文秀錦的文章裡，唯一寫到的那對兄妹出生在法租界的一個大戶人家，哥哥是個很雙重性格的人，外表看上去像紈絝子弟，成天遊手好閒不務正業，但接觸深一點的話會發現他有理想有抱負也有才氣。小三歲的妹妹也一樣，看似大家閨秀，實則內心狂放不羈，什麼出格的事情都敢想都敢做，喜歡和畫家作曲家交朋友。她作為文秀錦的親密好友，好幾次坦露過心聲，就是希望有一天能和哥哥兩個人離開這座城市，冒充夫妻在每個陌生的地方都住一年，然後搬走，就這樣去遍世界上每個國家，最後在南洋的種植園度過晚年。妹妹不光是這麼說說，她還悄悄把家裡值錢的東西偷出去賣掉，為自己的大計畫積累資金，而盜竊的替罪羊自然是那些可憐的下人。

商隱：「她寫的這個妹妹……真的是你嗎？」

外婆剛要開口，一旁的陳一鳴阻止了她，說你剛開好刀，少講話，我來說吧。

舅舅告訴商隱，文秀錦是外婆當年在晏摩女中關係最好的朋友之一，經常到對方家裡玩，兩個人還一起合寫過劇本什麼的，不過沒完成。外婆的秘密，文秀錦都知道。外婆三番幾次從家裡偷東西，害得好幾個傭人被解雇，當然不可能一直得手，有一次終於被父母逮住了，但她硬是沒有交代這麼做的原因，被打了一頓，關了一個月禁閉。余守恆知道事有蹊蹺，就去問文秀錦。文秀錦獲知外婆被打得很慘，就沒能守口如瓶，都說了出來。余守恆本來就因為紗廠老闆女兒的婚事問題頭大如斗，這下在家裡更待不住了，外婆禁閉還沒結束，他就約了一個好友跑去參加革命了。

為了這件事，外婆和文秀錦斷絕了來往。直到解放以後余守恆回到上海，文秀錦和外婆才又漸漸和好。文秀錦五十年代初去香港，簽證什麼的還是外婆託朋友幫她辦的。這麼多年過去，即便後來住在一個屋檐下，余守恆都沒跟自己妹妹提及過當年這件事，好像從來不曾發生過一樣。唯一的痕跡是外婆給子女起名，陳一飛，陳一鳴。余守恆年輕時給自己起的字是「雖無」，源自《韓非子．喻老》裡「雖無飛，飛必沖天；雖無鳴，鳴必驚人。」這句話。

文秀錦也在小說裡留了線索的。那對兄妹姓同，妹妹就叫同小姐。同的古字寫做「仝」，同小姐等於仝小姐。

「仝小」合起來，是「佘」。

陳一鳴講完，商隱早已坐到凳子上，脖根出汗，宛如做了一場大夢。

「商隱現在也看過了，這書怎麼處理？」舅舅問自己母親。

老人幾乎都沒思考幾秒鐘，就宣布：「燒了吧。」

「不行！」商隱一躍而起，「這是文秀錦的文章啊！她託付給舅外公……」

「他又交給了我，所以我有權處置。」

「他遺囑裡又沒寫！」

「那你是要和外婆打官司嗎？為了一部死人寫的小說？」外婆摸了摸裹紗布的地方，「所以我一直都不太喜歡文人，生前各種筆墨官司，臨死還要留個說法讓後人嚼舌頭，哎，寫這些個陳年往事的幹嘛呢。」

商隱手發抖，說，你真要是燒了，就是文化罪人。

外婆說這個罪人我也當不了幾年啦——小說燒了，另外那個盒子交給你保管吧，希望你別成了文化罪人。

舅舅已經從洗手間裡取來一個銅盆，和書稿一起拿到院子裡，劃著一根火柴，點燃手稿一角，扔進盆裡。火柴很長，烈焰有餘，被他拿來點了一鍋菸斗。

銅盆是外婆清明冬至拿來燒紙錢元寶的，著名作家文秀錦這部未發表作品的唯一手稿就在這個盆子裡發光發熱，享受錫箔紙一樣的待遇。

外婆站在邊上，嘆口氣：「哎，我從來就不太喜歡她寫的東西，太細膩，針尖上雕花，吃不消。」

商隱：「那她知道嗎？」

「當然不知道，我是她好朋友，應該支持她。」

「那舅外公……你什麼時候才放棄那個念頭的。」

「你以後會明白的，念頭這東西，沒長度，沒分量，藥性無窮無盡，不管自己現在過得怎麼樣，有沒有條件實現，你都可以常把它拿出來念一念，像吃了一杯好酒，抽了一根好菸，睡了一個好覺，為什麼要放棄呢？要知道，你舅外公，他是我這輩子見過的最好看，最有才氣的男人。」

陳一鳴聽到這裡，噴了個圓圓的煙圈，走進屋子。

外婆接著道，知道你舅外公離家出走後，我哭了兩天兩夜，當時以為這輩子都見不到他了，我父母去世我都沒這麼哭過。沒想到他沒死，回了上海，還是有名的作家，再後來居然又和我生活在一個屋檐下。所以他走的時候，我沒怎麼哭，因為覺得自己是賺到了，每一天都賺到了，還哭什麼呢？

終於，稿子燒完了，文字和回憶一起變成灰燼，可以散到空氣裡，無影無蹤。

外婆轉身：「進去吧，外面冷。」

商隱蹲下去，用手撥弄了幾下餘燼，說，我也要去晏摩女中。

一九九七年

陳伊鈴曾經在商隱面前展示過自己看手相算命的三腳貓本領。半吊子陳大仙拿著商隱的手端詳半天，實在看不出什麼來，只是說你生命線有點短啊，你看我的，是不是挺長。

商隱說長有什麼好的，目睹自己乳房下垂滿臉老年斑的樣子嘛？

算命之後不到半個月，陳伊鈴一家三口趁暑假出去旅遊，小轎車在高速上出了意外。開車的父親重傷，坐在後排的母親輕傷，坐在副駕駛座的陳伊鈴當場殞命。

追悼會上來了很多老師同學，盛贊帶隊，不見商隱。

這年暑假，商隱沒出過家門，基本就待在自己房間裡。外婆什麼也不過問，準點把飯菜放在桌子上，商隱會趁其他人不在時把食物端進房間。偶爾幾次上廁所時被撞見，頭髮都是好幾天沒洗的樣子，臉色蒼白如幽靈。每個禮拜會有一天，外婆即便沒事也要出一次門，過了大半天才回來，此時商隱已經使用過了浴室，留下髒衣服在房門口。

老人嘴裡沒牙，心裡卻有把握。

八月的第一個星期五晚上，舅舅敲開了她的房門，手裡拿著一個木盒。據陳母說，陳伊鈴當時帶著這個盒子出去旅遊，說過是商隱借給她的書，所以整理女兒遺物時，打電話到佘家，請他們取回。盒子被陳伊鈴用紅繩子紮起來的，所以他們也不知道裡面是什麼書。

舅舅把盒子交給商隱時，繩子已經不見了。商隱打開，取出那本意義重大、歷經磨難的簽名本，直接翻到最後一頁。

什麼也沒有。

商隱把其他書頁都翻遍了，真的什麼也沒有，只有那些逝者的簽名。再回頭仔細研究最後那頁，紙面上有鉛筆寫字的印跡，應該是被人用橡皮擦小心翼翼地擦掉的。

她抬頭看看陳一鳴，陳一鳴叼著菸斗也看看她，一言不發。

「就這些？」

「她媽媽就給了我這個。你們小姑娘的事兒，我老男人不懂，我只知道這個東西很重要，不該隨便借給別人。」
「人都沒了，說這個有什麼意思？」
「可你還活著，仍舊可以偷我的威士忌和伏特加喝，可以繼續跑到馬路盡頭阿三家開的雜貨鋪買香菸，繼續讀你的阿赫瑪托娃，繼續想一想你的念頭。」
「我就知道你都知道。」
舅舅把玩著菸斗，說你舅外公有次和我喝酒聊天，談起中國人的老規矩，最奇怪的就是「死者為大，不要說死人壞話」。他說人既然已死，便寵辱不驚、什麼都無所謂了，沒辦法吹牛撒謊也沒辦法抵賴狡辯，不用擔心他一紙訴狀或者找你決鬥，這時候的評價才是最有意義的評價。人固有一死，批評要留在活人心中流傳下去，給後人啟示，總不能留給子孫後代都是些假東西，有本事好話壞話一起都給滅了，就當這個人沒來過——當然，這說的都是名人，你我這樣的，都是小灰塵，的確就像從沒來過。
女孩把本子放回木盒，蓋上蓋子，講，我不想再念書，也不想考大學了。
「靠版稅活一輩子？」
「沒想好，反正不想再上學了。」
陳一鳴說也好，我們家讀書人夠多了，結果書讀得越多，日子越過不好，你好歹可以試試看別的窮途末路。不過這事兒你要好好想想，等暑假結束了再決定。

商隱嘆道，我們家的人都是怪物。

「只有你是，只有你。」舅舅起身打開房門：「不過我想，做個怪物也沒什麼不好。」

那個晚上，商隱最後一次進入夢鄉，之後她就開始了漫漫的失眠生涯。

在這個具有紀念意義的夜裡，她一共做了兩個夢。

一個是夢到清明節前的清晨，她站在舅外公的床前，老人從時斷時續的昏睡中醒來，對女孩說，外公想喝一點黃酒，一點點就好。商隱知道醫囑是不要讓他接觸酒精，但看上去舅外公很清醒也很有精神氣，是最近半年來前所未有的。附近的菜市場在重建，外婆去了很遠的地方買菜，一時半會兒回不來。小女孩飛快地跑出門，在馬路盡頭阿三家的雜貨鋪裡買了一瓶花雕，在一次性紙杯裡倒了一指寬的酒液。喝下去以後，他長長地出了一口氣，說，終究不是太雕啊，不過，也知足了。

喝完酒，又喝了點保健的藥水來掩蓋酒味。為了防止被外婆發現，她把杯子和剩下的酒都藏在自己床下面，想著哪天老人精神再好點了，可以再給他喝一點。

但舅外公再也沒有喝酒的命了，當天晚上，他就患了急性中風，被送到醫院，可惜搶救無效。

追悼會開過之後沒多久，商隱就把酒瓶和杯子扔到了馬路上的垃圾站裡。

第二個是緊接著第一個夢的。她扔完酒瓶，忽然就走到了晏摩女中的草坪上，大草坪有個嚇人的傳聞，住宿的女生們常說自己半夜在那裡走著走著，總覺得草坪邊那些石像雕塑的眼睛在盯著自己看。陳伊鈴站在那裡等著商隱，卻一點也不害怕，說你可來了，快走快走，我們要去揭開謎團。

陳伊鈴那時候老闢心教室辦公樓樓梯的故事。那個旋轉樓梯，據說走上去和走下來的樓梯節數是不一樣的。樓梯是白色的，很多年都沒換顏色，不知道為什麼，據說原來是個炮台。商隱就和她在台階上來來回回走，果然不一樣。商隱牽著陳伊鈴的手，小心翼翼又走了一遍，終於發現了端倪。原來是樓梯最上面一個台階特別小，有點斜，往往走下來時有點錯覺就不算台階了。

兩個女孩蹲在那裡，戳一戳那個很小的台階，確定不是幻覺，便有些失望。陳伊鈴說搞了半天居然是這樣子的，沒意思，哎，前幾屆的女生也真是笨蛋。

商隱忽然感到一陣乏力，四周閃起盈盈白光，腦子也越來越沉，她知道自己馬上就要醒來，回到那個沒有陳伊鈴的世界裡去了。夢中的陳伊鈴詫異地看著好友像個氣球一樣飄了起來，頓時愣在那裡。鼻尖有痣的女孩漸漸虛化，像陣煙一樣即將消失，但聲音還在樓梯上空徘徊：

「可是，你不覺得它也很厲害嗎？那麼小，那麼不起眼，被人忽視，卻成就了一個傳說。」

商隱

光環

〇

他們跟著掃墓大部隊下了鄉間公交車。上午十點，天色陰沉如傍晚。氣象預報說中午開始下雨，三人都備著傘。

余守恆四週年忌日，這種天氣很應景。

清掃，擺祭品，取紙錢，全都由佝僂的老太和微微謝頂的中年男子來完成，少女就站在一旁看著。也許昨晚沒睡好，也許昨晚根本沒有睡，女孩黑著眼圈，在來的路上無精打采。老太和男人布置妥當，她眼神才活起來，從書包裡掏出一瓶紹興產的香雪酒，打開蓋子，放在舅外公的墓碑前。

老太猶豫了下，還是拿出那盒雙喜菸，取三支，由男人點著，呈扇形擺在地上。

上完香，三個人都不說話，彷彿用心靈感應就能與逝者溝通。燒紙錢時，老太嘀咕了一句「外孫女再三個月就高考了」，便再無話。遠處傳來鞭炮響，還有吹鼓樂聲，應該是哪戶人家在做三週年忌日的法事。女孩回頭看了一眼，轉回來雙手合十，閉上眼，口中似念念有詞。

以余守恆的地位，不說宋園，葬在龍華是毫無問題的。但他生前明確表示過，希望自己的骨灰安放在普通點的地方，盡量不離開這座城市，有山有水最佳。這種要求和他平時吃喝的口味一樣刁。

上海唯一能稱作山的大概就是佘山這裡了。

紙燒完了，香也燒完了，女孩拿起酒瓶，將金黃的酒液倒在地上。男人拿出菸斗，背對風向點著了火。黃酒酒香和丹麥菸絲的餘馥吹雜在一起，正是逝者生前最喜愛的氣息。

他們收拾完東西，朝門口走去。經過竹字區的時候，老太照舊說，你們等一下，我去看看。

男人停在原地抽菸斗，少女在幾步之後跟著老太走進去，他也無動於衷。

老太駐足的那塊墓碑看樣子不過十來年歷史，是從其他墓地遷來的。

房邑秋，松江本地人，生於一九一三年，逝於一九七二年，同樣被寫進多本中文系教材的重量級文人。天意弄人，兩個生前的文壇死敵，如今骨灰安放處相隔不過百餘米。兩個老頭的在天之靈，會在另一個世界繼續互相較勁麼？商隱常作這樣的大膽遐想。

「其實一開始，他是我們家的常客。那時候你舅外公還沒去陝北投身革命，就是個小開，他呢，已經是青年才子了，留洋歸來，學校裡最年輕的講師，三天兩頭來我們家，說是說找你舅外公，實際上是找我。」外婆曾跟她說過這段歷史，「後來我給當人體模特，被他知道了，恨得不得了，再也沒來找過我，哎，書香門第的小孩。」

商隱說你當年要是沒那麼奔放，跟房邑秋走到一起，那文學史可能要改寫了。老太搖搖頭：「不會改寫的，他們是文人。」

「他生前喝酒嗎？」

「喝的。」

女孩聞言，將剩下的半瓶黃酒擺在余守恆對手的墓碑前。

香爐裡幾根香茬嶄新，顯然前不久剛有人來拜祭過。房邑秋的子女據說定居在國外，會是誰來上香呢？族人？遠親？故友？

天氣預報今天失算了，這時雲層居然開始散去，蒼穹顯亮，很快陽光就照到了一老一少的脖子上，也照亮了墓碑右下角的子女名單。排在最後面的那個人，身分比較特殊——

「門生 糜鴻飛」

二

這是一個漫長又持續的過程

從出生開始；

教人拋棄生存
漂泊者的影子
被一條又一條的胡同扼住咽喉
靈魂們掛在高高的夜空
安息；在生命的盡頭
傳遞著告別的問候
沉默熄滅了我的蠟燭
而死神的墓誌銘上
記載著聲張自由的言語

——商隱〈死亡〉

商隱第一次見到那個姓糜的女孩，是十二歲在市西文化宮。

那年張藝謀的《大紅燈籠高高掛》上映，文化系統給余守恆他們這些退休老同志每人發了兩張電影票。外婆一聽內容介紹是關於大戶人家的老婆們，就表示不想去看，結果便宜了商隱。

那時余守恆身體偶有小恙，但出門還是沒問題的，就是走路不能像以前那樣健步如飛，走樓梯也開始小心翼翼。「早個三五年，我能半個小時從徐家匯徒步走到靜安寺，汗都不出。」他這樣號稱。可惜外婆從不願意為這類豐功偉績作旁證。

文化宮門口遇到各種熟人，余老先生逐一寒暄，舉著糖葫蘆的商隱則聽了十幾次「哦喲長這麼大啦」，耳朵幾乎瞬間磨出老繭。只有一個四十多歲的女的，跟老頭打招呼時不太一樣，別人都笑得熱情、熟練，甚至太熟練，而這個女人，生疏，小心，甚至有些愧疚，好像欠了舅外公很多錢似的。商隱注意到她那件灰棕格紋外套肩頭破舊，邊沿起了球，袖口卻很乾淨，顏色也更鮮亮，應該是她常年戴著袖套的緣故。余守恆看到她也有些詫異，但隨即很和善地回禮。女人身後一直躲著個穿白襯衫的女孩，僅伸出一隻胳膊摟著女人的腰，小手有些黑。

女人扭過頭，說，小小出來啊，叫人，叫爺爺。

女孩就是不出來，商隱只能看到白襯衫袖口上的一點棕色污漬，還有女人腰後有馬尾辮擺來擺去的末梢。她再看看下盤，是黑色裙子和一雙很舊的白布鞋。

余守恆呵呵笑著，說是叫米小吧？應該也快念中學了？

女人點頭稱是，一邊使勁拽自家孩子，但死活拽不動。余守恆見狀，說算啦，小孩子怕羞，我外孫女也這樣。商隱氣得差點要扔掉糖葫蘆脫口而出：「我什麼時候怕過？」

幸好這時有其他人來跟老頭打招呼，余守恆朝女人揮揮手，帶著商隱走開，才避免了繼續尷尬。商隱被舅外公牽著走，還不忘回頭看去，女人一邊擰腰呵斥，一邊用力揮手往腰後打去，真打假打不知道，反正她沒聽到任何哭聲。

奇怪的小姑娘。她想。

這初次見面，只見到胳膊。

再度相遇，已經是三年後，余守恆也在場，只不過是躺在一圈花的中間。

他的離世不但震慟了文化界，也是家裡頭等大事，以至於商隱分居兩地許久的父母都分別趕回上海。出乎商隱意料，余老病逝後，外婆沒有哭得死去活來，倒是商隱他媽在追悼會上一直沒離開過手絹，表情從來如死水的舅舅陳一鳴眼眶通紅，商隱父親始終板著臉，一言不發，只是不斷用鼻孔嘆氣。商隱本以為自己會和外婆一起哭個昏天黑地，但外婆在追悼會上始終沒有失態，她居然也沒有，只是鼻子一抽一抽地哽咽著。參加弔唁的人開始圍著遺體做最後告別，並和家屬一一握手。商隱記不清已經走過去多少人，忽然看到了上回文化宮門口那個女人，她還穿著那件格紋外套，只是袖口也已經淪落到和肩頭一個境況。

這次她終於看到了那個女孩的全相，似乎跟自己年齡相仿，瓜子臉，單眼皮，小嘴，鼻梁很高，奇怪的未老先衰的髮型，似曾相識的白襯衣，黑裙子……以及一雙紅皮鞋。

擦得很亮的紅皮鞋。

商隱抬頭，發現那個小姑娘也在看自己，眼神讓她想起自己小學三年級那次選紅領巾中隊長，被商隱以一票優勢擊敗的那個男生就曾用這種眼神關照她。

當初在文化宮門口害羞地躲在母親身後不肯出來叫人的，真是這個女孩嗎？

格紋外套女人握了握外婆的手，又握了陳一鳴和商隱父母的手，似乎覺得握初中女生的手不合適，就朝她點點頭，說了第五遍「節哀順變」。整個過程裡，紅皮鞋女孩始終站在母親身側，既不說話，也不點頭，只是看著商隱。女人似乎還想把她介紹給商隱，但把手放到女兒肩膀上的一剎那，紅皮鞋率先邁開步子，往出口走去。大廳裡人頭攢動，外面還有很多人排隊等著進來，聲音嘈雜，商隱想，這次肯定聽不到女人的呵斥聲了。

領完骨灰，從火葬場出來的時候，商隱悄悄拉拉父親衣角，說，剛才有個小姑娘，好像穿紅皮鞋來追悼會？

父親頭都沒抬，似乎在想自己的事，隨口回她，小孩子不懂事情而已。

商隱：「那大人也不懂事嗎？」

父親怔怔，道，別管人家，管好自己。

但商隱不能不耿耿於懷，父親在追悼會第二天就飛回北京了，母親在頭七之後也走了，他們各自回到自己的新生活裡，把余老先生和蘭考路老宅甩在屁股後面。而她要留下來，和舅舅一起陪著外婆，還有舅外公的骨灰盒。三七過後，商隱實在忍不住，向外婆提起女孩的紅皮鞋，還有滬西文化宮門口的初遇。

因為問的不是兩個木盒子的事，外婆很願意回答：「那是糜鴻飛的家裡人，糜鴻飛很久以前是你舅外公文壇對頭的學生，唔，最忠心耿耿的學生。」

「舅外公還有對頭？」

「人嘛，哪裡都有恩怨。」

余守恆和房邑秋的文壇糾紛，五十年代那會兒圈內人盡皆知。余守恆算半個野路子出身，解放後在文化出版系統工作。房卻屬於學院派，搞散文創作和文學批評都很厲害。兩人一開始是文學理念上的爭執，屬於筆墨官司，後來演變到評獎和推舉新人方面的暗鬥，第二戰場一直開闢到了北京。房邑秋的學生裡，充當急先鋒最賣力的就是糜鴻飛。糜一九四〇年出生，比房小二十七歲，天資聰慧，算是半個神童，可惜其父早年死於戰火，家道中落，一度貧寒，房邑秋對其有知遇提點之恩，糜鴻飛十六歲就進了大學，自然將房視為再生父母。五十年代前期，糜鴻飛沒有來得及參與房、余之爭，到六十年代初，他開始嶄露頭角，作為武器就有了殺傷力。有傳聞說，當年針對余守恆的第一張壁報，就是糜鴻飛的手筆。

「如果傳聞是真的，那他一定沒想到，後來所有人都無法倖免於難。」

外婆說，一九七二年房邑秋去世，六年後撥亂反正，余守恆獲得平反，重新回到工作崗位，唯獨糜鴻飛沒有找到好工作，被調到農業局負責看資料庫。房邑秋沒了，他的靠山也就沒了，報紙刊物不太願意刊登他的文章，出書就更別提了。但糜鴻飛過得再怎麼清苦，也從來沒跟余守恆說過一句道歉的話。八十年代先鋒文學冒出來，余守恆舉雙手支持，糜鴻飛卻給報紙投稿大肆抨擊先鋒實驗文學，文章沒發出來，倒在圈內傳了開來，被人當成笑柄。

這個忠實貫徹老師文學理念的神童，於一九八八年春天因病去世，沒能看到八十年代文學黃金時期的終結，也算一件幸事。他去世前一年，已經躺在床上不能動了，余守恆曾經提著糕點水果，主動上門探望。

商隱：「他怎麼說的？」

外婆：「什麼都沒說，把你舅外公轟出去了唄。好像他老婆比較好說話，但當時她不在。」

「這……」

「你舅外公灰頭土臉的，剛走出居民樓門口，帶來的糕點水果被人從樓上扔了下來，抬頭一看，糜家窗戶後面是張小姑娘的臉。」

糜鴻飛的女兒生於七八年，時值浩劫結束，如送別黑夜迎來黎明初曉，故取名糜曉，商隱當初錯聽成「米小」。她總算明白怎麼會有文化宮門口不肯出來叫人的那一幕了：

「為了點筆墨官司，又不是什麼深仇大恨，這麼多年了還要弄到這個地步……」

外婆搖搖頭，摸出一支菸。外公去世後，她被允許在七七之前每天一支菸，現在卻一時找不到打火機，只能抿在唇間，說，那個年頭，匕首投槍，你來我往，各有手段，有人來犯，必然反擊……你舅外公也是普通人，不是聖人。

二

我沒有掩起那扇小窗
今夜，他帶著利劍而來
我曾是他的失眠
是他未曾命名的痛苦
和難以忍受的思念
而現在 他用每寸記憶向我復仇
沉寂，如刀子般
刺破我的小窗；一整夜
玻璃上，我的鮮血

是相愛的細節；讓它
入木三分
而我每一口疼痛的呼吸
把我分成兩份
一半千言萬語
一半失了聲息

——商隱〈復仇〉

商隱是在一片驚詫中考進華東師大的。

就在高三學年剛開始時，還有傳聞，說她可能要退學不參加高考，據悉是因為暑假裡好友陳伊鈴車禍身故，精神受了刺激。開學後一個月，她忽然又出現在晏摩女高，看不出有什麼精神病的特徵，就是語文課上不再和老師頂嘴，彷彿失去了昔日的銳氣和傲氣。學校對她這「失去的一個月」也沒個說法，好像商隱想來就來，想走就走。

「到底外公是余守恆啊，」有人滿懷醋意地調侃道，「就算死了，那圈光環仍舊能保佑著她。」

可商隱考進華師大的消息一傳來，調侃已經不足以平衡眾人的心態。

上海高校，論文科，華師大排前三；論師範，坐頭把交椅；論綜合，穩穩四強。誰家的小姑娘進華師大師範專業，意味著以後有一份穩定的老師工作；男孩子被華師大錄取，做夢也要笑醒，因為男女比例懸殊；窮人家孩子讀上免費師範生，更是全家燒高香的願望。

高中時代成績一直處於中游的商隱，只靠高三一年（減一個月）的努力，就能考到麗娃河畔，晏摩女高很多人是不服氣的，是高度懷疑的。再後來細節明朗了，商隱進的是俄語專業，有的人才鬆了口氣。

九十年代後期，最熱門的專業是「五朵金花」——財會、外貿、法律、計算機和外語，這個外語當然是指英語或者日語。眼光長遠的選計算機，心懷文學理想的去中文系，認真仔細圖穩定的學財會——可俄語，誰想去學俄語呢？又不是五十年代中蘇蜜月期，國人現在對北面鄰居的印象就是「倒爺」和一卡車方便麵換一輛坦克的傳奇。

高三畢業生最後一次返校那天，她在走廊裡和以前的文學社老師盛贇迎面遇到，盛贇問，聽說你進了華師大俄語系？女孩點點頭，盛贇由衷嘆口氣：「蘇聯都沒了，學什麼俄語？」

陳伊鈴死後，兩人一年裡沒說過話，這回是破天荒頭一遭。

「可是普希金和阿赫瑪托娃還在啊，」商隱說，「永遠都在。」

新生報到那天她不讓外婆送，也不用舅舅幫忙，一個人拖著行李來到中山北路三六六三號，很快就有學生會的人來接應。

那時候，日式「學長學姊」的叫法還不流行，都叫師兄師姊。師兄們目的性明確，對長相漂亮的大一女生格外照顧。商隱是被兩個師兄帶著領去宿舍的，一個書包一個小行李箱，被兩個男生分搶下來，一路給她介紹那些非官方的人文景點。

「進來的時候看到草坪那頭的小樓嗎，當年日本人轟炸，把最上面那層炸平了，所以現在樓頂一馬平川，看上去怪怪的。」

「我們學校毛主席像是舉著手的，復旦那座是背著手的，因為復旦的建築和力學不行，舉著的手老斷，只好改背手了，」另外那個師兄不甘示弱，「以前有人說晚上看到過雕像把手放下來……」

商隱笑笑，巴不得把書包和行李箱搶回來，心想，真是見鬼了。

她們這屆學俄語的不過六七個人，可能是全校人數最少的專業，女生居多，但同系未必同宿。大學的新環境，和晏摩女高判若兩個宇宙。商隱有個室友，全部化妝品家當就是一塊肥皂，這塊肥皂負責洗臉、洗澡、洗衣服，夏天臉出油，冬天臉開裂，全然不顧，一心只讀聖賢書。食堂門口常年放著兩個大鐵鍋，盛著很稀的土豆鹹菜湯，免費供應，家境不好的學生一頓打四兩白飯，就著這些湯解決溫飽問題。而商隱已經覺得食堂飯菜是中華民族飲食文化中的一個污點。

課業本身對她而言倒沒想像中那麼難，三十三個西里爾字母，元音輔音，基礎俄語，語法，會話，俄羅斯概況，文學史，俄羅斯文學經典導讀……余守恆曾是蘇俄文學的忠實擁躉，五十年代買了很多蘇聯小說，後來盡失，八十年代連買帶淘，放滿了半個書架，包括那些黃皮書灰皮書，商隱都挑挑揀揀地看過。舅外公自學過一點俄文，能勉強朗誦高爾基原文版《海燕》，反蘇修時成了罪狀之一。

大學裡有很多社團，但商隱說什麼也不想進文學社和詩社，倒是報了話劇社。社長是個女的，兼任導演，剪著很短的頭髮，嗓子粗野，看著商隱的五官，說，太好了，我們正缺女演員！

商隱說，我只想寫劇本。

話劇社有兩個導演，十來個演員，七個編劇，不知所謂、時有時無的劇務若干，負責舞美設計的卻只有一個人，該獨苗中學時代只出過黑板報。社長說要好的舞美人才，只能找上戲那邊的人幫忙。

上戲到師大倒也不遠，四公里多點路，幾個女孩騎車慢點的話半小時也能到了。作為本市校園戲劇獨一無二的標竿，上戲常有其他大學的話劇社或者話劇狂熱愛好者跑來蹭課、看劇，但能不能說動舞美專業的人來幫忙，就看個人手段了。商隱的社長據說有個初中閨蜜的高復班同桌的幼兒園髮小在上戲念導演系，能幫忙牽線搭橋，但也只是引薦一下，成不成，還看師大這邊的個人魅力。

她們的目標是舞美專業三年級一個姓王的學生，水平很高，人送外號舞美小王子。

王子殿下那天在紅樓的東排練廳幫師弟師妹排《馬克白》，商隱等人聞風而至。一開始公關工作很順利，華師大這幫女生的姿色放在上戲校園裡屬於石沉大海，但她們來了五個人，規模上很顯誠意，眾星捧月般圍著小王子，後者幾乎就要被說動了。

恰在此時，演員們排練間隙休息，演馬克白夫人的女生款款走來，一隻手搭在王子的肩上，問，怎麼了？

問題問小王子，眼睛卻盯著商隱看。商隱隱約覺得此人面熟，但記不起來在何處見過。對方卻已經從她的身高和鼻子上那粒小小的痣裡得到了線索：「你是商隱吧？」

「對……你是？」

「你可能不記得我了，我姓糜，糜曉。」

社長見是熟人重逢，再想想糜曉搭在小王子肩上的那隻手，誤以為大功肯定能告成，說，你們認識啊，太好了！

其實一點都不好，糜曉問明她們來找自己男朋友的事由，假睫毛忽閃忽閃道，他平時很忙的，很多人都找他，給你們幫忙可以，但不能真的當活雷鋒吧？社長的心理價位其實就是一頓飯，剛要開口，商隱未卜先知地搶先問，多少錢？社長不瞭解兩人的恩怨，心想談錢多俗啊，人家明明也沒說要錢。

社長的真眼睫毛都要抖下來了：「一百？」

麋曉笑笑，一點也不為談錢感到羞愧，而是伸出驚天一指。

麋曉：「一千。」

一九九八年，全國人均月工資是六百出頭。邊上的舞美小王子看看女友，欲言又止。他不表態，這事兒就算徹底沒得談了。回學校的路上，社長用力猛踩腳蹬，一邊用家鄉方言迎風怒吼：「這都什麼人啊！國標資養的！有本事搞支槍去搶銀行啊！」

在長寧路丁字路口等紅燈的時候，社長稍微鎮靜下來了，問一旁的商隱：「那個女的，和你是不是有深仇大恨？」

商隱不說話，只是含混地「唔」了一聲。社長仰天長嘆，大概是後悔把她帶出來公關。

之前從東排氣鼓鼓地出來後，社長帶著其他人去找初中閨蜜的高復班同桌的幼兒園髮小想別的辦法。商隱走在最後，去洗手間洗了把臉，一出來，看到麋曉在廁所門口抽菸，便鼓起鬥志，說，有點過了吧？

麋曉作為和她年紀相仿的大學生，抽菸姿勢卻無比老練，看都不看她，望著煙圈升騰，兀自一笑：「過分嗎？聽說你外公的版稅都歸了你，他欠我們家那麼多，現在輪到你還債，有什麼過不過。」

商隱想質問余守恆到底欠她們家什麼了，但話到嘴邊又覺得糾纏無意義。

「舞美的人我都認識，你們以後不要再來白費功夫了。」糜曉溫馨提示她。

商隱把餐巾紙團扔進門口的垃圾桶，沒答話。

希望後會無期。她想。

上戲舞美之行折戟，讓商隱在話劇社裡越來越不受社長待見，沒有好的舞美，話劇社總像個演課本劇的草台班子，社團管理層一片哀怨之情。商隱很識時務，過了一禮拜就從話劇社退出了，社長也沒有用力挽留，畢竟，舞美稀缺，編劇過剩，商隱以前算可有可無，現在是最好沒有，這樣，她們才能繼續去上戲找人幫忙。

好在華師大不是只有話劇社可以消磨時光。學校西門外有家「光環」咖啡館，裝潢是古色古香的歐洲小酒館風格，除了咖啡蛋糕還賣酒精飲料。商隱幾乎每晚都要去光顧，喝上一杯雞尾酒、兩盅烈酒和一瓶啤酒再回去睡覺。糜曉有一點說對了，在這個人均工資六百多的年頭，商隱一個月零花錢有四百塊，在學生群體裡可稱得上富若帝王。能常來「光環」消費的學生不多，她是常客中的ＶＩＰ。為了讓咖啡館調出來的莫吉托更正宗，她自己花錢買了根薄荷葉搗棒送給老闆，之後是莫斯科騾子用的銅杯，還在調酒勺壞掉的時候教老闆怎麼用吸管的虹吸原理代替。

有天晚上不知怎麼的來了群加拿大人，大概是來開學術會議的，商隱把她買的兩大瓶斯米諾夫伏特加放在咖啡館冷凍櫃裡冰了一小時，再喝時口感妙不可言。這是舅舅陳一鳴教給她的真理，外國酒冰一冰都好喝，除了茴香酒；中國酒熱一熱都好喝，除了二鍋頭。憑著冰凍伏特加，商隱那晚放倒了一半的外賓，自己一個人施施然走回宿舍。第二天老闆說不如你來我店裡當兼職調酒師吧，工資你看多少合適？商隱說不用給我工資，我每個月給你一百，上班的時候酒隨便我喝就行。

就這麼定了。

三

我懷念那些
遙遠而古老的時光
它們只是長河裡
渺小的一瞬
可只有在一滴水裡

我是我
你也是你
流浪的靈魂
誕生於史前的記憶
每隻螞蟻都是一種文明
只有月亮不語
誰的他鄉不是故鄉？
我懷念那些
遙遠而古老的時光
因為只有在一滴水裡
我是我
你還是你

——商隱〈祖先〉

這年十一月初，龍重抵達上海。他之前在北京念法律專業，這次爭取到了在華東政法學院做短期交流生的機會，要待三個多月。下了火車，在學校登記完，放好行李，顧不上交流生歡迎會，他馬上提著禮物打車前往蘭考路余家老宅。

他看到商隱，第一句話就是，我的天，你現在長得也太高了。

商隱說是你自己不努力好吧，給你一整個青春期你也沒趕上來。

龍重的爺爺龍方侍，同樣是載入文學史的人物，跟余守恆是故交，但和後者有三大區別：一、其作品的文學地位沒有余高；二、在文壇的能量比余重大很多；三，他還活著。

龍老爺子來自湖南湘鄉，和國民黨名將宋希濂是同鄉，比余守恆小五歲，一直視余為兄長，兩人在陝北時期就是好友。建國伊始，老龍曾勸老余留在北京工作，但後者以鄉愁為由，還是回到了故里。雖分隔京滬兩地，通信卻很頻繁，余守恆生前出版的書信集裡，就收有和龍方侍的通信十餘篇。八十年代，龍方侍南下來滬，或余守恆北上進京，都攜孫輩同行，一來二去，兩個老頭開玩笑地把龍重和商隱結了娃娃親。

余守恆逝世，龍方侍本來是要親自來追悼會的，無奈自己身體也有恙，委託兒子前來，還專門寫了一篇很長的回憶文章，發在大報紙上。

龍重比商隱大兩歲，身高優勢卻幾乎為零。女孩發育時間早，她初一時已經比念初三的龍重高了大半個頭。龍重自我安慰說男孩的發育期在高中，可以奮起直追，結果直到他考進北京一所不算太好的大學，個子也沒有大踏步前進。如今商隱一米七二，龍重一米七五，商隱一旦穿上高跟鞋，龍重就沒了。幸好娃娃親是開玩笑的，否則龍重死也不會接受一個（看上去）比自己高的女朋友。

那天餐桌上就他們三個人，龍重不斷驚嘆外婆做菜的手藝，說當年余老先生因為想念這口上海小菜，無論爺爺怎麼勸他都要回上海，真是不無道理。

湖南人龍方侍的孫子作為在京出生的家族第三代，湖南話已經不會說了，出口就是帶著京味的普通話。商隱學著他的北京口音道，得了吧，這些菜哪兒有你說的那麼誇張。

龍重說你是長期吃，習慣了，只緣身在此山中，懂伐？

外婆：「她身在福中不知福。」

龍重：「不過外婆您現在不戴假牙，只用牙床嚼東西，不覺得疼嗎？」

外婆：「習慣就好了。」

男孩這次是真心讚美：「牛逼。」

龍重告辭後，外婆一件件整理他帶來的榛蘑、人參和鹿茸片。商隱在邊上感嘆，這傢伙，兩三年沒見，越來越油嘴滑舌了，還送那麼貴重的東西，不會真要來提親吧？外婆白她一眼，說，你想太多，腦子沒壞掉的人不會娶你。

商隱：娶我我也不嫁，太矮，龍爺爺也太強勢，他爸倒還行。

外婆說，哎，老龍這個人就是這樣，現在應該還算好點了吧，當初你舅外公和房邑秋的事情，其實一開始房是針對老龍的，他看你舅外公和老龍關係好，就一起打擊了——本來他是給老龍助拳的，結果弄來弄去成了糾紛的核心人物。

商隱說還有這內幕吶？

外婆擺擺手，道，陳年往事，現在誰還管呢，最早先，剛解放吧，房邑秋和老龍有一次見面能吵到揮拳頭，好像是老龍因為什麼問題打了房一拳，你舅外公跟著其他人一起勸架，哎，在場那幫勸架的人裡後來都有人當了文化部副部長之類的，文人動武，你說多沒面子？就這一拳，房邑秋，還有他學生，就跟老龍還有你舅外公糾結了一輩子。

商隱想到自己曾在師大的文學院大樓看到櫥窗裡展示的本學科名家資料，其中就有房邑秋的黑白照片，乾瘦乾瘦的一個人，再聯想起龍老爺子矮壯結實的身板，忽然有點同情起余守恆生前的敵人來。

世事難料，當年筆桿子和拳頭你來我往的老人可能想不到，若干年後，余守恆不但和房邑秋葬在一個墓地，外孫女還考進了房邑秋任教過的大學，糜鴻飛的女兒又在上戲和商隱冤家路窄。

龍重似乎嫌這些羈絆不夠，來上海的第二天，提著禮物去了一次戲劇學院，敲開了某系主任辦公室的門。

這位系主任是補缺副院長的熱門人選，年輕時曾在北京求學，因緣巧合下結識龍老，跟他學過幾筆丹青，討教過詩詞，還在龍家住過幾天，有師生之誼。他送了龍重好幾本自己的學術著作，得知龍重對戲劇也很感興趣，分外高興。那天晚上恰有表演系學生的大戲在劇場上演，系主任也沒有應酬，便親自帶著龍重去觀看，在觀眾席位列上賓。

上戲手絹大點的地方，消息傳得很快，許多人知道了有這麼一個來自北京的德高望重的老作家的孫子，多德高望重呢，基於每個省份使用的語文教材版本不同，大概全中國一半左右的高中生在課本裡看過他的文章，試卷上閱讀理解的課外篇目，時不時也有龍老作家露一臉。

當然，龍重除了「龍方侍長子長孫」這個頭銜，其他光環也不少，父親是著名的文藝評論家，母親是廣播台副台長，外公在首鋼集團當領導。他雖然念法學專業，文藝素養的底子也很高，剛進大學就在北京一家政法類報社當實習記者，還在其他雜誌刊物上發了不少文章，雖然以影評居多，稱為「青年作家」有點心虛，但也算小半個文化人。

龍孫子身在華政，心在上戲，隔三差五跑過來看話劇，在上戲幾個劇場都暢通無阻，常來常往，終於認識了戲文系的糜曉同學。

商隱一開始還不知道這事，直到十一月底的週末，龍重說要請幾個上海這邊新認識的朋友去衡山路酒吧街玩，特意叫了商隱一塊兒，選了家沒那麼鬧騰的店，駐唱歌手唱的是許巍朱樺而不是奇怪的歐美舞曲冠軍榜，令人寬心。最早到的那幾個，無非是龍重在華政的交流生同學、班長、院學生會副主席、辯論社社長、兩個長得像親兄弟似的韓國人。接著又來了兩個上戲的，商隱那天在紅樓裡似有一面之緣。她隱隱感到有些不妙，但忙著代表中華人民共和國跟大韓民國代表隊拚酒，無暇多想。

糜曉是來得最晚的，黑衣白裙，和當年的搭配相反，款式和質地更不知道進化到哪裡去了，一對假睫毛忽閃忽閃，對著商隱看了很久。

「冤家。」商隱在心裡嘀咕。

龍重說來來來，介紹一下，這是商隱，我在上海的髮小，這是糜曉，上戲戲文的，但也能上台演戲，馬克白夫人。

商隱剛要開口說我們之前見過，糜曉已經朝她伸出手：「幸會，真是個美女，這麼高，是模特嗎？」

商隱相信憑著這手演技，糜曉在話劇舞台上絕對游刃有餘。好在在場還有其他人，兩個女孩接下去的相處不至於尷尬。

這幫人在喝酒方面，性別不論男女、地無分南北，都很豪爽，毫不扭捏，三四輪SHOT和兩輪喜力啤酒過後，趁龍重去小解，商隱在男廁所門口一把拽住他道，那個糜曉，你怎麼認識的？你知道她什麼來歷嗎?!龍重這會兒已經有點喝高了，大腦裡的信息接收系統和信息分析系統已經形同陌路，根本搭不上，說，哦，糜曉啊，她也寫東西你知道吧？寫愛情小說，言情，筆名叫……叫艾璃！對，是這個筆名……啊呀不和你說了要尿褲襠裡了！

商隱從廁所回來，那幫人還在桌邊繼續叫酒，她猶豫著要不要先走，卻沒發現靡曉的身影。最後在二樓的露台，她看到靡曉不避寒意地坐在鞦韆架上，吞雲吐霧。

從側臉看，她是漂亮的，望著月亮的眼神也不懷惡意。

「抽菸？」對方朝向她問。商隱搖搖頭，發現她交疊著的雙腳，穿著一雙五六公分左右的高跟鞋，靡曉只有一米六多點，蹬上這雙鞋，仍舊不會搶走龍重的風頭。鞋是酒紅色的，讓商隱想起舅外公追悼會上的那雙小皮鞋，鮮紅，鋥亮。

靡曉注意到了她的目光落腳點，俯身揉了揉腳踝，道，真羨慕你們這些長得高的人，不用穿這種東西來給自己助威。

今晚的靡曉有點怪，不復昔日在紅樓裡那種盛氣凌人，商隱猜想，是因為她知道我已經被迫退出了學校的話劇社？

「有什麼好羨慕的，從小坐在教室倒數第一排，被男生各種開玩笑，後來想高中男生總該長高了，我可以不用坐後面了吧，結果考進女中，逃不掉倒數第一排的命。」

「座位雖然倒數，人生卻是一流的。」靡曉掐滅香菸，又取出一支新的，「你不知道，小時候我爸一直讓我以你為目標去努力。」

她比商隱早一年出生，求學之路可謂高開低走。早先在父親的悉心調教下，讀小學時跳了一級，然而十歲那年父親去世，母親文化水平低，在學業上愛莫能助，麋曉漸漸落入中流，小升初念了所普通初中。初二時成績不佳，老師說這樣沒法考重點高中，她媽咬咬牙，以女兒生病為理由，硬是讓麋曉留了一級——跳級一年，留級一年，這下算是扯平。但她中考仍舊沒發揮好，死在數學上，考進了一所治安管理水平堪憂的普高，她媽再咬咬牙，問親戚借錢，讓她去區重點北海中學借讀。這錢花得很值，她被嚴格的老師半刺激半鞭策著趕上了大部隊的中流水平，加上那年的高考數學卷出奇簡單，藝考合格，文化考達標，終於進了夢寐以求的上戲。

而作為目標的商隱呢，全區最好的一中心小學，全區頂級的興業初中，市重點前二十的晏摩女高，華東師大本科，舅外公的版稅遺產……一路順風順水。

一路聽下來，商隱才明白這裡「目標」並不是好榜樣的意思，更像是游泳比賽中領先自己一個身位的那個對手。

「從小父母就一直吵架，我媽老怪我爸，當年站隊沒站好，被人當槍使，弄到後來待遇也沒有，路子也沒有，生了大病只能想辦法塞紅包，不能直接打招呼開後門，但有一點他們很統一，我爸要我比過你，我媽要我不能混得像我爸那麼慘。當初要是沒考進上戲，死的活的我都對不起，估計早跳江了。」

商隱：「你活得太不輕鬆。」

麋曉：「大部分人都不輕鬆，你很幸運，目前為止。」

龍重這時晃晃悠悠地走上露台，說可找著你們了，下去接著來啊！我點了一打B-52！

今晚這頓酒一共花了多少，商隱不得而知，龍重是被人攙著走之字形去吧檯刷卡結帳的。出了酒吧等著打車，兩口菸沒抽完，冷風一吹，龍重就吐在路邊梧桐樹下了。商隱看他這樣回學校宿舍不放心，打算把他帶回蘭考路老宅，開車也就十來分鐘。麋曉說我和你一起吧，我家住南市，順路，還能幫你搭把手。

她們扶著龍重上了輛強生出租，上車時邊上幾個老外吹了聲口哨：「Double queens with drunk king!」被商隱一句法克奧夫懟了回去。麋曉坐後排最裡，商隱在最外面，龍重被夾在當中，手裡捧了個塑料袋，時不時往裡面補充點流質。

商隱一邊幫他扶好塑料袋，一邊強忍住惡心道：「這傢伙今天吃錯藥了，喝那麼多。」

麋曉面不改色：「搞不好，是在北京一直被管著，來了上海可以自由灑脫一段時間，太興奮了。」

車子開過兩個路口，龍重不再嘔吐，嘴裡嘀嘀咕咕，許是在用克什米爾方言背誦《詩經》，接著上身一軟，往左倒去，糜曉倒也沒嫌棄他，拿出紙巾給他擦了下嘴，任由他的腦袋睡在自己膝蓋上。商隱看不下去，但覺得把他拽起來又有些殘忍。後座陷入沉寂，商隱轉頭端詳兩人，糜曉面無表情，龍重神態安詳，還有點兒童般的純真，還處在那種沒吃過女人苦頭的年歲。

為了散氣味，四扇車窗全部搖下。司機師傅打開車載電台，調了幾個頻道，最後選了張少佐的說書《笑傲江湖》。糜曉打破後座的沉默，說我爸以前很喜歡看金庸這套書，他還把你外公和龍重的爺爺比作書裡的兩個人。

商隱心頭一顫，問，誰？

車子這時正好停在蘭考路五號門口，她無從知曉答案，費力地把醉鬼從車裡拽出來，糜曉絲毫沒有要「搭把手」的意思，始終坐在車裡。好在商隱人高，架著龍重還能騰出一隻手來找院子鐵門的鑰匙，忽然聽到身後糜曉叫她，便問，怎麼？

糜曉：「聽說你讀過很多俄國文學，茨維塔耶娃看過麼？」

此人是阿赫瑪托娃同時代的女詩人，名氣和阿氏不相上下。商隱點點頭，不明白她用意何在。糜鴻飛的女兒說：

「我體內有魔鬼。」

然後搖起車窗，跟司機說了南市區的地址，車子啟動，留下商隱和趴在她肩上的龍重，矗立在昏暗的路燈光下。

那是茨維塔耶娃比較著名的一首詩，開篇頭兩句是——

「我體內的魔鬼沒有死去，

他活著，活得很好。」

四

藏在最深處的；被喚醒

生命之精靈

連微弱的脈搏也感受到了顫動

我好高興你來了；玫瑰色的你

我們在同一份愛情裡呼吸

你改變了我；如同改變了一條河

更換了我的生命

午夜的灼燒敲響了十二點的鐘

我親吻著你；

和你帶來的每一種鮮活的愛與疼痛

——商隱〈新生〉

攤開上海市區地圖，三所大學的地理位置很微妙：毗鄰長風公園的華東師大屬於普陀區，其東南方向一公里處，是長寧區的華東政法學院，從華政再往東南方向兩公里，就是靜安區的上海戲劇學院。冥冥中，正好和那晚三人坐在車子後排的位置對應起來。

酒吧聚會的第二天早上，龍重還在客廳沙發上當挺屍，商隱吃早飯時跟外婆說了舞美小王子的事情和前一夜酒吧見聞，刻意隱去了關於《笑傲江湖》未完成的對話，只是說，糜曉這人，態度時好時壞的，真叫人吃不準。外婆慢吞吞把黃泥螺的空殼掃進空碗裡，拿抹布擦乾淨桌面，才講，她不是一下子對你態度好轉了，是因為沙發上這個小朋友。

商隱還後知後覺：啊？

外婆說，再過段日子你就會明白了。

果不其然，過了一星期，龍重再次來蘭考路蹭飯，無意中告訴商隱，他為了感謝那晚糜曉送自己過來，特意請她到天虹大酒店吃飯。那家涉外酒店吃頓飯老價錢了，普通工薪階層輕易不會踏進門，很多電視劇都喜歡在裡面取景。商隱撇撇嘴說你ㄚ的，我也把你送回來了，你怎麼不請我吃飯？龍重說咱們不都是自己人嗎，請你吃飯分分鐘的事兒，再說了我那晚把人家的裙子吐得一塌糊塗，差點不能再穿了，總要請她吃頓好的。

商隱差點就想掀桌子澄清事實：那晚在車上，龍重明明都吐塑料袋裡了，糜曉的裙子從頭到尾潔白無瑕，商隱架著龍重下車時，糜曉唯一的動作就是在他們身後把車門給關上。

但她看到了桌子對面外婆的眼神，會意，不動聲色地問：你也是零花錢太多了，那……就你們倆吃的飯？肯定又出了不少血。

龍重說哪兒啊，別提了。糜曉不願去天虹，說這種高檔地方她走進去就小腿打顫，結果把龍重帶去復興中路西藏南路口的一家麵館，店面破舊得不得了，但紅燒大腸做得出神入化，配上烤麩和鹹菜，可算人間絕品。兩個人也就吃了十五塊錢，就坐在路邊的臨時餐桌上，一邊吃，一邊還有大老闆模樣的人開著豐田皇冠特意過來吃的。

商隱心想，媽的，那家店我以前也常去。

飯後外婆在廚房洗碗，陳一鳴在自己房間看書，商隱和龍重蹲在院子裡用剩菜餵附近流竄的野貓。商隱見他心情很好，一直在摸一隻黑貓的腦袋，冷不丁問：「你看上她哪點？」

龍重的反應差點把野貓嚇跑：「我看上誰了我?!」

商隱說你少來這套，你爸媽一個月給你多少銀子啊，又是請喝酒又是天虹大酒店，出血出得都快成乾屍了，你還說對她沒意思？招了吧。

對方還想抵賴：「我只是挺欣賞她的。」

商隱換了個切入點：「可你知道她爸是誰吧？」

「知道啊，糜鴻飛嘛，這都多少年老黃曆了，還能世世代代傳下去不成？馬上都要二十一世紀了，該翻篇兒啦。」

「可你不覺得她妝化得有點濃了嗎？」

「那是你自己從來不化妝吧姊姊。再說了，女人化妝是給男人面子啊。」

「那你不覺得她寫的小說很俗氣嗎？」

龍重想必也是看過那些小說的：「我並不是欣賞她的寫作才華，而是……整個人的氣質，還有颱風。」

商隱站起身：「我他媽還龍捲風呢。」

她這股火氣並非空穴來風。

龍重宿醉之後的那幾天，商隱專門跑到上海圖書館期刊閱覽部，查閱了近兩年來的《少女心》和《花憐》雜誌。糜曉以「艾璃」的筆名在上面發了十多篇小說，清一色愛情故事，女主角不是父母離異就是爹媽早逝，要不就是來自領養家庭，對現實世界充滿恐懼，對愛情既懵懂、渴望又害怕受傷、被騙。男主角不是辯論社核心就是籃球隊主力，要麼就是披著白圍巾在湖邊讀詩的文學青年，或者剛在畫壇嶄露頭角的美院才子。但無論男女主角身分家世怎麼變化，故事裡總有那麼一個出身名門、身材高瘦卻心眼狹小的女配角或者男二號，一門心思要破壞兩人的感情，置女主角於萬劫不復的深淵。

文筆只能說差強人意，唯一讓商隱印象最深刻的是這段描述：

「她是天之驕女，光環罩頂，紫袍加身，眼界看似開闊，實則容不下一粒塵埃。她是想做沒有行星的太陽系，那唯一的恆星，烈焰灼人，連月亮也不能允許存在。」

商隱想，在描寫反派人物方面，糜曉還是挺用心思的，主要是真情流露，又有生活原型。

這年十二月初，糜曉她們的《馬克白一九九八》在上戲小劇場正式首演。龍重問商隱要不要一起去，商隱推說有事，但表示會送花祝賀。龍重心大，沒有細琢磨，以為兩個女孩早已冰釋前嫌，分外高興，樂呵呵自己去了。

首演很成功，幾個主演手裡的鮮花快要捧不下。龍重專門到後台看望糜曉，打算和劇組一起夜宵，此時有人來找，說是糜曉的包裹。

鞋盒大小的精緻禮盒，以絲綢捆紮。打開一看，是鮮花十一朵，漏斗狀粉色花冠，單瓣五裂，葉子青綠細長，葉柄扁平。龍重納悶，這種花似曾相識，但就是一下子想不起來何時何地見過。

演鄧肯國王的男生忽然開竅，驚呼：「夾竹桃！」眾皆譁然，從小到大，沒見過祝賀送夾竹桃的，它的葉、皮、根、瓣、籽都有毒，毒性還不小。

送包裹的人表示自己只是收錢辦事，和包裹內容全無關係。糜曉翻開花朵，在盒子下面取出一張紙片，上書「來自太陽系唯一的星球」，然後轉身去看龍重。男生一見眼神就懂了，心想商隱怎麼能幹出這種事。他自覺沒臉再去吃夜宵，又氣得不想見商隱，悻悻騎車回了華政。

第二天他一天都是課，過了晚飯時間才去華師大的咖啡館找商隱興師問罪。商隱說你晚來一步，糜曉已經回過禮了。今天中午她在學校宿舍接到外婆電話，說剛才有人來蘭考路找商隱，有樣東西受人之託要交給她。

龍重問，什麼東西？

商隱：一瓶醋。

糜曉應該是知道民國時冰心和林徽因的那段逸事——冰心以林為原型，寫了篇帶著諷刺意味的〈我們太太的客廳〉，林徽因、梁思成、徐志摩、金岳霖全都在裡面。林看了之後，差人給冰心送去一壇山西老陳醋。糜鴻飛的女兒有樣學樣，只不過她送商隱的是瓶上海白醋，許是取「白白吃醋」之意。

龍重見糜曉的反擊迅速又犀利，自己便不好意思再言辭激烈抨擊商隱了，只說，你沒必要鬧這麼一齣，其實糜曉挺可憐的，

商隱問怎麼個可憐法？

龍重見她正在喝龍舌蘭和雪碧混製的 Tequila Pop，講，她小時候家裡經濟條件很不好，你就說這雪碧吧，糜曉特別喜歡喝，但她媽難得給她買一次，說碳酸飲料都是色素，其實就是怕花錢，她就只好拿個玻璃杯，倒半杯雪碧，再倒半杯白開水進去，混著喝，雪碧越喝越少，她就白開水越摻越多，一直摻到最後一杯，基本沒甜味了，只剩下一點點氣泡，你說可憐不？

商隱揚揚眉毛，說你連這都知道了，平時聊得很深入啊。龍重知道她在避重就輕，坦言道，反正，哎，我以後再也不讓你倆見面了。

商隱把雞尾酒一飲而盡：「這樣最好，對了，你以後來學校找我不用去宿舍，我要搬到外面住了。」

「嗯？為什麼？和那幫書呆子鬧翻了？」

「一言難盡。」

商隱住的六舍，建於一九五四年，年紀和她爸一樣大，呈回字結構，走廊曲折，採

光幽暗，水房樣式古老，樓梯走向複雜，第一次進來的人很容易迷失自我。六舍的地板都是水門汀，每天晚上商隱回來，都能聽到大樓裡有響脆的高跟鞋聲在迴蕩，卻始終不見人影。篤，篤，篤，篤，節奏穩定，意蘊悠長，好像那個人永遠也走不完這些樓梯。商隱有幾次問室友，你們就沒聽到過這聲音嗎？室友大部來自農村，比較老實，不會騙人，說沒有啊，我們樓裡好像沒什麼人穿高跟鞋吧？是不是幻聽了？

她不信邪，有一次又聽到裝神弄鬼的腳步聲，一口氣追了上去，一分鐘裡把整棟樓四層都跑了下來，人氣喘吁吁，卻連影子都沒見到，那高跟鞋聲音還在篤，篤，篤，篤。

她那幾個室友也不好相處。為人誠實是不錯，但也意味著缺乏交流技巧，有事都正面交鋒。她們一間宿舍六個人，三床女生在法語專業，是老家那座城市的文科狀元。學校第一節八點開始，她每天早上四點半就起床，洗漱完畢就站在院子裡背法語單詞，嘀哩咕嚕，嘰哩呱啦。商隱的床位靠窗，窗外正下方就是院子，每天早上準時接受伏爾泰和盧梭的母語薰陶。

英國人對法語發音有個形容叫「連湯帶水」，在商隱看來卻像是吐痰前的醞釀。都德在〈最後一課〉裡說法語是世界上最美的語言，只能證明都德是波爾多酒喝多了，他起碼應該聽過義大利人說話吧？那才叫優美。俄語呢，柔中帶剛，比德語柔和，比法語硬氣，的確像是伏特加喝多了也能說的語言。

到了五點半，她們宿舍的六床也加入進來。六床學德語，天天早上要練小舌音。一法一德，在院子裡交相輝映，被窩裡的商隱此時最大的期望就是兩人能重演第一次世界大戰的西線戰事。孰料這二人竟然惺惺相惜，刻苦的人總是尊重刻苦的人，同時對遊手好閒者抱以鄙夷。

商隱有一次對三床提議說，早上背單詞固然好，但能不能稍微晚點，畢竟大家還要睡覺的。三床說這是她在中學養成的學習習慣，改不過來，再說，商隱自己平時起床特別晚，其他人都起得早。六床也進來插話說，商隱平時除了上課，自習教室和圖書館都見不到她人，每天很晚才回宿舍，還一身酒氣，這時候大家基本都睡下了，她還在洗漱、脫衣服、搖搖晃晃爬上床鋪，這難道不也算是一種干擾嗎？

商隱被歐盟說得無言以對，只好放棄正面戰術。過了幾天她去第一食品商店買了不少吃的，帶回宿舍準備分給大家。碰巧其他人都去圖書館自習，獨留二床的大三師姊在日語一級考試的題海中暢遊。師姊看一眼她手中兩大袋零食，指尖的圓珠筆轉了一圈，講，聽我一句，你其實沒必要這樣，她們不會領情的。

本宿舍的女生很少吃零食，就是因為大家都來自小地方，家裡條件不太好，怕花錢。進大學這麼刻苦，是為了改變命運，不是為了享受生活。商隱這麼請客，是最笨拙的表達好意，其他人還不起，商隱肯定會說不用回請，但這樣一來，就帶有憐憫意味，這是這群要強的女生們所不能接受的。

商隱怔在原地。

「你晚上去酒吧，週末回家睡，平時不自習，不早起，連學校食堂都很少去吧？不求獎學金三好生，也不求保研和入黨，看著沒威脅，但用老話說，叫脫離群眾，講穿了，不是一路人。」師姊又轉了一圈筆，「女生宿舍向來複雜，三年裡我住過三個宿舍，已經見了太多，我要是你，逃都來不及。一點過來人的小建議，聽不聽由你。」

說完，戴上 walkman 耳機繼續做日語聽力題。

商隱在學校北門外的長風三村找到了出租的房子，龍重自作聰明地簡稱為長三，被商隱在後腦勺拍了一下，說你不懂別亂用簡稱，長三是舊社會的高級妓女。龍重說你宿舍待不下去，可以住自己家呀，反正也不遠。商隱笑話他，誰讀大學還要走讀呢？你肯？

家裡人沒反對商隱租出去，外婆以為是外孫女天生愛自由，只有陳一鳴知道具體原因。商隱的銀行卡保管在舅舅手裡，陳一鳴把銀行裡取出來的錢交給商隱去租房，一邊若有所思道：「這麼退讓，不太像是你的作風。自從進大學，你整個人情緒就不太對，好像萎掉了。」

商隱：「是吧？那兩個人，有啥消息嗎？」

舅舅搖搖頭，又講，馬路那頭開雜貨鋪的阿三說，你要他帶你去浦東見梁媽媽？你什麼時候信這個了？

商隱：「我就是好奇，可以伐？」

梁媽媽是阿三在浦東老家的一個老鄰居，兩年前一場沒來由的高燒差點要了她的命，怎麼吃藥打針都沒用，眼看要斷氣，忽然又痊癒了，能下地幹活。但從此之後變得絮絮叨叨，說的卻盡是東家長西家短一些不為外人知道的秘密，連誰家老爺子生前瞞著後輩在屋梁上藏著國庫券這種細節都能說出來。村裡人誰想念老人了，都來找她「聊天」，一聊就靈，一傳十，十傳百，成為當地小有名氣的兩界中間人，鎮裡、市裡都有人專門來求她幫忙。梁媽媽有求必應，卻堅拒收下任何錢物。

商隱那次就好說歹說，纏著雜貨鋪阿三帶她去了一次浦東。梁媽媽扔在人海中就是個普通的農村婦女，人到中年已經膚黑背駝，皺紋旺盛，要論眼神氣場，沒什麼特別，正坐在灶房一個小板凳上剝毛豆，邊上是一圈串門聊天的同村婦女，同樣的體態、皺紋、神情，連穿的衣服都像一個女子組合的。阿三不點明，商隱根本不知道誰是傳說中的梁媽媽。

阿三說，你要問什麼？商隱想問一個好朋友現在過得怎麼樣。阿三用本地話轉達了，梁媽媽連緩衝時間都不用，阿三一講完，她就嘰哩哇啦說一長串，商隱一句都不懂。阿三簡短翻譯道，你朋友在那邊挺好的。商隱揚揚眉毛：「我還沒說那朋友是誰呢。」

阿三：「一個短頭髮小姑娘。」

商隱默然，看著梁媽媽。老阿姨卻不看她，繼續剝豆子，好像這才是一生中最要緊的事情，然後又嘀咕了一句，阿三也一頭霧水，轉向商隱：

「她說……她說，叫你不要害怕高跟皮鞋。」

五

今年，我選中秋天做我的愛人
我愛他簌簌的纏綿
和蕭瑟的情意
我從不介意淒風苦雨的傷害
而愛情，被阻絕在
車水馬龍的失望之外
我聽見，星期天凌晨
街邊的乾花
他來時的腳步在枯萎

針尖上的一點鏽，被繞進
心上每一個死結裡
每個黎明，都是繁星對黑暗
一次盛大的放棄
人們把，一場背叛
與另一場背叛的間隙
叫做，愛

——商隱〈愛人〉

龍重終於跟糜曉攤牌了。

他採用的方式倒也蠻古典，是遞情書。龍重在華政一沒課，就騎著自行車往上戲跑，一禮拜能見上糜曉三四回，去安福路看戲，到雲南路吃夜宵，到南京西路看畫展，結束後把她送回上戲唯一的那棟宿舍樓下，從來沒用書面文字溝通過。當龍重把那封信交到糜曉手中時，大家都是心照不宣的。遞交情書就像遞交國書，走的是個儀式感。口說無憑，白紙黑字，感情的邀約似乎就有了額外的分量。

遞完情書，龍重說你回去再看，然後騎上車沿著延安路落荒而逃，一夜沒好好睡覺。

第二天他們約了在復興西路的翠茗軒喝下午茶，龍重強作鎮定，抿口鐵觀音，放下杯盞，問，那信，看了嗎？

靡曉講，看了，但是，有用嗎？

龍重事先預想過無數種歡喜或者悲慘甚至模稜兩可的局面，唯獨沒想到還有這麼一問，不禁反問：怎麼會沒用？

靡曉委婉表述，龍重努力破譯，總算明白了女孩的意思。龍重來上海不過是交流三個月，靡曉現在要是答應了他，再過兩個月，龍重一回北京，關係一散，那就是短期戀愛，不當真的，她靡曉可從來不會為了玩玩才談戀愛。可要是不分手，那就是異地戀。她進大學兩年，目睹師兄師姊同班同學各種異地戀，最後無一例外是一拍兩散。既然結局能一眼能看到頭，最後大家受傷害，不如一開始就不答應。

龍重鬆了一口氣，說原來是這麼回事啊，便讓靡曉不用擔心。她學的是戲文，最好的出路是在影視圈當編劇，屬於文藝行業。上海雖然經濟發達，正在往金融中心、貿易中心奮進，但政治文化中心還是在北京，出版社、雜誌、文化公司、影視公司，導演製片編劇演員，最好的資源都集中在那裡。靡曉畢業之後想要有大發展，北上是必然的選擇，到那時候不就和龍重團聚了嗎？以他們家的關係網，定能讓靡曉順風順水。

靡曉：「你越說越遠了，怎麼搞得在幫我做職業規劃一樣。」

龍重哈哈一笑，說本來嘛，人看得遠，是好事，拘泥眼前，沉淪往昔，怎麼往前走。這頓下午茶喝得很開心。

商隱聽他說到這裡，已經不下五次想打斷龍重的話、再打斷龍重的腿：「她難道不是在跟舞美小王子談戀愛嗎！」

不過這次她學聰明了，沒直接點破，問，那你們這算是成了？龍重說沒有，她說還需要考慮一段時間，麋曉這人做事兒比較慎重，比較穩，我是她，也會多花點時間好好想想，這陣子我不敢太頻繁去她們學校，怕給她留下印象是我在催她逼她，這時候我反而要「鬆」一點。

商隱：「怪不得你現在老往師大咖啡館這裡跑，您還真是情場高手，想那麼周全。你就不怕來我這裡太勤，麋曉吃醋？」

龍重：「我專門跟她解釋過你和我的關係，咱倆要真有意思，早就成了，你說是吧？」

商隱：「是是是，主要還是毀在身高差距上。」

自從搬出六舍，商隱每晚都是咖啡館最後一個走的。上午咖啡館生意最冷清，學生大多在上課，下午晚上才會來。龍重頻繁來光顧，就是看中了上午這份清靜。在上海的這一個月裡，他東串聯，西走動，和龍方侍當年在上海的幾個老交情的子女孫輩都熱絡起來，時常請他們到此地吃吃咖啡，聊聊天。

他幾度想讓商隱過來一起坐坐，商隱說別別，求您了，我最煩見這幫人，舅外公當年剛退休，這群人隔三差五來我家開茶話會，聊的都是陳年黃曆的祖宗，聽兩次就夠耳朵長老繭，自己什麼成績都沒有，出的書不是悼念祖父就是追憶老娘，我舅外公外出旅遊、釣魚的愛好就是這麼被逼著培養起來的——你們華政就那麼閒嗎？我俄語單詞已經背得求死不能了。

龍重說華政嘛，平時療養院，考試時瘋人院，這不離集體瘋癲還有一個多月麼，其實聽這幫人扯淡還是有好處的，明年大學本科要擴招了你知道吧，到時候招生人數翻一番，你們學校，還有華政，現在校區的這點地方肯定不夠，要往郊區搬，那裡地方大，土地價格便宜，你們好像要去閔行，華政要搬去松江——那裡以後大學要扎堆了，不過你們這屆肯定是不會搬走的。

商隱在吧檯後面默默拿毛巾擦酒杯，忽然問，糜曉要出書了對吧？

「啊？」

「那天你在咖啡館外面打公用電話，我都聽到了——是你給牽線的吧？」

龍重說你還真抬舉我了，不是，是同時有兩家出版社主動找上門的，她不是已經發了好多短篇了嗎，人家就來問有沒有長的，糜曉吃不準兩家出版社哪家靠譜，就讓我給參謀參謀，我東找西託，才打聽清楚。

「你怎麼不來問我，我舅舅就在出版集團上班，你知道的。」

「不想給他添麻煩。」龍重嘻嘻哈哈地轉移話題，「對了我挺納悶，你到現在怎麼一直不出書啊，你不是從小就愛寫詩嗎，以你的資源，出書分分鐘的事兒啊？」

商隱放下擦完的酒杯，說，不要你管。

高考結束的那個七月，她曾經帶著厚厚兩大本硬面抄去找顏必行，裡面是她從小到大寫的近百首詩。

顏必行是余守恆故交，兩人從少年時代就認識，友誼一直保持到余守恆生命結束。商隱的舅舅陳一鳴八十年代初從師範大學畢業，不想去學校分配的工作崗位當小學老師，想去美國或者加拿大念書。他的外語是余守恆親自指點過的，余守恆早年是上海中學出身，十幾歲能看原版《福爾賽世家》。對陳一鳴來說，語言不是難關，犯愁的是留學費用，即便余守恆這樣的大作家，負擔起來也略感吃力。最後是顏老先生鼎力相助，承擔了將近一半的費用，陳一鳴這才順利出國。

當然，顏老先生也並非無所求。他早年喪偶，有個寶貝女兒，比陳一鳴小五歲，顏老師本想兩家結個秦晉之好，等陳一鳴留學歸來就領證結婚，且在圈子裡早早放出了風聲。誰想小顏女士追求婚姻自由，不服從父親的包辦，在陳一鳴回國之前半年，和別的男人私奔結婚了，很快就生了女兒。顏老師氣得連孫女都不要了，和她斷絕了父女關係，如今獨自一人住在司南路老房子裡。

每次想到這段往事，再想想自己父母，商隱就嘆息，家家有本難念的經，此言不虛。顏老師在文正出版集團下面的文學出版社當過編審（出版專業高級職稱），六十歲後又被單位返聘，完全退下來還不到兩年，出詩集的事情，找他一定就對了。商隱當時這麼想著。

顏老師留下了詩集，一星期後，又把商隱叫去。顏家的內部裝潢，絕對能滿足所有文學青年對文人之家的全部幻想——桌子上、架子上、沙發上、地板上、電視機上全部堆著書，如果用書代替瓷磚，那麼這些書不僅能滿足牆壁的需求，還能再搭建一張雙人床出來。

顏老先生像個盜墓賊一樣，扒開衣櫃前面的三大摞書，從櫃子深處翻出一罈酒，給自己和女孩各倒了半杯。酒液是深深的琥珀色，濃香四溢。顏老師說這黃酒是你舅外公以前埋在院子裡的，遺囑裡他把酒給了我，你還記得吧？

商隱點點頭，說記得。

顏老師：「幾年來，我喝得很省，現在就剩這點了，老余說你小小年紀就很會喝，今天能跟故人之後對飲而盡，是這酒最好的結局。」

言畢，仰面喝乾，商隱跟著照做了。放下空杯子，顏老先生長出一口氣，說，現在，我以純粹的編輯身分，跟你聊你的詩集。

商隱的這些詩結冊要出版，在他看來途徑有兩種，一是她以余守恆外孫女的身分為先導，通過顏必行和余老還在世那些的關係網，略作工作，即能讓某家出版社出版，但只此一次，下不為例。二是，商隱掏錢，自費出版，大約五百冊，顏必行可以出面，讓出版社把書號價格和印刷成本壓到最低，同時還能保證印刷排版質量，足以在自費出版的書籍當中出類拔萃。

「沒有第三種方式？」

顏必行搖頭道，現在已經不是八十年代了，文學衰微，你不是著名詩人，也沒達到一鳴驚人、驚豔眾人的水平，除此二法，無他，要怪只怪，生錯時代。

商隱轉著空杯子，說，是啊，生錯時代，多少搞文學的人都曾這麼感嘆過。

顏必行坦言，余守恆生前知道外孫女喜歡寫讀詩、寫詩，料到會有這麼一天，她拿著自己的作品來找老顏。余守恆再三關照老朋友，如果小姑娘水平到了，那是最好，如果不到，切勿因為他們之間的交情就網開一面，更不可讓商隱借著自己的名聲和關係網，在出書方面抄近道，開後門。

顏老師：「我給你指的第一條路，違背了他的意願，因為拋開交情不說，我還欠你舅舅的，借給他的學費，後來都還我了，但這些年來他一直沒結婚，我很是愧疚，幫你，就算是幫他了。」

女孩抬起頭，說，那我誠心實意問您，也請您誠實回答我，這些詩，到底如何？

顏必行直了直腰，道，都是對普希金和阿赫瑪托娃的模仿，沒有新東西，算不上高明。

她垂下眼瞼：「明白了。」

送商隱出門時，顏老師問，你決定選哪個，可以再好好想想，不著急。商隱說哪條都不用想了，用我舅外公的名氣，那我就跟他老早避著的那幫人沒區別了；自費出版，用的還是他留給我的錢，他在天之靈若是知道，我……算了吧，謝謝您了。

這天中午她在外面逛了許久才回到蘭考路，沒吃中飯。雖然一再聲明沒有胃口，外婆還是堅持著去廚房給她下餛飩。商隱抱著兩本硬面抄坐在客廳沙發上，呆望著牆上余守恆的黑白照片，想，讓你失望了……真對不起。

六

樹葉裙襬一揮

秋天走了
你搓了搓手
呼出一個冬天
我必須同你滿飲此杯
為了四季交替著美妙的歌喉
為了這無人的巷尾為了情緒化的天空
碎了的旅夢
我必須同你再滿飲此杯
為了你來時的癲狂
去時的塵土飛揚
為了所有的背叛和失眠
也為了所有的自律與沉醉
我必須同你滿飲此杯
兩個人的孤獨
歲月在酒裡緘默不語
一切的糟糕

都是如此地美

——商隱〈酒神〉

幾乎一眨眼功夫就到了聖誕節。

光環咖啡館在星期四聖誕夜搞活動，熱紅酒買二送一。普通的紅酒浸入肉桂、丁香、八角，倒入蜂蜜、切片的蘋果或者橙子，小火煮到小泡冒頭，便大功告成。這方子是老闆從德國人那裡學來的，很受外國留學生歡迎。偏愛重口味的，還可以在裡面加點白蘭地。

儘管老闆還準備了切片的火雞肉作為招攬的噱頭，那晚來咖啡館參加派對的還是老外居多。再有一星期不到就是期末考試週，中國學生誰有心思跑來玩呢？商隱想起六舍那幫室友，打死她們也不會在這個時候走進咖啡館的——其他時候也不會。

龍重是中國學生裡的異類，按他的說法，華政已經漸漸進入瘋人院模式，但他這個交流生水分很足，不用太在意考試。碰巧麋曉她媽這幾天膽囊炎開刀，她要在醫院陪護，不能出來共度聖誕夜。龍重本來想在醫院一起陪著的，麋曉說我還沒答應你呢，你過來算什麼身分？我媽從小就對我身邊的男孩子特別感冒，勸你還是先別來的好。龍重玩味出這話裡有她袒護自己、為長遠做打算的意思，喜不自禁，說好好好，便來商隱這裡消磨聖誕夜時光。

紅酒有了熱度，喝起來就像飲血。二人從晚上七點開始暢飲，到九點時，商隱已經喝了十二杯熱紅酒，臉頰緋紅，神智清晰。龍重喝了五杯，京片子裡的兒化音更加捲曲，上廁所時走路的風格又有點像他在衡山路酒吧街喝醉那次。商隱說你悠著點兒啊，我可不想再讓你捧著個塑料袋嘔吐。龍重舉起一杯新叫的熱紅酒，說，今天高興，喝醉了又怎麼著，那個，我要出書了，你還不知道吧？

商隱：「你也要出書？」

「他們今天剛告訴我稿子過了，本來想書出來以後直接送你的。」

「肯定是你爺爺幫忙。」

「沒有，我未必要靠著他啊，這不是常在這裡喝咖啡那幾位，有個和你們這兒的出版社特別特別熟，別人搞不到的大社書號，他就能搞到，一萬二一個，小出版社八千一個，收兩成好處費，這大爺知道我以前攢了不少文章，拿去給出版社一看，人家說我什麼錢也不用出，算正常出版，還能拿買斷版權的稿費。」

商隱欲言又止，終於沒戳破那層砂皮紙，問，書名定了嗎？

龍重說暫時定了個，叫《隨想筆記》，不過他不太滿意，糜曉也覺得有點老套了，打算過幾天想個更好的。

商隱吹了吹剛出鍋的熱紅酒，講，呵，你們倆都要出書了。

男孩喝到這份上已經不會察言觀色了：「我知道你不肯出書就是在憋什麼大作品，哎，這年頭，誰寫《紅樓夢》啊，差不多就先把第一本出了唄，來日方長，我來給你寫序，你要看不上，我給你寫後序也行啊！」

商隱點點頭，講，你說的很對，來，乾了。

事後，也就是聖誕夜過去的大概足足一星期裡，龍重時不時地想要回憶起那天夜裡的蛛絲馬跡。

比如，商隱曾經號稱去過一次洗手間，在裡面待了很久，出來時手卻是乾的，以他對她的瞭解，再怎麼喝大也不至於忘了洗手，所以她在洗手間裡幹嘛了呢？

再者，商隱知道他酒量沒她好，那晚卻不勸阻他一杯又一杯地喝熱紅酒，是真心要祝賀他出書嗎？答案應該是否定的，至少是不純粹的。

然後，當商隱在晚上十點提出去她租的房子繼續喝酒時，龍重早就喝糊塗了，不懂微言大義，更不會做邏輯判斷。要繼續喝，在咖啡館不是更好嗎，何必要去別地？統統都糊塗了，他竟然傻傻呆呆跟著她走了。往咖啡館門口走去時，靠門那桌有個在喝啤酒的南美人，看著正要離開的這一男一女，眼神中帶有莫名的笑意。

拉丁民族在這方面真是充滿洞察力，那人似乎早料到會發生什麼。

龍重跌跌撞撞跟著商隱到了長風三村出租屋，一進門就癱倒在沙發上，說，有涼白開嗎，先讓我喝點水。

結果水沒來，進入他嘴裡的卻是女孩的舌頭……

事後，也就是聖誕夜過去的大概足足一年裡，龍重經常要回憶起那天夜裡的驚心動魄。那是他的第一次，但應該不是那張床的第一次，所以床是那晚發揮最穩定的，既沒塌，也沒叫。龍重覺得，上帝創造世界用了七天，人類用核彈毀滅地球只要一瞬間，真是有道理的。

事畢，商隱翻身下馬，龍重一句話也說不出來，像已經死了。女孩擦拭乾淨，從他大衣口袋裡翻出香菸和打火機，坐在沙發上休息。龍重後來每每想起此景，都覺得，應該是自己被商隱上了，絕對是的。商隱一支菸抽完，他才起身，看到床單上的顏色毫無異樣，問，你……

「第一次。」商隱把菸掐滅道，「信不信由你。」

龍重不敢去看她的胴體，兀自垂頭，講，我會對你負責的。

商隱笑了，此刻只有這笑聲是他最熟悉的，上了一次床，她整個人都變得陌生：「為什麼要負責？不需要你負責，你也負不了這個責。」

「可我剛才……」

「你不知道什麼叫安全期？」商隱又取出一支菸，絲毫沒有要穿上衣服的意思。

「你……什麼時候學會抽菸了？」

「就剛才。」

龍重扶住額頭，感覺即便經過剛才一役，自己酒還沒完全醒。眼前是個奇女子，第一次做愛，不流血，第一次抽菸，不咳嗽。由此聯想，第一次殺人，手也不會抖。

商隱抽完第二支菸，終於穿上內褲，披了件衣服，回到床上，坐在他身邊，龍重嚇得往一側挪，給她更多空間。商隱看看他，講，原來也就這個樣子，一點沒意思，兩個人在一起一輩子，就這樣了，太嚇人。

男孩在床上四處找內褲，最後在床下面發現了，拿起來，覺得現在穿太狼狽，故作隨意地蓋在關鍵部位，小心翼翼地問，為什麼是和我？

商隱笑笑，講，因為對你知根知底，知道你不是壞人，心裡還有別人，和你做了這事，不會黏著我。

龍重嘆口氣，說，我，這下沒臉見麋曉了……

「我不說你不說，誰知道？你沒對不起她，是我對不起你，硬是拉你來做實驗了。」

他苦笑：「這算哪門子實驗？」

她不正面回答，忽然換了話題，講，我過段時間也許要退學。

「什麼？你學校多好啊！幹嘛退學？」

「家家有本難念的經，可能我就是那本經，」商隱看著自己左乳內側一塊小小的暗色胎記，「神經。」

龍重聯想起剛才那一段床戲，深以為然，也跟著嘆氣：「那我們家的經就是老爺子了。」

老爺子不是說他爸，而是龍方侍。龍重生長在北京，既不善長吃辣，也不會講湖南話，但知道有個湖南方言叫霸蠻，龍重他爸私下就常跟他媽說，「老頭霸蠻」。

商隱外婆說起過五十年代初期，房邑秋和龍方侍吵架，龍打了房一拳，此事在圈內流傳甚廣。其實只有在場的那幾個人知道，真相是，當時揮出一拳的並非龍方侍，而是房邑秋，這個乾瘦乾瘦的教書先生。挨了這拳的龍方侍連退三步，緩過神來要絕地反擊，不打掉對方幾顆門牙誓不罷休，還好立馬被人攔住了。

文人打架，這麼斯文掃地的事說出去極沒面子，但龍老爺子寧可背上對前輩動粗的惡名，也不願意被人稱為挨打者，於是對外宣傳是自己動的手。在場其他人深通世故，不好意思戳穿，房邑秋大概也很後悔打人的舉動，多年來都對此事不予置評。龍方侍要面子，房邑秋重名聲，一動一靜，這段往事就顛倒過來傳了那麼久。

北京話說，有裡有面兒。龍重爺爺的面兒是掙回來了，但裡子沒還那一刀。可惜房邑秋七十年代中期去世了，龍老爺子的炮彈在炮管裡沒有目標，雷達轉來轉去，終於鎖定到房邑秋生前最喜愛的弟子糜鴻飛身上。

商隱：「所以糜鴻飛後來一直不受重用，是你爺爺的緣故。」

龍重：「他腦子裡一本帳，刀槍劍戟，梅蘭竹菊，幾十年恩恩怨怨，那叫一個門兒清，我們全家上下大概除了我，都在這本帳上——你可別說出去。」

商隱：「什麼話，他也是我的爺爺。那我也告訴你一件事情吧。」

之前龍重三天兩頭往上戲跑，又是約看戲又是吃夜宵又是表白，糜曉的男朋友、舞美小王子竟然一直沒反應，讓商隱甚為不解。多方打聽後，才知道小王子也做交流生去了，比龍重跑得還遠，是在澳洲一所大學，所以糜曉才能毫無顧忌地頻頻和龍重見面。兩人是否已經分手，學校裡很多人都表示不知道，畢竟誰也不會八卦到打個國際長途去澳洲問。這幾天聖誕節，國外很多學校都放長假，糜曉的媽媽偏偏這幾天開刀，似乎太巧了。

龍重：「你別瞎說，糜曉不是這種人，她跟我說媽媽開刀住院時很嚴肅。」

「那你這幾天去過上戲嗎？」

「沒有，她說她一直在家和醫院陪著媽媽，等她媽過兩天出院了就來找我。」

「你有她宿舍電話吧？和你賭一百塊，要不要打個試試看？」

龍重在床上猶豫了半天，下床從外套裡翻出通訊本，用室內電話撥過去，開著免提。鈴響了五六下，才有個迷糊的女聲接起，問，誰啊大半夜的？商隱搶在龍重之前開口說我是糜曉家裡人，她家出事了，能叫她聽電話嗎？對方說糜曉啊下午就出去了，現在還沒回來。商隱問她這幾天都在學校？對方沒好氣一句「廢話」，就掛了。

商隱放下電話，想糜曉在寢室裡人緣不太行啊。一轉頭，龍重已經在套褲子了。商隱說你去哪兒啊？龍重沒理她，襯衫扣子也不扣，薄毛衣一套，外衣往身上一裹，蹬上鞋就開門而去，地上的兩只襪子和一條內褲都被拋在腦後。

這個聖誕夜，龍重一直沒再回來過。

商隱本以為他會在淩晨時酒氣沖天地回到長風三村敲她房門，一進門就趴在她膝蓋上痛哭流涕。然而一直到聖誕節這天過完，龍重一點消息也沒有，報紙上也沒有捅死人或者跳黃浦江的新聞。到了禮拜六晚上，龍重準時來到蘭考路蹭飯，與以往不同的是，左眼青了一塊。外婆問，怎麼，摔跤了？龍重羞赧地笑笑，說沒有沒有，開門撞了一下。等只剩他和商隱在院子裡餵野貓的時候，龍重才複述了昨晚的奇遇。

他先是打車衝到南市區，以前約會時他曾送她回過家，就在老公房下面蹲守，守到十一點，腦子轉過彎來，想既然糜曉平時住學校，她媽也沒住院，一切照常，那今天禮拜四，她應該不會回家。於是又打車去了上戲，在學校裡兜兜轉轉很久，都快惹得夜班保安起疑了，才心有不甘地往南校門出去，沿著華山路一路向東，兜兜轉轉，居然在烏魯木齊北路路口這裡碰到了糜曉，她邊上還有一個男生，雙手抓著女孩的肩膀在說話，面色凝重。

商隱：「你這青皮蛋，就是那人送的吧？」

龍重撓撓頭：「這傢伙偷襲我，媽的。」

糜曉後來跟他解釋說，這人是她前男友，自從去了澳洲，兩個人聯繫就很少了（雖然才走了不到兩個月），感情若有若無，男女朋友頭銜名存實亡。這次他趁著聖誕節假期回國，糜曉就是借此機會想和他正式分手。對方不肯，糾纏了好幾天，期間糜曉不願意讓龍重牽扯進來，就謊稱自己母親開刀住院。

「她是為我著想。」龍重吸吸鼻子，「其實大可不必。」

舞美小王子把自己送上門來的龍重視為可惡的第三者，出其不意打出一拳，然後就是拳腳來往，直到糜曉威脅說要報警，小王子才忿忿作罷。糜曉見龍重鼻青臉腫，嘴角流血，就問他要不要去醫院，龍重說一點小傷，不用在意。糜曉說自己現在回宿舍太晚了會被室友罵的，回家更不可能，只能住外面。龍重激動得要死，好在轉念一想，自己從商隱這裡出來時好像沒穿內褲，真要和糜曉同處一室，跳進哪條河都洗不清了，硬是做了一回君子，堅持將女孩送回宿舍。

舞美小王子在學校裡人緣還算不錯，經過這個夜晚，糜曉輿論上不占優勢，將成眾矢之的，龍重越發覺得自己今後責任重大。

商隱：「她居然沒好奇你怎麼會忽然出現在學校？」

龍重：「呃……我跟她老實交代了，說是你提醒我的。」

商隱想，自己的第一次就給了這麼蠢的人，早知道不該和他上床的。

「對了，我內褲還在你那兒吧？」

「已經燒了。」

七

一方矮矮的墳墓
住著一雙困頓的靈魂
粉飾過的謊言欺騙他們前來
說它叫愛情
可憐的愜意誘惑著他們
放肆的污穢蒙住他們的眼睛

成雙地安息在這裡
放棄危險與遊戲
終於
在大量短暫又錯誤的愚蠢之後
他們以為，找到了真理

——商隱〈婚姻〉

九九年元旦剛過，商隱父母辦理了離婚手續。

這份新年禮物其實已經拖得曠日持久。

她的父親商衡，母親陳一飛，原本就是兩種不同性格、不同價值觀的人，天知道當年是怎麼走到一起的，大概七八年改革開放，年輕人高興得昏了頭吧。

其實這兩個人都沒上山下鄉插隊落戶的經歷。年少時，商衡在舊倉庫偷偷啃著倖存下來的老版數學物理教材，陳一飛悄悄跟著自家樓上的老畫家學素描。商衡的父親是南下老幹部，早先曾和余守恆有過小過節，但浩劫一來，小過節就不那麼重要了。浩劫一走，兩個人要結婚，雙方家庭都沒阻攔。商隱生下來那年，國家恢復高考，接下去的三年裡，初為父母的商衡、陳一飛先後考上大學，一個學航空有關的材料專業，一個學油畫，學校分別在北京和廣州。在孩子與學業之間，兩人都選擇了後者。商衡這麼做，是因為從小一直有很深的家國情懷，而成為油畫大師是陳一飛最大的夢想。

商隱從四歲開始，就沒怎麼同時見過父母，都靠外婆和舅外公把她撫養大。那種合家歡的照片，十幾年來拍了不超過五張。

陳一飛畢業後先是留校，八十年代末公派赴美留學，回國後在圈子裡名聲漸起。為了避免和另一個著名畫家重名，她起用母姓，改名為余笙。在美國她認識了一個比自己大八歲的華裔藝術品交易商，此後就在太平洋兩岸來回跑，之後行蹤又擴大到了歐洲和日本。商衡更顯神秘，在學校一直讀到碩士，然後去了西昌，要麼一年都不打一個電話回來，有時候卻會忽然出現在蘭考路，和商隱待上一個小時，問問她的功課，然後離開，從此往往兩三年裡不再見到。

余守恆的追悼會，是一家三口破天荒的重聚時刻，滿打滿算不過兩天半。

她升高三那個暑假快結束時，外婆給余笙打電話，說通知你一聲，你女兒不想考大學了。一星期後法蘭克福的畫展結束，母親飛回上海，和商隱面談了兩個小時，效果差強人意。母親也不知道用了什麼信息渠道，沒隔幾天父親忽然打電話過來，跟商隱聊了十來分鐘，跟她說明考大學意義和作用之重大，最後許諾，等她大學畢業，就申請換崗位，回上海工作，一家三口多些團聚時間。

小姑娘就這麼上了當。

和龍重做床上實驗的那個聖誕夜，商隱就隱隱有種不祥的預感，因為外婆說父母這幾天會回上海一次。兩人分居多年，婚姻關係還在，不見面就不會吵架，不會離婚。兩個人忽然一起出現，肯定不是為了辭舊迎新。果然，一月五日早上，他們剛下火車和飛機，就直奔民政局，出來後連家也不回，一個馬上趕回四川，另一個在酒店住了一晚，翌日飛去北京。一月底，傳來女畫家余笙和那個藝術品商人訂婚的消息。母親即將拿到綠卡，新丈夫同時也是她的經紀人，兩個人的生活裡都沒有小孩，倒是養了三條狗。

商隱知道這個細節，自嘲道，他們當年不如也養條狗呢。

舅舅從來不怕刺激到外甥女，告知真相：「他們當年本來不想生下你的，只想參加高考，最後是你外婆和舅外公堅持的。」

商隱：「我說呢。」

這年二月初，期末考試週進行到一半，商隱從華師大退學。父母和母親都沒打電話過來。同盟鬆散，謊言拙劣，背信棄義，後果自負。

她退學如此突然，有傳聞說是因為商隱有次大半夜在學校裡走路，路過小樹林時被流氓強暴，學校為了掩人耳目，把她送去其他學校就讀了，還給保送研究生。商隱的前室友們對這個說法嗤之以鼻，在她們看來，商隱現在不退學，將來必有被開除的那天。

龍重這時交流期滿，快要回北京了，對著自由人商隱一個勁嘆氣，彷彿退學的是他自己。商隱說，好了，你別跟個小老頭一樣愁眉苦臉，我外婆都沒怎麼樣，你苦什麼臉？對了，走之前，你送我一樣禮物吧。

她要的是一套九六年呂頌賢版的《笑傲江湖》ＶＣＤ，龍重詫異，說你什麼時候喜歡武俠了？

商隱：「研究小說人物。」

龍重點點頭：「你要是上海這邊混不下去，可以來北京投奔我，哈哈。」

商隱：「我又不是糜曉。你回了北京，別找我幫你轉交禮物什麼的。」

龍重說我哪兒敢讓您幹這個，怕您下毒。

糜曉知道那天晚上是商隱提醒龍重舞美小王子這個人的存在之後，倒是一直沒什麼反擊動作，這讓商隱覺得有點意外。這一年的春節，商隱都在ＶＣＤ機前度過，看完港劇又看原著，刀光劍影裡不知不覺就過了元宵節。三月乍暖還寒時候，她又想去浦東找梁媽媽。這次沒麻煩雜貨鋪阿三，她一個人前往，到了那裡卻被告知，梁媽媽一天最多只跟五個人「聊天」，日程已經排到了三天後。

長風三村的房子已經退租，她不想在家裡天天面對外婆，連上海這座城市也讓她覺得沒意思了，便決定到外地去旅遊，或者用她自己的話說，是雲遊。

小姑娘一個人跑出去瞎玩，外婆並沒反對，只是提醒外孫女記得回來。商隱說，我盡量。

她選擇往西走，經湖州、宣城、安慶、九江、黃石，最後在武漢三鎮做了較長停留，均是為了了卻夙願。去年夏天，她如父母所願考進大學，未來四年生活已成定數，詩集出版卻了無希望。其時恰逢長江中游洪水氾濫，報紙電視新聞一直在報導。那時商隱就想去看看洪水是什麼樣的，如果可能，把手稿丟進滔天洪水裡，未嘗不是一種祭奠。但水災期間，往中上游的交通都受影響，她未能成行，外婆也不會同意她去那種危險的地方。商隱只好憋在蘭考路老宅裡，寫下了〈猛獸〉一詩——

夜晚出沒在；你斑斕的皮毛
吹皺一池春水
攪碎一夜夏星
你的利爪；撥弄著
我跳動的憂愁
嘶吼；如洪水淹沒
沒了你

我就看不見花香
嗅不到天明
是你；讓聾啞的宇宙
有了聽說的能力

進大學念書、在光環咖啡館用酒精消遣的若干個夜晚，商隱好幾次想，要是那次去成了，自己出意外，殞命於洪災中，也許是件好事。陳一鳴跟她說過以前有個美國作家傑克．福翠爾，寫過「思考機器杜森教授」系列，後來從英國去美國，上了一條豪華郵輪，那艘船叫鐵達尼號。偵探小說「黃金時期」的代表作家之一就這麼淹死在寒冷的北大西洋中，他的死亡就這樣成了災難史上常被人銘記的一筆，後來大導演卡梅隆拍了同名電影，全球轟動。

商隱覺得，人固有一死，若她能選擇死亡的方式，這將是僅次於普希金式決鬥的第二種選擇。

離開武漢後她繼續西行，經岳陽，到株洲，距離湘鄉很近了，她打算去龍方侍的老家一遊，然後再去韶山。誰知動身前夜，忽然莫名發起高燒，吃了藥也沒見好，最後被好心的旅店老闆送到醫院，住了兩天一夜。又在旅店養了一天，她才重新出發。在株洲火車站候車大廳的旅遊書店裡，她看到了新上市的《少女心》雜誌，百無聊賴下拿起來隨手翻了翻，有「艾璃」的新作〈翠步搖〉，編輯按裡寫著，本文作者艾璃一直以校園小說聞名，而這篇是她目前為止唯一以民國為背景的故事，主要場景發生在梨園。

商隱剛想放回去，一個名字閃過她的眼簾——「程衣伶」。

窯姐程衣伶，丫鬟商錦。

大廳廣播開始讓她乘坐的那班列車的乘客檢票進站，商隱塞給營業員二十塊錢，說不用找了，就拿著雜誌上了火車。等她從湘鄉火車站出來，連旅店都不找，先在一個小賣部給舅舅打了個長途電話，問，你是不是有個姓湯的朋友在上戲當老師？我想請他幫我查個東西。

之後那幾天，她都不怎麼出門遊玩，專門在旅館裡等電話，同時一遍又一遍地讀這篇〈翠步搖〉。終於，陳一鳴在第三天傍晚打給她，說，上戲大一新生裡的確有個來自晏摩女中的戲文系學生，也是高中文學社成員，高一高二時隸屬四班，也就是商隱她們教室對面那個班級。

商隱說行，我知道了，多謝，對了，南京那邊，玄武文藝出版社，你有認識的人嗎？

玄武文藝，就是龍重跟她說過將要出版糜曉長篇處女作的那個社。

第二天她去了一趟雲門寺，燒香拜佛，卻沒有許任何願望。回來之後，她把雜誌上

〈翠步搖〉那幾頁給燒了。陽台上的黑煙引起隔壁房客的警覺，問，你在燒什麼？

商隱說，戰書。

等陳一鳴和姪女再度通話時，她已經到了桂林陽朔，喝三花酒，吃灕江水煮的啤酒魚，住鼇山腳下的客棧。陳一鳴告訴她說，你委託的事情，基本已經談妥，不過你打算從哪裡弄來三萬塊錢？你舅外公可沒留給你這麼多錢。

商隱點上一支菸：「怪物自有怪物的辦法。」

「為什麼要這麼做？」

「你聽說過尤氏家族的案子吧？」

陳一鳴當然聽說過，這是幾年前出版界和商界曾鬧得沸沸揚揚的一件筆墨官司。舊上海棉紗大王尤基韡的家族，解放後一部分家族成員流落海外。尤基韡和三姨太生下的次子尤辰鑲，在法國和其第二任妻子梅某鬧離婚，這位太太不滿於離婚分得的財產過少，遂以尤氏家族為原型，寫了一本小說《淚泊煙塵》，九六年在國內出版，十分暢銷。書裡上至尤基韡的父親尤老太爺，下到尤基韡的孫輩、正房、姨太、丫鬟、情人、長三、優伶；恩怨糾葛、男女情愫、鴉片菸、國難財、扒灰、私通、亂倫、斷袖，好不熱鬧。有人評論為其情節是《金瓶梅》和《子夜》的合體，只是文筆粗陋了許多，情節誇張了許多，人物極端（瘋癲）了許多。尤氏家族看到此書，火大無比，對已經回國的梅某和出版商以誹謗罪起訴，認為梅某將書中人物雖以化名處理，但明眼人一看就知道，尤姓變成柳姓，棉紗行業變成紡織行業，其他人物結構都沒變，還添油加醋很多細節，什麼某人為祈求蔣經國打虎隊的高抬貴手，從靜安寺一路「跪」到華懋公寓，足足兩公里。

法院審了足足三個多月，最後判定梅某無罪，因為小說就是小說，沒有指名道姓，沒有鐵板釘釘，作者儘管身分特殊，但沒有規定她不能搞文學創作，誰也無可奈何。不過那家一夜爆紅的小出版社也很識相，雖然贏了官司，還導致那本書一時洛陽紙貴，但決定從此不再加印，賣光拉倒。陳一鳴曾經判斷，梅某創作小說時有高人指點，創作時指導她規避掉了以後很多可能在法律訴訟中被人拉住把柄的情節和細節，含沙射影，指桑罵槐，卻不給對手一個切實的反擊發力點，頗有當年毛姆寫《尋歡作樂》的機巧。

商隱：「我現在就遇到了尤氏家族的難題，雖然只是個短篇。我不會像尤家那樣打官司，但我知道打蛇得打七寸。」

她和余守恆一樣，有人來犯，必須還擊。

陳一鳴嗯了下，忽然換個話題：「你走之後，外婆燒菜都很難吃。」

商隱說知道了，然後掛了電話。

她的反擊不僅需要高額資金，還需要非凡的耐心。即便如此，也不能百分百肯定是否能擊中要害。在適當時機出現之前的那段時間裡，商隱出廣西，經雲南，入四川，每到一個落腳處，都會給蘭考路打個長途，告知自己的方位和電話號碼。在攀枝花市，她一度猶豫，是北上西昌，還是繞遠路去宜賓，再沿西秦、內江一線前往成都。最後她決定不去父親所在的那個地方，選擇了後一條路線。

領略過蜀南竹海、五糧液和燃麵，在西秦嘗了火邊子牛肉，四月中旬，蘭考路終於在她動身去內江的前一天來了電話，陳一鳴說收到了一個郵局包裹，玄武文藝出版社的新書《玫瑰她醒了》，作者艾璃。一般贈書，都有作者簽名，再正式點，要寫對方名字，前輩、圈內同輩人要在後面加個「雅正」或「斧正」，給小輩、圈外同輩人可以寫「惠存」。可這本書上一個手寫字也沒有，只在扉頁上畫了一雙高跟鞋，黑筆勾勒線條，紅筆塗滿鞋身。

陳一鳴：「你寄來的信我已經收到了，出版社開的三萬塊收據也到了，現在是時候了吧？」

商隱深吸一口氣：「都寄出去吧。」

舅舅見她這次沒立刻掛斷，提醒說，你心裡應該清楚，骰子扔出，就沒回頭路，你確定要讓最好的朋友和最壞的敵人同歸於盡？

電話那頭的女孩沉默幾秒鐘，講，我最好的朋友已經死了。

八

黑河之水灌溉尊嚴；生長
於生命之上
在太陽的側臉
留下他振聾發聵的一吻
面前，不論是利劍或手槍
當死亡降臨的時候
草場結滿非黑即白的命題
詩人死了
被流言射中
傷口裡流出整個白銀時代
俄羅斯的靈魂；雪上的梅花正濃
他不是情感的囚徒
而是自由的使者

——商隱〈決鬥〉

後來她聽說，就在陳一鳴把她寫的信和三萬塊錢收據寄到糜曉那邊之後第三天，龍重逃了課，坐十幾個小時的硬座到上海，在上戲宿舍樓下守候了一天兩夜，糜曉都沒下樓相見，吃喝全靠室友在食堂幫她帶飯。龍重粒米未進，終於在第三天上午撤去圍城的重兵，來到蘭考路老宅。

白天陳一鳴上班，只有外婆在家。老太詫異他的忽然出現，但沒多問，將他讓進來，說商隱不在家，一個月前就去外地雲遊了。然後下到廚房，置一堆豐盛剩菜和現成掛麵於不顧，給他煮了一碗餛飩。

端上來的餛飩，湯色發暗，沒有蔥花卻香氣撲鼻。龍重看看外婆，外婆說裡面加了四滴醬油，半小勺豬油，是余守恆生前最愛之一。商隱以前每次遇到壞事情緒低落，眼神空洞，一天兩天不吃飯，都會給她煮那麼一碗餛飩，吃好之後，那魂魄就回人間了。

龍重嗓子乾得可以擦出火星，問，你知道她做了什麼吧？

外婆說不知道，但人遇到事情想不開，眼神都是一樣的。

男孩盯著餛飩看了許久，像是要證明自己不餓，但終於還是拿起調羹，撇開湯麵，舀了一顆餛飩，也不吹涼，直直咬了一大口，在嘴裡咀嚼，眼中噙淚。外婆說你慢點吃，燙的。起身去廚房倒杯白開水，回來時，桌子邊上已經沒了人影，院子裡的鐵門倒是開著。外婆嘆口氣，把半顆餛飩吃了，剩下的倒進小鋼鍋，打算晚上再吃。

洗好碗，剛放進櫥櫃，就聽到一聲脆響，循聲走去一看，商隱房間，面朝弄堂的那面玻璃窗上一個大洞，一塊石子躺在地上，玻璃碎渣鋪滿靠窗的書桌，檯面玻璃下面，壓著商隱高二春遊時和那個叫陳伊鈴的女孩的合影。桌子上一瓶英雄牌墨水也被打翻了，裂口冒出的藍黑墨水在玻璃渣之間流淌，漸漸蓋住了兩個女孩的笑靨如花。

陳一鳴把這個情況轉述給人在成都的外甥女聽，後者淡淡道：「意料之中。」

又過兩天，商隱估計龍重的家裡人應該已經趕到上海，把他給帶回去了，便在雙流機場的公用電話亭打了一個〇一〇開頭的號碼。電話是保母接起的，很快轉到了一個老人的手上。

「小姑娘雲遊到哪兒了？」

「正準備從成都去蘭州。龍重回來了吧？」

「回來了，不吃飯，也不出門，沒事，熬過這段時間就好了。」

「這次多虧您幫忙。」

「不是幫忙，這件事辦成，對你，對我，都是好事，我們是合作。」

商隱想，是啊，三萬塊，對你來說不算什麼，但能不動聲色就拆散孫子和糜鴻飛女兒的感情，太值了。那家小出版社——玄武文藝的人肯定也是覺得天上掉下了餡餅，明明是不用自費出版的一本市場路線出版物，忽然有人願意花三萬塊錢保駕護航，高興得嘴巴都合不攏。錢不能白給，要寫收條，蓋財務章，陳一鳴按照商業的叮囑，收條付款人寫著龍重的名字。出版社拿到真金白銀，哪管付款人到底是誰。商隱寄給糜曉的信裡，把聖誕夜那晚龍重在床頭訴說的陳年真相原封不動轉告給她，唯一捏造的事實就是這三萬錢究竟來自哪裡。

糜曉看到收據上的蓋章和白紙黑字，認定了是龍重和他爺爺出資，這麼做是在彌補當初打壓糜鴻飛，是內心有愧，是負罪感的體現。

龍重得知收據上還有商隱舅舅陳一鳴的名字，認定了是商隱冒充龍家在搞鬼，而爺爺龍方侍是清白的，十惡不赦的人是商隱。

這對短命的情侶，各有自己的判斷，各有自己的執念，各有自己的雷區和盲區。

判斷最正確的是商隱，糜曉的確不能容忍她告訴自己的那段歷史事實，以及龍重對她隱瞞事實的做法。她進了上戲戲文，化妝技術高超，穿衣得體，腳踩高跟，吞雲吐霧，釣魚有術，但骨子裡，還是放不下舊仇宿怨，還是那個把水果扔出窗外的小姑娘，是那個躲在母親身後的小姑娘，是敢於在追悼會上穿紅色皮鞋的小姑娘。那麼多年兌水的雪碧，不是白喝的。

最後成為靶子的也是商隱。當初她問龍方侍借三萬塊錢，龍老爺子說何必這麼麻煩，我找人和那邊出版社打個招呼不就行了？商隱說您名望大，面子大，但目標也大，切忌輕舉妄動，這個圈子，消息一通百通，走漏出去，前功盡棄，我和我舅舅出面，您這邊可一定要把戲做足。龍方侍頗為讚許地「唔」了一聲，嘆息道，要是當初娃娃親真成了，我對龍重以後的日子可就放心多了。商隱說，是您太寵他了。老頭笑了笑，講，以前對兒子女兒太嚴，就想在孫輩身上找補回來，沒想到卻害了他，成績多了，心眼卻少了，他不明白，光環這東西，是榮耀也是毒藥，是資歷也是恩怨。

龍方侍當然不可能允許長子長孫和仇人門生的女兒在一起，尤其是後者一直對宿願耿耿於懷。生活比小說殘酷，羅密歐與朱麗葉雖然被歸為莎翁喜劇，但兩個主角畢竟是死了的，是死沉死沉的悲劇。

商隱換了個手拿話筒：「不管怎麼說，這事兒沒您成不了，是我欠您的。」

龍方侍：「沒有欠不欠，龍家和余家是故交，無論你舅外公在不在，這層關係斷不了，你說呢？」

商隱：「您說的是。」

龍方侍：「聽說你一直想出詩集，老顏沒幫上忙？他這人，死腦筋，我可以幫你聯繫更好的出版社。」

商隱說這都是以前的事情啦，詩集手稿我都處理掉了。

對方嘆息道，可惜，可惜。

沒什麼可惜的。女孩想，在她退學那陣子，有天晚上，她問光環酒吧老闆借了把折疊鏟，把自己的詩稿裝進塑料袋，埋在了麗娃河畔的某片泥土之下。等春天到了，自然不會生長出很多詩歌，但起碼，是個好歸宿。

結束通話前，老人留下一句話：「龍家大門一直為你開著。」

女孩本想禮貌謝絕，但糜曉那番關於《笑傲江湖》的對比忽然在腦海裡一閃而過，讓她改口道：「多謝龍爺爺。」

兩個月後，商隱已經遊歷完西北和華北，在前往東北前，悄悄來到北京。

龍家大門一直為她敞開，她卻過而不入。商隱不是初次來京，天安門故宮後海頤和園長城統統都不在她的行程單裡。那幾天裡她去北大蹭課，在工體看演唱會，聽地下樂隊的演出，到潘家園閒逛，凌晨蹲守鬼市開業，去吃了一次心心念念的「老莫」（莫斯科餐廳），體驗過住天花板滴水的地下室，聽出租車司機瞎侃。可惜她來晚了幾年，沒能坐一坐黃色面的。她日夜顛倒，每天都認識新的朋友，每隔一天又忘記他們。時而喝完半斤白酒，第一次跨上摩托車駕駛座，在北四環貢獻處女騎。時而在最累的時候，三女兩男睡在廉價旅館兩張單人床拼成的大鋪上，大家彼此可能只認識了不到三十個小時，卻都秋毫無犯。

人人都在談論一種叫千年蟲的問題。之前的電腦圖簡單，年數都用後兩位。共和國建立於一九四九年十月一日，電腦裡就是「49-10-01」。可是千禧年一過，年份是二〇開頭，二〇〇〇年十月一日就和一九〇〇年十月一日衝突了，全世界的計算機工作者都在為這個問題頭大，只有商隱讚嘆，漫漫百年的間隔，就在電腦裡被交匯在一起了，多麼奇妙。

此時中學生開始談論一個叫HOT的韓國男子組合，商隱以前只知道小虎隊和SMAP，看著海報上五個髮型獵奇的大男孩，想，世道真是變了，連韓國人也開始在國內流行了。

有一天她不知怎麼的想起了外婆，對某個剛認識不久的二流畫家說，給我畫一張素描吧。畫家應允，去找碳素筆，一回轉身，商隱已經毫無遮蔽展現在他面前，比凱特·溫斯蕾快了不知道多少倍。該畫家本以風流成性而聞名圈內，但畫完素描，把畫稿交給她時，動作規矩，並對模特說，你有白銀的肌體。

「這是什麼意思呢？」

「銀子，容易發暗，但一擦就亮了。」畫家說，「我給其他女孩畫畫，總要和她們睡一覺，和你卻不行，我得收你錢，錢貨兩清。」

「多少錢？」

「多少都可以，就是這麼個意思。」

她腋下捲著自己的裸體素描回旅館，走在地鐵站的客流人海裡如渺小一粟。在西直門，她猛然發現過疑似是龍重的身影，轉瞬即逝。龍重的新書已經上市了，但一直沒給蘭考路寄過。商隱想起，龍重還在上海的時候，自己曾和他開玩笑，說糜曉化妝雖然不算濃妝豔抹，但絕對不是清水出芙蓉，妝前妝後還是有差距的，你能接受得了？龍重遲疑半晌，講，那就當我有兩個女朋友吧，哈哈哈哈。

挺可愛的男孩子，怪可惜的。

九

在某一夜的狂風驟雨中
她來了
有如凌晨寂靜的鐘聲
有如曇花一現的幻影
我的眼睛變得清澈而明亮
內心的窮鄉僻壤被喚醒

有了傾心的人 有了詩的靈感
有了生命 有了眼淚 也有了愛情
在某一日的風和日麗
她走了
我氣喘吁吁地哀求
她只是淡然一笑
「別站在風口」
鏡子問我：
「為何你的眼睛不再清澈 不再明亮」
她帶走了我春天的第一份禮物
沒了傾心的人　沒了詩的靈感
失去生命　失去眼淚　也失去了愛情

——商隱〈繆斯〉

九九年九月，商隱結束周遊全國的旅行，回到蘭考路老宅，獲知的第一個消息是，舅外公生前留給她的版稅遺產，已經被她揮霍殆盡。

余守恆的作品一直屬於市場上的長銷書，沒有火山爆發式的銷量，但每個月總有一個中不溜秋的銷售額，加印次數頻繁，每次卻又印不多，如細水長流。但商隱去一個地方總要嘗試各種當地特色，有些價廉，有些咋舌。匯聚在一起，就是個大數字。除非未來哪天機緣巧合，余守恆忽然又火了，那麼銀行帳戶會再度豐腴起來。

商隱無力地反駁道，這不是揮霍，是積澱經歷。

陳一鳴問那你積澱出什麼來了？

商隱說就積澱了一句話——歲月無情，山河不老。

舅舅聳聳肩。

第二個消息是雜貨鋪阿三帶來的，梁媽媽死了。

這個農村婦女走得頗為蹊蹺。她一直嚴守不收錢的規矩，但她那個當無業遊民的兒子經受不住誘惑。有個溫州富商來找梁媽媽聊天，背著她，送了一台八成新的普桑車給她兒子，算是表達謝意。車子停在鎮上的加油站停車場，兒子過去辦好車子過戶手續的當晚，梁媽媽又發起高燒，吃藥也沒用，她自己不肯讓家人送去衛生站，結果天沒亮人就去了。

村裡人都說，是沒守好規矩，結果被收走的。

商隱問明事發時間，掐指一算，正是自己在株洲莫名發燒的那幾天。遊歷祖國山水那幾個月，她遇到的各種神婆、巫女、大仙不下兩打，沒有一個像梁媽媽那樣說出短髮女孩這個細節。

梁媽媽的死是個大損失，不過好歹，她不再懼怕高跟鞋了。

商隱把那副素描給外婆看，問她感覺如何。外婆說這有什麼好看的，從小看到大。

商隱在家一直賦閒到過完二〇〇〇年春節，此期間千年蟲問題終於被解決，沒有鬧出什麼大亂子。她想，本來嘛，計算機是人造的，人怎麼不能解決呢？陳一鳴沒有站在全人類的高度看問題，只關心外甥女不要天天閒在家裡和外婆拌嘴抬槓。他給她找了個兼職編輯的差事，在《筆跡》雜誌社編輯部。商隱接受了這個工作，並且聲明，我遲早還是要搬出去住的，在外面玩久了，野慣了。

舅舅說隨你，但我得告訴你，你在外面花天酒地，從沒想到過你外婆什麼心情。

商隱：「我不是每次一到賓館就跟你們彙報麼，她從來都不主動給我打電話，她這人一向如此。」

舅舅：「因為你只關心自己的事情，自己的恩怨，每次我在家跟你通電話，商量怎麼害人，外婆都守在邊上，我掛了電話，她才放心去做其他事。」

商隱說，行，我知道了。

《筆跡》雜誌社就在南宮路九十九號，那是一條僻靜的小馬路，藏在熱鬧的市區西北角。九十九號的兩棟小樓都是殖民風格建築，院子裡有一尊著名的繆斯女神像。余守恆以前經常來這裡找老朋友聊天，或者開會，時不時帶上商隱，故而她對這個院子算是比較熟悉。文英出版集團在這裡共有三家雜誌、一家出版社和一家週刊。《筆跡》留給她的印象並不深刻，余守恆也不過是在五十年代中期在上面發過幾篇作品。

但自從去年暑假，《筆跡》辦了一個「全國青少年文學寫作大賽」，情況就今非昔比了，一下子成為媒體的寵兒和中學生的福音書。他們狂熱崇拜一個叫成語言的少年，此人文筆犀利，語言老辣，和年齡不太相稱。學生們似乎是在學校裡被壓抑久了，看到這種快人快語快意恩仇又很貼近生活的雜文，分外解氣。

商隱作為一個從大學退學的人，本該和成語言站在一個戰線上，可是成語言在文章中對詩歌這一神聖古老的文體表露出大不敬的態度，這讓商隱無法接受。

「是個討人厭的傢伙。」她想，「如果當面見到，應該殺一殺他的銳氣。」

但成語言似乎和她一樣喜歡到處玩，商隱不太能在《筆跡》編輯部遇到此人。她的主要工作就是收信，拿包裹，歸類郵件，做投稿粗審，刨去那些不知所謂的、詛咒的、求情的、妖言惑眾的信件，還要按照編輯的指示手寫退稿信。編輯部時常收到其他報紙期刊出版社寄來的樣刊樣報樣書，在辦公室堆得成為一種隨時能砸到人的災難，商隱也要負責清理。有一次又送來一堆月刊，其中就有《少女心》雜誌。商隱在目錄裡找了一圈，沒有發現「艾璃」這個名字，但有篇小說叫〈君子劍・美人心〉。她心裡一動，翻過去一看，是那種似曾相識的文風，小說裡兩個反派，一個叫余不群，另一個叫龍我行。編者按裡說，這是一篇精妙的同人文，在保持原著《笑傲江湖》裡的部分人物設置之外，還賦予了很多全新的闡釋。

商隱一看作者名字，叫青煙輕語，簡介裡寫明，是新人作者。名字再怎麼變，行文風格是很難一時大轉彎的。平心而論，這篇文章的文筆，較之糜曉以前的小說，有了不少進步——如果不是在〈翠步搖〉裡寫了一個長大瘡的妓女程衣伶，以及拿剪刀刺向程衣伶的丫鬟商錦，她的文章還是有可取之處的。

商隱想，你終於又從頭開始了啊，捨棄那個經營許久的筆名，把自己的第一本書打入冷宮，一定很痛苦吧，但還是要狠下心。

這才是她所認識的那個糜曉。

該年五月底，第二屆「全國青少年文學寫作大賽」馬上要報名截止，編輯部忙得一塌糊塗，每天郵遞員都送來兩大袋子參賽稿件。商隱和幾個還在念大學的實習生，每天要做一件艱苦的工作，就是把這些信封拆開，稿件整理、歸檔，每一百份紮成一捆。不知不覺，編輯部辦公室裡就堆起好幾座山脈。稿件來自全國各地，大多風塵僕僕，這不光是一個成語，是真的帶著全國各地的灰塵。如果不事先戴好勞動手套和口罩，就會成天咳嗽，手上總是有一種乾澀感，怎麼洗手都洗不掉。

距離大賽截止還有三天的那個星期五下午，忙完一天，商隱在女廁所洗手洗臉完畢，走回辦公室，看到另一個實習生正把一摞沒有捆紮的稿子搬到角落裡。對方解釋說，這都是些無效參賽稿，就是字數遠遠超出比賽要求，或者沒有附著必需的比賽報名表。在比賽結束後過去一個月，才會有剛從疲憊感裡緩過來的兼職編輯在這些稿子裡挑挑揀揀，看有沒有適合直接發表的作品，但想要參賽是肯定不行的，規矩就是規矩。

後來，有人神神叨叨地解釋為「那個時刻有天使或者魔鬼」從南宮路九十九號上空飛過，或者無神論者認定是商隱一時神經錯亂，待實習生走開後，從那摞無效稿件裡抽出十幾份，塞進了自己的書包裡，帶回了蘭考路。

其實她就是好奇這些稿件的質量，同時也是為了消磨時間。那段時間她在家裡剛啃完威廉・曼徹斯特的四卷本《光榮與夢想》，正愁沒什麼書看。十來份稿件，足夠她打發一晚。

但看著看著，她就對其中一篇鋼筆寫的稿子來了興致，看到結尾，又從頭看起，連看三遍，終於下床，走到客廳，在擺放舊報紙雜誌的儲物架上滿世界找東西。她在《筆跡》兼職三個月，平時斷斷續續會帶回幾本雜誌，上面印著比賽報名表，對她來說屁用沒有，但對那些地處邊遠的城鎮少年來說，如金子般珍貴。找到《筆跡》，剪下報名表，她拿起鋼筆，研究、比劃那個文章作者的筆跡許久，才動手在報名表上填寫信息——這些信息之前都畢恭畢敬寫在文章末尾。作者沒有寄來照片，但報名表上沒貼照片的稿件，商隱見多了，並不礙事。

正在客廳清理菸斗的陳一鳴把一切都看在眼裡，問，你這樣行麼？

商隱頭也不抬，講，原創作品，不超字數，有報名表，在截稿期之前送到，怎麼不行？說完，她把報名表舉在空中輕甩，讓藍黑墨水盡快乾透。這個作者是個男孩，來自西秦一中。西秦，就是她做出寄出信件決定的那座川東小城。

真是有緣。

陳一鳴：「好像不太符合程序。」

「沒有光環護航，能力就是程序。」

女孩把報名表放回桌上，拿來一個信封，把稿子和報名表放進去，最外面寫了《筆跡》雜誌社收，寄件人這裡寫——西秦一中 毛琦。

「就當是個慈善舉動吧。」

她這樣想著，然後封上信殼。

◆註：感謝李昱萱、陳麗麗的幫助。本文中商隱的詩歌均由錢芝安創作。

麋曉

夏娃看言情的時候 亞當在幹什麼

九七年春節過後第八天，大人上班，學校尚未開學。高三女生顧竹嘉思想鬥爭了許久，終於決定去同學家看黃書。儘管那位同學強烈否認這個定性，只是說「我爸媽偷偷藏起來的……資料」。鑒於其家長均不在國家保密機關工作，她能想到的只有黃書這個答案。

因為內容敏感，李書珊只邀請了「I.I.I.」組合另外兩個成員前來對黃書進行文學研討，顧竹嘉是其中之一。

初中常去光顧的那家小書店，也賣一些印刷粗陋的所謂法制刊物，她只敢瞥一眼封面上的故事標題，往往是《女藝員沉浮》、《色情狂的覆滅》、《被野人掠去的少婦》這種。再算上生物課上一副結構複雜、難辨敵我的兩性器官剖面圖，就是她全部的色情體驗。在高考前的最後一個假期，她打算瘋狂一把，看看黃書裡究竟寫了點什麼。

李書珊讓兩位來客就坐，轉身走進父母臥室，片刻之後拿著本巨厚無比的書出來，吃力地舉在胸前。這本《金賽性學報告》不但名字直白，封面上「性」字還用了紅色，右側有個墨綠的英文單詞「SEX」，紅綠搭配有種出乎意料的和諧。

驚呼聲中，四隻顫抖的手同時將其接過，兩個腦袋靠在一起，翻頁聲急，過了會兒就大失所望地散開了。七百多頁的書，基本都是些談話記錄和數據，太學術，太枯燥，太不色情了。顧竹嘉看了幾頁，一點羞臊感都沒有，遑論被教唆走上犯罪的道路。

負責翻頁的麋曉用力把書一合，看到明天出版社的字樣，總結說，無聊。她要是知道這家成立於一九八四年的出版社最擅長出版的其實是少兒讀物，也許會改口說，有趣。

該書未來的主人（假如父母打算傳給她的話）對此早有準備，將她倆的不學無術數落了一通，又從臥室裡拿出一件能挽回尊嚴的東西——一張金光燦燦的VCD光碟，一面刻著「夜色撩人」四個字。據她說，藏匿光碟的地方，比《金賽性學報告》還要隱秘。這個細節又引來一片驚嘆和讚美，遙想當年哥倫布第一次在光屁股美洲土著面前拿出玻璃珠子，場面應該也差不多。

李書珊說她自己也沒看過這張碟，今天大家一起看，但無論裡面是什麼內容，誰都不許說出去，如有違者，高考落榜。對面二人點頭不已，靜候她把電視機音量調小，打開VCD機電源，開倉，放碟，進倉，碟片飛轉，緊接著「啪」一聲，播放機的指示燈瞬間熄滅了，碟片轉動聲戛然而止。

女孩們對這台機器又是拍又是晃，好言相勸，惡語威脅，折騰半天，就是不肯運行，也不肯吐碟片。

面面相覷了幾秒鐘，麋曉說，這下真的不用擔心說出去內容了。

二十世紀九十年代，在女生小團體裡使用相似的化名一度是股風潮，發展規律是起於小學，盛於初中，衰於高中，亡於大學。能堅持到最後的，基本是些常寫文章、廣交筆友的女孩，只因混跡於藝術的江湖，需要高於生活的筆名。

在顧竹嘉她們學校，就有高一年級的「婷」字三姊妹（夢婷、雅婷、瑩婷）、高二的「瓏」軍（朦瓏、璐瓏、珂瓏、玥瓏）和「夢」派（雨夢、藍夢、菲夢）。她以前的初中班主任曾評價這種風氣是「跟邪教學的」，但再看看那群讀了太多武俠、撿起一截樹枝就敢自封為劍魔劍仙劍俠劍尊劍聖劍痴劍狂的小男生，班主任便會原諒女孩們的矯情，並嘟噥一句：「劍鬼。」

「I.I.I.」迥異於其他小團體，主要活動不是創作詩歌或歌詞，不是編撰謠言緋聞，不是聯名給筆友寫信，更不是互相交換日記。她們走到一起的最初目的和最終目的，是合作一部前無古人的言情小說。

三個成員初次相遇，是高一下半學年，文廟附近一家小書店。書店隔壁是家賣花圈的，另一側隔壁是賣蔥油餅的，兩圓夾一方，生意不會黃。

書店老闆腦袋尖尖，腿毛粗長，路子靈通，能搞到最新的日本漫畫，號稱全上海日漫進貨速度前三。《聖鬥士》、《灌籃高手》、《ＪＯＪＯ》、《尼羅河的女兒》這種熱門大路貨不在話下，很多冷門漫畫也能搞到，只是顧客需要耐心，比如清水玲子《異星奇龍》、成田美名子《雙星記》之類的。青山剛昌的《名偵探柯南》，九五年國內還沒引進動畫版，漫畫都是日本走私進來的，沒中文，有本事直接看日語，二十塊錢一本，堪稱天價，照樣有人買走。

顧竹嘉那天去書店是為了守候 CLAMP 的《聖傳》第八卷，台灣東販出版社的盜版。到了那裡，麋曉、李書珊都已經在了，第八卷賣到只剩一本，雙方正僵持不下，老闆幾乎準備啟動拍賣模式。

顧竹嘉一看大家胸前的校徽，都是自己人，提議不如集資買下，三人輪著看。李書珊和麋曉同年級不同班，素不相識，但都知道顧竹嘉這個體育生的存在，竟然同意了。

傳閱順序是麋、顧、李。麋曉去顧家還書，李書珊去顧家拿書，都對顧竹嘉房間裡那個書櫥嘆為觀止，她家長居然允許女兒把漫畫和言情小說堂而皇之地放在上面。換成李書珊，會被父母逐出家門，而麋曉家裡小得根本放不下書櫥。

顧竹嘉的書櫥裡還放著她開了頭但沒時間完成的好幾部小說。李書珊讀了之後表示十分羨慕，她自己構思不了故事，只會寫小橋段，連開頭都不會。麋曉的缺陷是腦子裡只有人物走來走去，還有細節片段，就是湊不到一起講故事。

顧竹嘉再度提議，不如大家各展所長，搞個組合，合作寫小說，「就像 CLAMP 那樣！」

這是個分外誘人的建議。

九十年代中期的娛樂活動翻來覆去那麼幾樣：遊戲廳、舞廳、撞球、麻將、錄像廳，這些都不是區重點高中女生該去的地方；高級點的玩音響、繪畫、淘碟、攝影，這些全然超出了她們的精力和財力。唯有寫作，一摞紙一枝筆就能開幹，是窮人的金馬刺，卑微者的光明塔，是門檻最低的品味之舉。

既然團隊寫作，就要起個時髦筆名，最時髦莫過於外文，可惜日語很多人看不懂，她們自己也不太懂，只能從英語下手，畢竟是大家都學過的。

顧竹嘉筆名叫愛珏——珏，二玉相碰，其聲悅耳。糜曉本來的筆名是艾璃——璃，《韓愈．鄭羣贈簟詩》寫過「凝滑無瑕疵」。出於集體主義的自覺，她把艾璃改為愛璃。李書珊再起個愛字開頭的筆名，組合就叫「I.I.I.」，粗看像羅馬數字「三」，她們又正好三個人。

李書珊犯懶，說珏和璃都是王字邊旁，珊字也是，我就叫愛珊吧。

糜曉強忍住即將翻出來的白眼，說，就這麼定了。

成立於九五年四月底的這個組合，直到第二年春節前夕才敲定第一部長篇的內容。這不能怪她們懈怠和缺乏團隊意識，九十年代的高中生固然沒有後來人那麼大的學習壓力，但九十年代的高中生同樣不知道該怎麼書寫校園裡的愛情。

那時候散文大師穆懷恩的《富春紀事》賣得正火，大部分喜歡寫作的學生只是在筆記本裡寫點散文或者朦朧詩。有些男孩會寫一點科學幻想故事，豢養恐龍，和海底智慧生物、外太空來客交交朋友之類，整體水平落後於同時代美國青少年（Nerd）大概幾光年的距離；還有些寫武俠，這個類型好歹是國粹，全球範圍內絕無匹敵，但也是讀了金庸古龍照貓畫虎。

女孩們呢，「校園言情」是個聞所未聞的概念，學校和社會禁止中學生早戀——八十年代末到九十年代初，甚至有些大學還在校規裡明文規定：「學生不得戀愛」。正規出版物裡，大學生情侶不能接吻，只有那些刊登《色情狂的覆滅》、合法性非常可疑的地攤文學裡，少男少女才能放飛自我，但肯定不是發生在學校，必須是在歌舞廳這樣的高危場所。

若是把男女主角設置為踏上社會，「I.I.I.」又對社會經驗一無所知。

在思考長篇題材的十個月裡，三個女孩的大腦被折磨得死去活來。一次放學後她們在豐裕生煎店吃點心，李書珊一拍桌子說，索性寫個聖鬥士和美少女戰士談戀愛的小說吧，誰都不會說這個故事有悖於社會主義精神文明建設。

她提到的這兩部動畫片分別在九二年和九四年引進大陸，電視台播出後在中小學生當中掀起狂潮。美少女戰士是五個人，加一個地場衛（♂），聖鬥士主要角色是五個男的，加一個城戶紗織（♀），從數學角度而言，是完美的配對。

這個主意並不算太荒謬。幾年前市面上就出現了《葫蘆娃大戰黑貓警長》的連環畫，賣得還很火，後來在內容策劃上走出國門，分別出現了《孫悟空三打變形金剛》、《奧特曼大戰孫悟空》、《孫悟空智鬥阿童木》、《孫悟空調戲機器貓》、《金剛葫蘆娃大戰魂斗羅》，乃至《聖鬥士與七龍珠》這樣的來料加工。相形之下，美少女、聖鬥士這群日本俊男靚女談起戀愛，簡直是嚴肅文學般的人物設定。

糜曉十指交叉，認真思考了一下，說我倒是沒意見，就怕到時候會有一群小學生拿著三角尺來追殺我們。

她的顧慮完全是在技術層面上，第一次寫長篇，就搞那麼多人物進去，很可能應付不過來，三個人耗費心力時間，如果寫到一半發現無法駕馭故事走向，只能遺棄，代價未免太大。和其他看言情的女生不同，糜曉不但看劇情，還留心觀察角色數量，發現大部分通俗易懂的言情小說，主要角色就那麼三四個，剩下都是陪襯、點綴，甚至是炮灰。

李書珊似乎還要再爭取一下，被顧竹嘉摁住了膝蓋。她也贊同糜曉的說法，畢竟糜曉在她們當中是最有寫作基礎的人。李糜有意見分歧時，她基本會傾向於後者，撫慰前者，並掩藏自己的觀點。

套用美少女戰士性格設定的話，這個小團體每個人都能找到對應的角色。最喜歡這部漫畫的李書珊無疑是月野兔，不是因為每個女孩都幻想成為故事主角，而是她具備了月野兔日常生活中所有的性格弱點：貪吃、懶惰、粗枝大葉、脆弱、愛哭。至於變身成水手月亮之後的特質，比如金髮白膚、苗條、天賦異稟、前世的公主身分，對李書珊而言比月球還要遙遠。

糜曉還在私下裡給她起了個「嘴不停」的外號。李同學每天上學，書包一半空間用來裝水果零食，中午還必定光顧學校小賣部，次次滿載而歸，是小賣部老闆眼中最可愛的人，新幾內亞的食人部落也會附議這個觀點。

「零花錢＝買零食花的錢」是李書珊原創的名言。和她初次見面的人，會覺得這姑娘有點點胖，瞭解她飲食習慣的人，則會認為這種程度的微胖已經是個奇蹟。李書珊從未虛偽地表示自己需要節食減肥，也是難能可貴。

在她這具看似有些遲鈍的軀殼下，隱藏著一顆對時尚潮流極為敏銳的心。語文老師覺得李書珊的文章（無論作文還是每週隨筆）總體而言非常一般，偶有奇思妙想的細節，可惜部分遣詞造句有點叫人看不懂——那個年頭的老師們，並不以趕時髦為榮，也沒意識到這是促進教學質量的手段。前些年剛從南方流行過來的驚嘆詞「哇塞」，是不允許出現在記敘文裡的。

那位距離「特級教師」評定只有一步之遙的語文教研組組長，曾經把李書珊作文裡的一句話作為錯誤圈了出來，「一個很in的女孩」，in是什麼意思？李書珊看到朱批後氣個半死，in就是很時尚很潮流，是最近流行起來的說法，連這都不知道的語文老師顯然是它的反義詞。

顧竹嘉是不會被這麼對待的，作為國家二級羽毛球特長生，她的寫作能力是個驚喜。作為體育生，她的容貌也是個驚喜，甚至比前者更大。

在很多人的刻板印象裡，女體育生無外乎兩種類型，要麼肩膀寬厚、四肢粗壯，要麼瘦得堪比骷髏，皮膚黧黑。顧竹嘉小時候弱不禁風，經常生病，父母出於鍛鍊身體的目的送她去學羽毛球。室內項目、器械輕盈、大幅度高頻率運動，讓她規避掉了所有的極端結果。至於五官，比如那一雙鳳眼，是努力不來的，全靠天賜。當初壞了書店老闆坐地起價的如意算盤，老闆卻沒多說一個字，面色還很溫和，顧竹嘉的長相功不可沒。

她進高中沒多久，就有不少誹謗在身，「上半身再怎麼苗條勻稱，練體育的肯定腿很粗」，諸如此類。直到某天體育課，顧竹嘉沒有穿藍色長線褲，而是換成米色運動短褲和白球鞋，謠言馬上不攻自破，在場者的眼睛都吃了兩根奶油冰棍，並且期盼春蘭空調「地球將變得越來越熱」這句廣告詞是真的。

以上這些外表特徵，很容易造成她打球技術並不高超的錯覺。一個雨天，幾個高一班級都在文體樓上課，體育老師心血來潮，讓體育生和普通學生過過招。顧竹嘉右手持拍，連戰十一名男生，對方都撐不過三個球，女孩自始至終都是笑盈盈的。叫人喪氣的是，顧竹嘉的左腳全程都踩在原地。更叫人喪氣的是，她其實是左撇子。

羽毛球終究只是顧竹嘉苦練出來的特長，強身健體，高考加分，功利性足，卻非興趣所在。訓練之餘，擠出時間讀書寫作，視力卻沒退化，也算是個奇蹟。

她的作文可以在班裡排前十，老師點評其「記敘文細節入微，議論文感情真切」。但在攻擊者看來，這種評語就是套話，百分之八十的優良作文都是這種「特色」。相比之下，那些批判聲更有針對性：老師帶著先入為主的眼光去讀顧的文章，就因為她是體育特長生，能寫到這個水平實屬不易，加之顧竹嘉常在文中拿小時候練球的經歷說事，是討巧之舉。她的作文分數絕對是被高估的，水分很大，等走上高考考場，閱卷老師才不管你是什麼生，屆時就會原形畢露。

至於作文之外的其餘科目，攻擊者的描述是，「差得和普通體育生一樣」。

幸而顧竹嘉聽不到這些議論，或者聽到了也當沒聽。李書珊認定除了學習成績這條，顧竹嘉符合水手水星的一切特質：短髮，性格溫柔，必要時又很果斷。

高二上半學期，兩個班的女生一起進行八百米長跑測驗，李書珊跑到一圈半就想放棄，打算像往常那樣發揮演技，直接癱倒在煤渣跑道上。領先李書珊一整圈的顧竹嘉此時放慢速度，陪著她跑，還在老師的視覺死角處拽住她的手提速。李書珊衝過終點線時，比及格要求多了一秒半，老師心情好，算她過關。

這是李書珊小學畢業以來頭一次長跑及格，對此感激不盡，但還是懇求顧竹嘉，以後袖手旁觀即可——跑完八百米比不及格更痛苦。

最後一名成員糜曉，對應水手金星，不僅因為她那亡故的父親曾是文化界人士，她自小在書堆裡耳濡目染，基礎良好，更因為糜曉具備了水手金星那樣的領袖氣質，其中最重要的一點就是隱忍。

糜曉是以借讀身分進這所區重點念書的。借讀生的高考成績不計入本校升學數據，不少老師完全放棄了對他們的督促，只須守住「不影響其他同學學習」的底線，借讀生的日子都比較好過。

唯獨有個英語女老師，一直對糜曉青眼有加，上課點人回答問題，必要叫她。默單詞，背課文，小測驗，大考試，糜曉稍有差池，被點名批評是免不了的。時間一久，很多同學都看不下去，問你是不是哪裡惹到杜老師了。糜曉自我審查半天，唯一想到的就是她家不像其餘借讀生家長那樣時常送禮給杜老師，連本掛曆都沒送過。她從沒跟母親說過杜老師的事，因為回答肯定毫無懸念，「老師對你要求嚴格？這是好事。」

糜曉真正的軟肋是數學，她中考就是數學考砸了，落到一所只比技校略微好點的普高，不得已才來借讀。高一剛進來，她英語成績是全班二十名左右，在杜老師的不懈刁難下，高二時已然在前十徘徊。但杜老師並不滿意，每堂課都要在靈魂上鞭撻她幾下，靡曉總是面無表情，沉著應對。看樣子在拿下全班第一之前，杜老師是不會嘴下留情的。

但在語文老師這裡，又是另外一番風景。

她的隨筆週記經常被當作範文當眾朗讀，作文分數名列前茅。和靡曉一比，李書珊的文章在老師眼裡就像個笑話。有次測驗，她心血來潮，作文寫了篇微型小說，老師也沒動氣，照舊給了及格分，私下裡跟她說下次不要這樣。後來上了報紙新聞的高考小說作文〈赤兔之死〉，此時還未橫空出世，靡曉無以辯駁。倒是高二上半學年期末考，她作文拿了滿分，引起半個年級驚嘆。但數學仍舊沒過六十，是個巨大隱患。

靡曉的另一個軟肋是錢。

她爸雖然算文化界人士，但沒有跟對領導，去世之前已被降格為工資很低的小科員，在農業局的地下資料室上班。早先為了給父親治病，後來為湊借讀費，她家已經山窮水盡，還好沒欠外債。高中三年，靡曉唯一合身的衣服是校服，其他衣服都略大一號，全是從某個遠房表姊身上退役下來的。平時省下的那一丁點零用錢，去書屋租一本言情小說或者少女漫畫，是她最大的奢侈。當初在文廟書店，若真要和李書珊競拍《聖傳》，靡曉是十分氣虛的，兜裡沒錢，心裡發慌。

李書珊過十七歲生日那次，請顧竹嘉和靡曉去肯德基赴宴。兒童套餐是壽星的必點內容，但裡面的菜絲沙拉她碰也不碰，問另外兩人誰喜歡吃這個。顧竹嘉眉頭微皺。短暫沉默後，糜曉把那份沙拉拿了過去，吃得非常緩慢。

回家時水星和金星坐同一輛公交車。顧竹嘉說，書姍就是隨口一問，你不喜歡吃菜絲沙拉可以不用吃的。

糜曉看著車窗外很久，才回答，不想浪費。

事實是，她每次去奶奶家那邊的聚餐，臨近尾聲時，她那位下海經商失敗、背了好幾萬債務的二伯都會負責掃清盤子。如果剩菜實在太多，糜曉她媽就會打包帶回家。

不出錢的人沒有資格挑食，是她從小自學的餐桌禮儀。

「I.I.I.」組合儘管有糜曉、顧竹嘉這兩個文章好手，但整體而言，她們依舊是那個時代校園精英中的邊緣人類。

精英的主流，被李書珊形容為「蒙念恩寵、備受信任」的，還是那些品學兼優的班長團支書，這類女生們往往個頭嬌小，戴眼鏡，髮型總在齊耳短髮和麻花雙辮之間走極端，十幾年來沒說過一句粗話，成績在年級前二十浮動，學生會有職務，主持班會沉穩老練，鋼筆字秀麗端正，朗誦、辯論、外語、民樂、書法、國畫、合唱，必有一門比較擅長。如果她們在高三時還沒拿到某大學的加分資格，堪稱不可思議。若是考進一類本科以下的院校，則不算是失利，而是一樁醜聞了。

正是這種邊緣地位，使得她們的文學創作不那麼受關注，自然也就不會有相繼而來的打壓和扼殺。

九十年代中期，日本漫畫漸成年輕人市場的主流，但國產漫畫雜誌諸如《畫書大王》、《卡通王》也相繼出現。流行音樂方面，香港有四大天王和 Beyond 坐鎮樂壇，大陸也已經出現楊鈺瑩、毛寧、黃格選、林依輪、孫悅、那英這些歌手。

但在言情小說領域，大陸得分幾乎為零。

尋遍大城小鎮的書店、書屋、書攤，均是港台言情女作家的天下。大陸這邊，上一次正規出版具有轟動效應的言情小說，可能還是鴛鴦蝴蝶派徐枕亞在一九一二年寫的《玉梨魂》。四十年裡，文學的愛情香消玉殞。如今只有幾本不起眼的通俗刊物，打著擦邊球，刊登一些愛情若有若無、男女主角態度曖昧的情感故事——如果不算《女藝員沉浮》這種文章的話。

打破港台女作家的市場壟斷局面，是「I.I.I.」組合的最高行動綱領，其難度不亞於讓李書珊擁有月野兔的身材，或者糜曉高考數學考滿分。

三個花季少女當時尚未明白一個道理，類型小說的發展是經濟綜合實力的體現。香港台灣八十年代經濟起飛，九十年代轉型成功，和韓國、新加坡一起被譽為亞洲四小龍，後來還能避過亞洲金融風暴。九十年代剛起飛的亞洲四小虎（印泰馬菲）就沒那麼好命了。

根據這個時間線來看海峽對面的言情圈，老一輩的瓊瑤風靡八十年代，被譽為萬盛出版社「當家四花旦」的那幾位，出版長篇處女作都在九十年代初期——沈亞《獨角獸的情人》（一九九一）、林如是《愛情以外的日子》（一九九二）、席絹《交錯時光的愛戀》（一九九三）、于晴《親親我的愛》（一九九三）。此外還有凌淑芬《丘比特的舞步》（一九九四），更早有嚴沁的《綠色山莊》（一九八八）。凌玉的《紅玉古鐲》比較晚，是在一九九六年。

香港那邊，亦舒於一九七九年發表《喜寶》；八十年代岑凱倫，書中內容離不開豪宅跑車富豪公子；年代相交之際的梁鳳儀有豪門三部曲；九四年張小嫻開始連載《麵包樹上的女人》，之後的《荷包裡的單人床》成為全港暢銷書排行榜首。

經濟基礎決定上層建築，是顛撲不破的宇宙真理。與之相應的數據是，一九九六年大陸人均GDP剛以七百零三美元的成績超過蒙古和尼加拉瓜共和國——很多國人都還以為尼加拉瓜只是個瀑布。

對於「I.I.I.」組合而言，對於整個國家而言，任重道遠四個字不是說說那麼簡單。即便只看「校園故事」，當時大陸這邊具有影響力的好作品也是屈指可數。

一九九〇年央視播的電視劇《十六歲的花季》，反響很好，只不過導演編劇分別出生於一九四一年和一九四三年。

九六年出版的《花季・雨季》轟動一時，書中將異性之間超乎友誼的東西稱為「好感」，發生在班上兩名優等生之間，他們在學習上互相督促，共同進退。有中學生在讀後感裡寫：「他們的故事讓我明白，如果能正確對待兩人之間的好感，不僅不會影響學習，反而會成為學習的動力！」

這不禁令人聯想起阿爾弗雷德・諾貝爾從未說過的那句名言：「只要正確處理好國與國的關係，炸藥就只會用來炸山開礦。」

即便被處理成如此烏托邦的正面效應，在另一所學校裡，有班主任在班會上針對《花季・雨季》開展討論，主題是怎樣看待這兩個角色的早戀，引起學生踴躍發言——這種行為要是晚個五六年，會被學生認為是在羞辱智商。

她們千里之行的第一步，是暫定名為《夏娃果實》的長篇小說，打算寫多少字，不清楚，估計什麼時候能寫完，不清楚，三個人如何分工，糜曉心裡也只有個大概。

形成組合的靈感來自於 CLAMP，但寫小說畢竟不是畫漫畫，後者的腳本、人設、主筆、網點、上色，有十分清晰的環節。她們三個人沒有集體編劇的經驗，只能根據自己擅長或者不擅長什麼來分配任務：糜曉負責人物設定，顧竹嘉整合故事大綱，李書珊設計一些具體的情節、細節、一部分對白，以及最重要的——在文中插入一段段應景的流行樂歌詞。

初稿由顧竹嘉來寫，每完成一千字，就三個人一起審核，再由糜曉改二稿。

這個看似合理甚至完美的計畫一開始就遇到了波折。

《夏娃果實》的故事背景大膽地設定在九十年代高中校園，男女主角即將談一場轟轟烈烈的、不以提高學習成績為目的戀愛，嚇死教育局和老師家長。糜曉在設計人物時遵循了從小就被灌輸的理念：小說中的人物必須真實可信。她打算用現實生活中的人物作為原型。

這個想法立刻遭到李書珊的反對，在她看來，假如言情小說裡的男主角不夠盡善盡美，不能讓條件平平的女主角為之痴狂，那故事就失去了吸引力，也失去了閱讀的意義。何況，什麼是真實，什麼是可信？這是個問題。生活中難道沒有盡善盡美的男人嗎？

糜曉不太喜歡她的態度，請反方辯友舉個例子。

李書珊立刻搬出了張國榮。這位哥哥，論家世，父親是香港洋服裁縫店的老闆，顧客包括馬龍・白蘭度、希區考克、卡萊・葛倫等好萊塢明星；論學歷，十三歲去英國讀書，因愛好時尚，考進利茲大學紡織專業，那所大學是世界百強名校，英國常春藤名校聯盟「羅素大學集團」創始成員，六所「紅磚大學」之一；後來父親中風，他回香港發展，玩音樂，成為歌壇巨星，拍電影，成為金像獎影帝，演《霸王別姬》，法國坎城影展最佳影片、美國金球獎最佳外語片……如果不是時間不允許，李書珊可以說上一天一夜。

糜曉：「可他不喜歡女的。」

李書珊：「這不重要，重點是你不能否認，完美的人在現實世界中是確實存在的。」

糜曉轉向顧竹嘉，後者朝她聳聳肩，態度模稜兩可。最後妥協的結果是，男主角可以沒有哥哥那麼十全十美，但至少也應該是出類拔萃的，性格上允許有小缺點，但才華、家世和外貌方面應當萬中無一。

從李家出來，等公交車的時候，糜曉還是沒有被完全說服。顧竹嘉安慰她幾句，糜曉說，我本來還以為，可以寫一寫屬於我們自己的故事。

顧竹嘉用的是公文包造型的書包，平時喜歡像日本女生那樣雙手提包於膝前，糜曉早就決定要讓小說女主角擁有這個習慣。

顧竹嘉抬著頭，但不像在研究公交站牌：

「我們嗎？我們哪有故事呵。」

這是句叫人傷心的反問，悲劇性在於其真實性。

「I.I.I.」三個女生分別有自己的好感對象，在組合建成之初就互相交代了，類似梁山好漢落草時要納投名狀。

李書珊特別崇拜年級裡那個人稱「小歌神」的男生。此君小時候是小熒星藝術團合唱隊成員，長得眉清目秀，偶爾會被借去在電視劇裡露個小臉。後來進入青春期開始變聲，他嗓子不再適合專業合唱，就退了出來，但和芸芸眾人一比，歌喉還是高級別的，張學友〈吻別〉、〈每天愛你多一些〉，張國榮〈風繼續吹〉，張信哲〈寬容〉，都能學得維妙維肖，據說以後打算考藝術院校表演系。

說到缺點，比較奇葩。一是太愛唱歌：走路、做題、排隊打飯、上大號小號，都愛哼哼曲子，遇到教學樓裡人少的時候更是引吭高歌，靠走廊回音開個唱，人未見，聲先到。

另一個就是臭美，每次下課十分鐘都要去男廁所，不是去方便，只為用自來水分開自己的髮線，因為學校明令禁止學生往腦袋上噴任何化學製品。自來水的定型效果只能保持半小時，越到後面越有群雄並起、各方割據的趨勢。所以「小歌神」最怕老師拖堂，晚個三五分鐘下課，他必然是第一個衝向男廁所的，有個不明所以的數學老師一度以為這孩子膀胱出了什麼問題。

他的成績算中等偏上，這一點也挺人神共憤。「小歌神」高中三年沒被人雇流氓打一頓，是個奇蹟。

顧竹嘉的「男主角」和糜曉一樣是個借讀生，不愛學習，愛籃球。人精瘦，黑皮膚，三角眼，平時陰鬱寡言，一旦笑起來，寬嘴利齒造成一種面目猙獰的感覺，人送外號「卡洛斯」，源自九四年落網的著名恐怖分子「豺狼卡洛斯」。

無論從哪方面看，「卡洛斯」都像是那種會找個碴痛揍「小歌神」的人，至少應該打過三十次架，哪怕身上有七個傷疤也不足為奇。其實這人不太惹事，心思都撲在如何像「天勾」賈霸那樣投籃，考什麼大學都無所謂，只要那學校有籃球場就行，所以來借讀純粹是浪費錢。

有一天此公臉上貼著膠布來上學，原來是前一天放學後在點心店吃餛飩，沒帶錢，讓老闆給揍了，一直沒還手。大家紛紛感嘆人不可貌相。

李書珊無數次為顧竹嘉鳴不平，覺得羽毛球女神喜歡的男生就算是四肢發達的，起碼也該是校籃球隊隊長那種，身高一米八八，勻稱結實，投籃百發百中，笑容陽光燦爛。顧竹嘉笑笑說，我就是喜歡狼一樣的男孩。

李書珊沒反駁，倒是麋曉道出真相：豺和狼其實是兩種動物。

顧竹嘉難得反擊說，那我也不能理解你喜歡呆頭鵝啊。

她指的是五班副班長「理科之謎」。這個外號居然是老師起的，他們怎麼也搞不明白，一個數學這麼好的男生，能參加市裡的奧數大賽，為什麼物理化學卻常年在及格線上下徘徊，極其不科學，甚至有點惱人。他高一高二的班主任一直苦口婆心，勸他高三選文科班，憑他的數學成績，加上他文科也很不錯，弄不好是全區文科狀元，學校就賺大了。但「理科之謎」明確表態，自己一定會去化學班，他想學醫。班主任斷言他的化學成績是考不上醫學院的，被「理科之謎」完全當作耳旁風，老師氣得要死。

除了數學好和人特別犟，他的外貌乏善可陳：五官端正，無功無過；眼窩偏深，顯得目光深邃迷人，但只限於解數學題時；頭髮天然帶卷，皮膚比顧竹嘉還要白，鬍鬚生長旺盛，超過了「嘴毛」的標準，略帶異國風情——好像也沒別的了，除非功課很好、眼睛卻不近視也算一種特異功能的話。

大部分時間，這廝都處於一種神遊大地的狀態。他身邊的人都認定，九六年三月陳景潤逝世後，「理科之謎」一直利用課餘時間，在大腦深處力圖證明哥德巴赫猜想。

糜曉對這個人青眼有加，也不是完全沒有道理。她數學極差，他數學極好，產生落差下的仰視。她物理化學不好，他他媽的物理化學居然也不好，這是同病相憐；她經常被外語老師穿小鞋，他總是被班主任和年級主任嘮叨高三選文科，兩個人都沒有屈服，那就是一條戰壕裡的革命友誼。

以上三名男生，除了「小歌神」是眾望所歸的暗戀對象，另外兩位都彰顯了糜曉和顧竹嘉極其可疑的品味。他們僅有的共同點就是，對三個女孩的好感一無所知。

關注等同傾慕，留心就是愛戀，這是那個時期高中愛情的運作規律。用李書珊的話說，當你像追星一樣留意現實生活中某人的一舉一動，那就是陷入了愛情的漩渦。但這幾乎就是天花板了。

顧竹嘉所能做的就是「卡洛斯」在操場打球時做個安靜的觀眾，麋曉能做的就是在本子上一遍遍寫自己的筆名和「理科之謎」的名字，然後出於安全考慮把紙張撕碎、扔掉。李書珊中午在食堂裡一有機會就坐到「小歌神」對面的某個位置，物質食糧和精神食糧雙豐收。

其實男孩們就算知道了，也不能怎麼樣。彼時學校對早戀畏之如虎，單個的男女同學敢正大光明在操場上並肩而行，基本只有班長團支書前往行政樓開會這麼一種可能。

管思想品德宣傳的老師們不寫小說，想像力卻比小說家豐富，在情節上追求極致，搞出一些「抵制男女同學之間不文明關係」的反面教育素材，無一例外是兩個人最開始寫情書、約看電影、牽手、擁抱……接著忽然就墮胎了，往往還要大出血，九死一生撿回一命，「血淋淋的生命的教訓啊！」——如此刻意隱去接吻和上床的細節，搞得好像兩人只要抱一抱就能懷孕似的。

這類材料的用力如此之猛，以至於二十一世紀初期那一批描述校園愛情的小說裡，十有八九要血淋淋一回，被一個刻薄的評論家稱為《墮胎少女列傳》。

「I.I.I.」正在寫的那部小說，墮胎並不在故事大綱內，但車禍和疾病是有的，鑒於一九九六年韓劇在中國沒什麼影響，她們的構思已經領先於時代。

這兩個創意歸功於麋曉，「生老病死，人之所哀」，「愛情是悲劇裡的珍饈美味」，這兩句話是父親糜鴻飛生前在病床上教給她的。但糜曉想不出來失憶這個橋段，可能因為英語杜老師的存在，忘記單詞是最大的罪過。

寫一千字比想像的要慢，每次完成，她們就聚在一起審讀，地點基本在顧竹嘉家裡。遇到家長在家，就號稱是來給顧竹嘉補課。顧爸爸在海關給領導當司機，常在外面跑，媽媽在上海捲菸廠工作，效益好得不行，是挺立在國企下崗大潮中的雄偉高地，業餘愛好是出去搓麻將。女兒有羽毛球特長，文化成績在體育生裡數一數二，沒什麼好操心的。李書珊和糜曉不敢放在自己家的言情小說，都寄存在顧竹嘉的書櫃裡。

偶爾顧媽媽把麻將陣地放在家裡，她們就去李書珊家。李父是機關的技術官員，李母是大學老師，單位分下來的房子很大。美中不足的是知識分子總愛提太多要求，不易滿足，比如女孩子要溫良恭儉讓，坐著不許疊腿，吃飯不許胳膊肘撐桌面，放學要馬上回家，諸如此類。在李書珊的房間裡討論，要壓低聲音。好在樓上住了個音樂學院教授，隔三差五練個立式鋼琴，無意中提供了掩護。

反正絕不可能是在糜曉家裡開會。

事實上，除了家訪的班主任，學校裡誰也沒去過她家。別說顧竹嘉和李書珊這樣有自己的房間，她家連父母的臥室也沒有，是「一室戶」，十二平米一度住著三口之家。父親去世前，糜曉睡的是行軍鋼絲床，不用時就折疊好靠牆放著。父親走後，她才能每晚和母親睡大床，行軍床還給了親戚。

雖然母親從未明說，糜曉卻從來沒有把同學叫到家裡來玩的念頭。她一直把母親認定為美少女戰士裡的水手火星，平時似乎只有冷漠和暴躁兩種臉色，切換起來只在一瞬間。

糜母在廠裡當會計，無論上班還是做家務，大多數時間都戴著袖套。別人過年買新衣服，她媽過年換新袖套。糜曉終其一生見過不少會計，性格有穩重的、陰鬱的、和藹的、古板的，唯獨沒見過活潑開朗的，可能是職業特性使然。

糜母為了補貼家用，正式工作之外還幫親戚開的裝潢公司做財務顧問，手握真假兩套帳本。

但日子還是過得很緊，家中冰箱老舊，沒有電話機。那時各大彩電廠商大打價格戰，她家還在用黑白電視，且是二手貨。遇到小販騎著三輪車在馬路邊賣草紙，論斤兩賣，糜母可以砍價砍上半天，弄得後來小販一看到她都是埋頭拚命蹬車。對於女兒，她不至於這麼斤斤計較，但能做的無非是經常買條魚燒給她吃，自己只吃魚尾。早上刷牙，給糜曉提前擠好牙膏，杯子裡倒上冷熱適中的水。晚上睡覺前，要用圓齒尖的梳子給她梳頭，據說可以按摩頭皮，讓大腦神經更好地休息。經常女兒已經睡著了，當媽的還在黑暗當中給她梳，一遍又一遍，動作輕柔，靜默無聲。

李書珊聽到這裡就阻止靡曉再講下去，連呼恐怖。

靡曉說恐怖麼？可我已經習慣了。

除了夜梳頭，她還要習慣自己的髮型。

靡曉臉小下巴尖，鼻子挺直，雙眼有神。小時候她家同一層樓有個女鄰居就斷言，小姑娘有股英氣，長大後會出落得很好看，且適合略濃的妝。女鄰居在單位文工團工作，塗口紅、穿紅裙、燙頭髮都是全團第一人，算是專家。靡母卻視之為穿高跟鞋的惡魔，禁止女兒和她多接觸。幾年後，該女鄰居因為搞婚外情被人家鬧到單位，破鞋之名傳遍半個小區，去菜市場買個小菜都被人指指點點，終於有天從家裡出走，音訊全無。

禍害雖去，但她對靡曉的論斷卻猶在母親耳畔。上初中起，靡曉的髮型就和中年離異婦女保持同步，每根髮梢都透著難以言喻的對生活的絕望和對美的摒棄。母親還託人找來一副款式可怕的平光眼鏡，逼著女兒戴，塑造出來的形象成功嚇退了青春期少年們潛在的好感。有人戲言她若是去考審計學院，不用筆試，讓招生辦的人看一眼就會被特招進去。當然，假如那幫小男生裡有誰以後能考上公務員或者去大型國企工作，靡母是不反對五六年後他們來追求自己女兒的。

靡曉養成租書不買書的習慣，也是在母親撕掉好幾本岑凱倫之後養成的。她要是知道女兒在高二課餘時間寫言情小說，肯定會連人帶書一起撕碎。

李書珊掐指一算，月亮，金星，水星，火星，還差一個木星就全齊了。水手木星的人物設定是人高力氣大，聲音宏亮豪邁，做事粗中有細，早年父母雙亡。

糜曉說水手木星其實早就有了，只是你們不認識罷了。

顧竹嘉心頭一動，問，是朋友？

糜曉搖搖頭：「世仇。」

火星般的糜母之外，「I.I.I.」另一個潛在敵人是學校文學社社長勞海山，人送綽號「阿列克謝．瑪克西姆．米哈伊爾．列夫．謝爾蓋耶維奇．勞斯特洛夫斯基」，簡稱勞斯基。

綽號是張名片，表明此人是一個脫離低級趣味、篤信高級趣味應當統治全宇宙的文學極端主義者。

初中升高中的那個暑假，他曾給一個電台讀書節目打聽眾熱線，語速飛快地發表了一番對當今文化現象的看法。電話編輯和他聊了三分鐘，就把電話掛了，對邊上的同事翻個白眼：「又是個只看死人書的傢伙。」

這結論未免武斷，勞斯基喜愛的諸多作家中，賈西亞．馬奎斯當時尚在人世——只不過因為消息閉塞，他一直以為《百年孤寂》的作者早已去世了而已。

一個令人難受的事實是，勞斯基的作文成績很好。其他人的議論文還在找司馬遷張海迪雷鋒居禮夫人保爾·柯察金來給自己撐腰，勞斯基的眼界可謂疆域遼闊：北起杜思妥也夫斯基、萊蒙托夫和車爾尼雪夫斯基，南到波赫士、尤薩、魯爾弗、富恩斯特，東至夏目漱石、川端康成、三島由紀夫，西及盧梭、卡繆、福克納和波娃……他在應試作文的世界裡打造了自己的日不落帝國。

不過最中意的作家還數弗里德里希·威廉·尼采，別人說他崇拜這位德國哲學家，勞斯基回答：

「我不崇拜他，我將成為第二個他。」

彼時，台灣腔尚未流行，最時髦的是廣東話，TVB和四大天王。時髦的年輕人都要會幾句粵語，就像十九世紀俄國上流社會都要會一點法語，俄國大作家的小說裡時不時冒出幾個法文詞彙，以顯示受教育程度。

勞斯基對此極為不屑，也不知道哪找來一本義大利語詞典，自學起來，試圖背出〈我的太陽〉歌詞，然後就能在班會文藝表演時鎮一鎮那幫受流行文化荼毒的同齡人，可惜最後沒成功。

幾乎沒有什麼作家是勞斯基沒聽說過的，除了顧竹嘉書櫃裡那些港台同胞。但這並非他仇視「I.I.I.」的直接原因（勞斯基毫不客氣地把她們叫做「三個水槍手」）。怨恨的根源在於糜曉，文學社骨幹成員，社刊副主編，父親曾經是科班出身的文化圈內人，自幼受過叫他羨慕的學前教育，本該有著大好的純文學創作前景，現在卻跑去和一個體育生、一個平庸的小胖子一起寫言情小說。

「浪費！墮落！背叛！」排比句是他在尼采之外的另一樣最愛。

這三項指控，是勞斯基在一次文學社讀書活動上，當著眾人的面提出來的，矛頭直指糜曉。倒不是他忽然吃了槍藥，當時文化領域正在進行一場「人文精神大討論」，大學教授、文化學者、社會學家甚至經濟專家為了這個大命題已經討論了快三年，雜誌、報紙、論文、公開信滿天飛，大仇小怨一波接一波。

討論中最早被批判的，是北京作家王炸為代表的地痞文學（「玩」文學的概念）和張藝謀的《大紅燈籠高高掛》（商業化傾向），學界認為導致此二者出現的背後因素是人文精神素質的持續惡化，「暴露了當代中國人文精神的危機」。

他們無法預見張導後來的部分電影作品，否則應該紅著臉把那些文稿撕碎了嚥下肚子。

還有些口誅筆伐的批判者年事已高，最終沒有活著進入二十一世紀，倒算是件幸事，無論是對他們自己，還是對後來的年輕人。

這場九十年代中前期的討論，最後只證明了一件事，即進入商品經濟社會後，不擅於賺錢的知識分子最好省點口水和墨水，無論他們發出的聲音有多少分貝，務實的年輕聽眾都越來越少。

但在當時，學者們鏗鏘有力、激情昂揚的言論，擲到了勞斯基身上每一個癢癢處。他自發接過老十字軍騎士們的旗桿矛，刺向身邊的異端和叛徒。

決鬥的白手套被扔在了臉上，糜曉當然不會無動於衷。勞斯基不像杜老師那樣階級地位差異巨大，何況他羞辱的不光是她一個人，還有顧竹嘉、李書珊和她們喜歡的女作家。那次讀書會就地成了兩個人的辯論會。

她先從質問勞斯基的人身攻擊上著手，進而把主要矛盾從言情小說的文學史地位，轉移到勞斯基瞧不起言情小說的若干條理由上。

勞斯基祭出的撒手鐧就是，既然藝術來源於生活，且高於生活，那麼請問「I.I.I.」三位「女作家」的愛情生活來源於何處？上幼兒園時和男同學牽手排隊去公園春遊算嗎？

這個提問很惡毒，糜曉如果否認，就背離了源於生活的創作原則，如果說有生活來源，等於變相承認她們之中有人在早戀，而這是不赦之罪。

好在糜曉很早就認真考慮過這個問題，從她打算動筆寫下「我們自己的校園愛情故事」起就想明白了——反方辯友勞斯基同學偷換了概念，藝術源於生活不一定是源於作者本人的生活，試問儒勒．凡爾納下過海底兩萬里嗎？阿西莫夫上過外太空嗎？金庸先生練過華山派劍法嗎？吳承恩去過印度嗎？並沒有，那憑什麼寫言情的人就必須談很多戀愛呢？並非每個作家都像海明威、傑克·倫敦那樣閱歷豐富，或者像普魯斯特、曹雪芹那樣用切身經歷作為素材寫一部終其一生的大書。蒲松齡不就是在路邊開茶水攤，用一杯茶換路人一個故事嗎？

勞斯基發現這是個陷阱，對方早有準備，一時硬攻不下，便趕緊換個角度，無奈慌不擇路：「情情愛愛，終非文學正道。」

糜曉聽了這句詰難，誇張地冷笑一聲，立刻拋出反問，《紅樓夢》裡林黛玉賈寶玉不是情情愛愛？《西廂記》不是情情愛愛？《羅密歐與朱麗葉》不是情情愛愛？《飄》裡面郝思嘉、白瑞德和阿什利的三角關係算不算情情愛愛？陸游的「黃藤酒，紅酥手」算不算情情愛愛？非要《三國演義》、《水滸傳》一幫男人打群架才是文學正道？

在她反擊之下，勞斯基的臉連換三種顏色，垂死掙扎：「你……你們達不到那種文學高度。」

女孩從頭到腳打量對方一眼：「你不也一樣，憑什麼說我？」

有個在場的文學社成員後來表示，糜曉這句話一出，自己差點就想起立報以熱烈掌聲。這幫社員平時被勞斯基冷嘲熱諷、連哄帶嚇不是一天兩天，積怨不小。勞斯基被她一句話見血封喉，正要拍案而起，下課鈴響了，其他社員紛紛起鬨：「下課咯！下課咯！走咯！」大家都走了，很多人一回到自己班上就給大家報捷，獨留勞斯基一人愣在原地，大概是等著大腦保險絲重新接上。

經此一役，糜曉在學校文學愛好者圈子裡聲望大漲，「舌戰勞斯基，可惜比諸葛孔明差點，能罵死他就好了」是人氣最高的評價。

「I.I.I.」另兩個成員聞知此事，顧竹嘉一如既往不發表任何激烈看法，李書珊還嫌不解氣，決心要在小說裡添加一個叫人厭惡的角色，就姓勞。勞斯基除了死人的書，還欣賞八十年代的朦朧詩派，其中有個著名詩人筆名叫食指，勞斯基是其擁泵。李書珊說勞斯基也可以起個類似的筆名，就叫中指好了。

當時知道豎中指含義的學生還不多，李書珊不辭辛苦地一次次給大家科普，「勞中指」這個新外號也就傳開來了。再到後面越傳越邪門，說勞斯基還喜歡一九八八年在山海關臥軌的詩人海子，喜歡到什麼地步呢，據說他的四個床腳下面墊著四本書，《新舊約全書》、梭羅的《湖濱散記》、海雅達爾的《孤筏重洋》和《康拉德小說選》，正是海子自殺前隨身帶著的書。每逢三月二十六日海子忌日，勞斯基就把四本書拿出來，分別朝著東南西北，自己站在書當中，點起一支白蠟燭，割破手指，血灑四方，口中念念有詞：「做一個詩人，你必須熱愛人類的秘密，在神聖的黑夜中走遍大地，熱愛人類的痛苦和幸福，忍受那些必須忍受的，歌唱那些應該歌唱的。」

勞斯基完全看不出有熱愛人類的跡象，只熱愛死人寫的書，「詩人不需要誕辰，只需要忌辰」也的確出自其口，但連麋曉都覺得這個邪教儀式的傳言有些過分了，有點文化的人造謠傷人就是刻毒。

最令她五味雜陳的是，勞斯基在他們班的同桌就是「理科之謎」，一個數學怪人，一個文學神經病，倒是般配。

言情小說大辯論之後過了三個月，他們就從高二年級結業，升到高三。頗具紀念意義的是，香港正式回歸之後第七日，就是高考。

大部分人的高考目標都太寬泛。選了化學的「理科之謎」想去任何一所醫學院，去了物理班的「小歌神」想考任何一所學校的表演系，同在物理班的「卡洛斯」願意去任何有籃球場的學校，哪怕是重讀小學；文科二班的顧竹嘉痛恨體育學院，不想以後當體育老師，她想去隨便哪所好點的上海二類本科，讀個外語或者對外貿易，做外企白領；李書珊的目標不是學校，而是「小歌神」，他考去哪裡的表演系，她就去考那個學校的戲文或者導演系——高三分班，她就是跟著「小歌神」選了自己不擅長的物理——至於畢業後找工作的事，她毫不擔心，有爸爸在。

唯一志向明確的只有麋曉，她分在文科一班，想考上海戲劇學院戲文系，畢業以後如有可能，去北京發展，那裡是政治文化中心，機會更多，還能遠離母親。顧竹嘉好奇她為什麼不直接考個外地的同類學校，麋曉說，四年在外地，她媽只會想著讓她畢業後回上海；上海畢業，在北京找到更好的發展機會，就能用「試試看」的名義實行計畫，她媽是功利主義者，但終究是個母親，得有緩衝。李書珊倒是很慶幸糜曉要考上戲，因為據可靠消息，「小歌神」心目中的第一志願也是上戲，如一切順利，三個人可以會師華山路。

「小歌神」能不能進上戲，糜曉不知道，但李書珊考上戲的概率，她和顧竹嘉都心知肚明。論專業課，糜曉遠超，論文化課，半斤八兩。但有個願望和夢想，總是好事，高三不就靠一個夢想撐下去嗎？她只能和李書珊共勉。據李書珊說，文科班很多女生都想考上戲，糜曉嘆口氣：「哎，誰不想考上戲呢？」

「勞斯基吧。」

「哈哈哈哈哈！」

毫無疑問，以勞的個性，自認全世界只有復旦或者華師大的中文系才配得上他，前提是他考得上，且北大中文系暫時不需要他的話。九六至九七年是他的高三時代，也是個好年頭，九六年三月莒哈絲去世，九七年四月王小波去世，兩位都得以升入勞斯基的文學英靈殿，成為永恆喜愛的作家。

但對更多大學生和應屆高考生而言，那是壞消息不斷的年代。一九九六年，國家宣布高校畢業生不再由學校包分配工作，學費均價卻漲到了一千多元——七年前，這個價格只有兩百。到九七年，傳出消息，住房實物分配制度又將逐漸取消。大學生頭頂上「天之驕子」的金冠正在迅速褪色，他們和後來者將要習慣支付高額學費，習慣自己找工作，即便在單位工作再久，也不會分房子下來。租房，買房，貸款，還貸，將成為新世紀一個繞不過去的挑戰關卡。

和那群大費筆墨討論人文精神危機的知識分子一樣，年輕人也感覺到，世道變化，前途未卜。

勞斯基高三當然選文科，給「理科之謎」當了兩年同桌，物理化學仍差得像個小姑娘，還不如李書珊。冤家路窄，他在文科一班的座位就在欒曉正後方。每次做值日生他都叫苦連天，文科班女生占大多數，一天下來，教室地板上頭髮成災，掃起來特別麻煩。「為什麼動不動就要梳頭呢？」這是勞斯基發自肺腑的天問。可他正在寫的那本書，給女生們帶來的痛苦要遠遠大於清掃落髮。

勞斯基給自己取的筆名叫「八十」，向偉大的文學井噴期致敬。何謂生不逢時，就是八十年代那會兒的小勞斯基連字都沒認全，如今那個時代的列車早已開遠，只剩汽笛聲在耳邊，他硬要騎自行車趕上去——這輛自行車叫《查拉圖斯特拉忘了說的》，是向尼采那部著作的致敬和補充，是一個瘋子對另一個瘋子的解讀，融合了哲學、神學和心理學知識，號稱是新意識流小說，更像沒有加可樂的長島冰茶，味道濃烈不堪，叫人暈頭轉向，裡面隨便哪個配角被春風吹拂一下腿毛，都要用三四頁的篇幅來闡述內心波動。

查拉圖斯特拉這個名字，三個水槍手從沒念對過。顧竹嘉總是說成柏拉圖特斯拉，在糜曉嘴裡就變為了查爾斯圖拉真，到李書珊這裡則是查理杜拉斯——事實上她們每念一次這個名字，都會翻出新花樣。李書珊評價說勞斯基這人有三樣東西殺傷力巨大，分別是遛鳥老頭風格的凹形花紋毛背心，頭皮屑和頭髮數量不相上下的腦袋，以及這部從未完結的「長篇小說」。他每在課上寫完一部分，都樂此不疲地傳給四周的同學看，看完還要徵求意見。連全能的上帝本人都未必能讀懂他在寫什麼，同學們只能如實說看不懂。

勞斯基要的就是高深莫測的效果，喜孜孜地說，噢，那肯定的。

時間一長，大家都謝絕他的稿件，只剩下坐在前面的糜曉不那麼無情無義，願意看一看他遞來的作品。這看似不可思議，但化敵為友的勞斯基有一套自己的內在邏輯。當初言情小說辯論敗北之後，他就向老師提前辭去文學社長職務，理由是糜曉最後那句話罵醒了他，他現在的確還沒有達到大師們的文學高度，因為《查拉圖斯特拉忘了說的》距離完成還遙遙無期，他不能拿一部沒完成的作品奠定文壇地位，當務之急，是把書寫完。文學社社長職務完全是世俗虛名，棄之毫不可惜。總有一天，他會把諾貝爾獲獎證書狠狠拍在糜曉面前：「我已經達到文學高度了，你呢？」

能有這樣的覺悟，意味著他在成為第二個尼采的道路上又前進了一大步。

麋曉之所以不排斥閱讀勞斯基的大作，動機更加實際：看完那些文字，回過頭再看數學題目，後者似乎不再那麼難如天書了。她的另一層考慮是，在和勞斯基交流的過程中，能迂迴得知更多關於「理科之謎」的信息，比如這個人每頓早飯要吃三個白煮蛋、在家寫作業喜歡聽柴可夫斯基交響曲磁帶之類，細枝末節，用處全無，卻又意義非凡。像她和顧竹嘉這樣的女孩子，心比天高，膽小如鼠，用碎片拼圖的方法，滿足對愛情遊戲的嚮往，寫言情小說，則是拼圖的上一個環節——創作一幅從未存在於世的畫作。

提出追星論的李書珊反而是她們當中最有行動力的。高三分班她本該去物理二班，但她把平時節省下來的全部零花錢買了個電子鬧鐘，送給年級主任，謊稱是父母委託她的「意思」，成功換到了「小歌神」所在的物理一班。

欺君之罪很快得到報應，九七年春節就出了ＶＣＤ光碟卡在機器裡的事故，結果讓父親狠訓一頓，差點挨了一巴掌，最後改判皮帶抽手心五下。

更大逆不道的還在後面，她寫了一封情書，是做最壞打算用的——高考成績出來，學校分數線公布後，要是沒能和「小歌神」考在一起，就把這封情書交給他，無論泥牛入海還是飛蛾撲火，都是一個交代。

這種殉道者般的英勇，只能感動另外兩個女孩，卻無法激勵她們。

離「I.I.I.」創立兩週年紀念日還有半個月左右，某天中午，文科一班僅有的幾個男生在聊天，說到前些天剛看的《魔鬼終結者2》VCD，裡頭那個可以隨意變形的液態金屬機器人太厲害了，美國人想像力真豐富。

一旁的勞斯基插嘴說，沒想到你們還願意看施瓦辛格的表演，此人演電影，唯一的表情就是面無表情，這一點在前年上映的《魔鬼大帝：真實謊言》裡已被充分證明了。

另一旁的麋曉很後悔自己多了句嘴：「你居然會特地去看這種片子？」

勞斯基為自己高聳入雲的文藝品味做了澄清，電影票不是他買的，是「理科之謎」隨手送給他的，他很好奇好萊塢在《亡命天涯》之後能拍出什麼新花樣，就去看了，結果大失所望，又是槍炮火藥，乒乒乓乓。

麋曉旁敲側擊：「他不是挺喜歡看戰爭片和槍戰片的麼，怎麼會把票子送你？」

如果勞斯基反應敏銳，或者是在普通人水平，肯定好奇麋曉怎麼會知道「理科之謎」的電影品味，他自己從未告訴過她這些。但勞斯基是第二個尼采，是超人和太陽，只關注自己的光輝，不會在乎哪顆彗星即將撞地球。

票子是當時他們隔壁班的顧竹嘉送給「理科之謎」的，但勞斯基的這位數學天才同桌志向高遠，要考醫學院的人，怎麼會赴一個體育生的約呢？「理科之謎」不好意思當場拒絕，就把票給了勞斯基。電影放映當天是星期日，勞斯基先進電影院就坐，晚到的顧竹嘉在走道上看見他坐在那裡，頭也不回就走了，他身邊的位子就這麼一直空著。

勞斯基說完，無意中又給糜曉補上一刀：「顧竹嘉沒跟你說過這個嗎？我還以為你們三個無話不談。」

「這種坍台事情，她沒說得那麼詳細。」糜曉應付道，心裡卻想，我們的確需要談談。

《真實的謊言》於九五年四月二十日開始在國內上映，顧竹嘉送的電影票是二十三日星期天。

「I.I.I.」成立於二十九日星期六，三個女孩納投名狀也是這一天，地點是顧家。坦白的順序是糜曉、李書珊、顧竹嘉。

糜曉先說了「理科之謎」，李書珊說了很久的「小歌神」，輪到房間主人時，已經有充足的時間找一個替罪羊——怎麼看都不像是她會喜歡的那種類型的「卡洛斯」——顧竹嘉卻說自己剛一進高中就對他很有好感了。

畢竟是兩年前的事，糜曉去找顧竹嘉之前，專門跟李書珊確認過以上信息。李書珊以為她在籌備成立兩週年的紀念活動，沒多想，只是覺得糜曉眼神奇怪，兩年來，她從未有這個感受。

顧竹嘉在團隊內向來左右逢源，此前只在「鍋貼和生煎哪個更好吃」這一問題上跟糜曉觀點相悖過。現在她必須面對這些如山鐵證，以及糜曉的終極質問：

「兩年了，變了沒有？」

羽毛球特長生的回答絕不是糜曉期望聽到的：「每次我在球場邊看男生打球，他都在跑道上跑步。」

長跑是「理科之謎」唯一醉心的體育運動，這是勞斯基說的。糜曉很久沒說話，顧竹嘉：「我當初沒說實話，是為大家著想。」

「是吧，你總是那麼善解人意，為每個人著想。你想得那麼明白，都不需要我們自己思考了。」

她是真正的水手水星，在漫畫裡，即便臨死之前，心裡也在掛念著別人。

糜曉：「但你出發點再好，我也不會原諒的。」

顧竹嘉深吸一口氣，長久積下的情緒化為一根手指，摁下發射井裡深藏許久的核彈：「跟你認識兩年了，當然不指望原諒，但你不是很擅長自己騙自己的嗎？」

「什麼意思？」

「教你高一高二語文的覃老師給你作文打高分，就因為她和教外語的杜老師一直關係不好，捧你是為了借刀殺人，你心裡清楚的，那你會原諒覃老師嗎？」

覃老師不教這屆高三，進入畢業班之後，糜曉的作文得分沒以前那麼高了。

現在麋曉什麼也不想說，轉身離開，步速緩慢，右手握拳，頂著教學樓走廊的牆壁，邊走邊劃出一道無聲的線。

後來顧竹嘉在大學裡看了波蘭斯基紅藍白三部曲裡的《藍色情挑》，其中一幕，朱麗葉．畢諾許經過一堵長滿藤蔓的石牆，也是伸出右手握成拳狀，用力頂在粗糲的牆面上，一路摧枯拉朽，手指的疼痛一直鑽到觀眾心裡。

這天起，麋曉再也沒去過顧家，放學後也不會跟另外兩個女孩在豐裕生煎店碰頭。早在九七年春節之後，她們就商量好了暫停《夏娃果實》寫作計畫，一心準備高考，現在，重啟的可能被無限期延後。

三人蹺蹺板的力量對比，也在一夜之間發生戲劇性變化，李書珊忽然成了非軍事區緩衝地帶，兩個文科班女生之間的外交往來，都要靠她這個物理班的人傳話。李書珊不能理解她們之間的隔膜，不就是喜歡上了同一個人嗎，有什麼好心存芥蒂的？「小歌神」在學校裡的暗中傾慕者肯定不止她一個，也許校外的還有不少，李書珊介意過嗎？從來沒有。所以這兩個人到底是為了什麼？

兩個人的回答倒是出奇一致：「你不明白的。」

組合裡向來擔任老幺角色的李書珊頭一次感受到了一種責任，在距離高考不到三個月的時候，她有當仁不讓的義務去化解，去彌合，去團結，這個職能以前總是顧竹嘉擔任。

歷史上常有這樣的事例，團隊裡最不起眼的角色忽然臨危受命，體現出了叫人詫異的領袖氣質和成熟魅力，能夠獨當一面，力挽狂瀾。遠的不說，至少月野兔變身為水手月亮就是個最好的例子。

但歷史沒有給李書珊表現的機會，她很快就陷入到比團隊內訌更大的麻煩中去了。

那封「做最壞打算」的情書，她寫完之後不太滿意，總覺得文筆平平（的確是事實），不足以表達出三年來的感情重量，想加一些感人歌詞進去吧，人家「小歌神」什麼流行音樂沒聽過沒唱過？這麼做，一來顯得俗套且沒有誠意，二來絲毫不能體現一個文學女青年的特色和水準。李書珊思來想去，就託顧竹嘉幫她修改一些字句。顧竹嘉也是第一次寫情書，改過之後也不太自信，就背著她請靡曉來改第三稿。

靡曉對此極為重視，可那段時間，她媽不知從哪裡高價請來一個號稱曾在教育考試院出過數學考卷的老頭，常來家裡給靡曉臨時抱佛腳，空閒時間不足。加上情書是打算高考之後給出去的，她沒有立刻動手改，而是藏在自己那摞高一高二用過的舊教輔資料裡——三天後，她就發現了顧竹嘉真正的好感對象是誰。

雙方冷戰期間，誰都沒提起這封信，李書珊以為它在顧竹嘉手裡，顧對冷戰結束抱有幻想，靡曉對情書藏身處的萬無一失抱有更大幻想。

「一室戶」這種方寸天地，藏東西的難度係數極高，對手又是糜母這麼心細如塵的會計。那天她調休，中午就回到家，做完家務，就開始抽查女兒的私人物品——九十年代的家長未必有這個概念。發現這封情書時，糜母的火氣如〈曹劌論戰〉裡所說，一鼓作氣，再而衰，三而竭。當她看到落款是糜曉提過的好友李書珊，原文字跡也不是女兒的，頓時鬆下一口氣，隨即又繃緊了，還帶著一種憐憫，不是憐憫作者，是憐憫作者的父母。即將高考之際，這個小姑娘還在想著寫情書表白，心思亂晃，要是考砸了，父母該多麼傷心——這是糜母的思維邏輯，也是大多數可憐天下父母心者的邏輯，但那些人未必會有她接下去的舉動：拿著情書直奔女兒學校，找高三年級主任彙報情況。

後來的幾年裡，糜曉常想，要是當初李書珊多寫一句「當你看到這封信的時候，我們已經考到了不同的學校」，她媽應該不會採取那麼雷厲風行的措施吧？她會明白這是一封高考之後的情書，雖然占據一點心思，但還是有注重當下、學業為重的意味。

可她也說不準，這位人到中年的水手火星，做帳時冷靜細緻，過日子時火星子四起，母親要是認定每個高考生應該除了試題什麼也不想、分數之外無欲無求，照樣會把情書交到年級主任面前。和母親一起單獨生活了十年，她真不敢保證這種情況不會發生。

歷史不相信假設。當晚，糜曉為了這個原子彈級別的風波，和母親大吵一架，整棟樓都能聽到女孩的怒吼，令人懷疑這還是不是平時那個看見大人都乖巧問好的糜家小姑娘。糜母多年沒有和人這麼撕破臉，把家裡所有不值錢、不會輕易破損的東西都摔了一遍，然而糜曉根本不需要動手，光是嘶吼就能讓母親知道什麼叫青出於藍而勝於藍。

就在隔壁鄰居打定主意要上門相勸時，屋裡忽然安靜了下來，隨之傳來糜母的垂泣聲，她問女兒，自己一個人養了她那麼多年，現在是不是打算為一個頭腦發昏的別人家的小姑娘，要斷絕母女關係？

那天晚上，糜家再也沒有傳出別的聲音。翌日清晨，糜曉黑著眼圈出現在公共廚房，拿起母親早就擠好牙膏的牙刷，用溫度依舊正好的開水漱口，洗臉，拿了早飯出門上學。她走後，在旁邊灶台上熱泡飯的鄰居老爺叔以過來人的口吻對糜母道，考之前發作出來，壓力也好小點。糜母嘆氣不說話。

李書珊可就不是「發作出來」那麼簡單的結局。傳統上，七月七日高考，高三年級會在六月下旬停止上課，給學生留出一星期時間安心在家復習，調整狀態。但李書珊在糜母舉報的第二天就沒再來學校，據說是被父母送到近郊親戚家寄宿去了。她爸花高價請了一堆各個科目的資深家教，貼上車馬費，輪流給女兒補習。顧竹嘉曾經去過李家一次，剛說明身分和來意，李母就關上了門，絲毫沒有高級知識分子的風度。

至於情書的收件人「小歌神」，根本就沒受到任何影響。有小姑娘暗中喜歡他，是天經地義的事情，他不用為此負責，非要怪罪，那就怪他的容貌和歌喉吧。「小歌神」

照舊走到哪裡唱到哪裡，演唱水平發揮穩定，甚至走進高考考場時都是這樣。不過物理考完出來，他就不唱了。

剩下的兩個寫作組合成員，在學校裡視對方如空氣。寄存在顧家的那些小說和漫畫，糜曉沒去要回來。「興許被燒了吧。」她有時想，「還有那部未完結的小說。」

高考之前，七月一日，香港回歸；二日，泰國宣布放棄固定匯率制，實行浮動匯率制，引發金融風暴；三日，古巴宣布找到切．格瓦拉的遺骨；四日「火星探路者」宇宙飛船經過四億多公里航行，成功地登陸火星；五日沒有大新聞；六日，少數民族史詩《格薩爾》搶救工作基本完成。

七月七日，高考開始。

上海每個區對考點的科目安排都不同。糜曉她們學校，文科班考點在市七中學，物理和化學班在十公里之外的華英高中。糜曉不知道李書珊的考場和「小歌神」的考場是不是同一間教室，即便在隔壁，也是種折磨，她爸爸就算本事再大，也對此無能為力。

「理科之謎」自然也在華英高中，糜曉和顧竹嘉都見不到他，卻能在考場遇到彼此，然後視若無睹，心比臉硬，擦肩而過。

多日未見的勞斯基頂著一個圓寸頭走進考場，說是削髮明志。他的腦袋形狀並不適合剃寸頭，但起碼沒了漫天飛雪的頭皮屑，是件好事。

高考之後，連續幾天的高三年級返校日，「I.I.I.」三個女孩都沒出現。

糜曉做夢，常夢到顧竹嘉將書包提在雙膝之前，抬著頭說：

「我們嗎？我們哪有故事呵。」

到她們再度相遇時，十年之中，有一張長長的處女作清單——

蓮一	《貴妃蓮》	二〇〇一
林聖美	《笑靨》	二〇〇四
P2Q	《小宮女》	二〇〇四
郝至柔	《記得你，失去你》	二〇〇四
夜嵐紫生	《嵐明宮》	二〇〇五
清北	《最佳辯手》	二〇〇五
鹿曜	《錦衣》	二〇〇五
項思幻	《世界上最美的花》	二〇〇五
某小某	《悄然而逝》	二〇〇五
青煙輕語	《後宮物語》	二〇〇六
程門雪	《白髮少女》	二〇〇六
泰泰	《駙馬王》	二〇〇六

水秀千　《飛鴛》　二〇〇六
毛粒子　《卷珠簾》　二〇〇六
花梨　《我的貓呢》　二〇〇六
陸璃琉　《聲色》　二〇〇七
小布　《EX悼念冊》　二〇〇七
塔塔庫理　《傻瓜傻瓜》　二〇〇七
顏蘇舞　《你就當我沒來過》　二〇〇七

每一本都是大陸的現象級言情作品。當年「萬盛四花旦」發表長篇處女作時不過二十出頭，清單裡這批人，基本也是這個年齡出道，多多少少都受過港台前輩的滋養，只是台灣言情小說此時已被稱作「小言」。新一代的言情作家，大陸稱王，她們筆下的故事既有古代也有現代，都市或校園，廟堂或後宮，亂世或盛世，清純或詭譎，虐心或暖心，細膩或輕快，百花齊放。

市面上的言情雜誌更是多如過江之鯽，北京《心愛》，上海《Miss Diu》，成都《浮生繪》，廣州的《蘿莉月刊》、《櫻之約會》，長沙的《KISS》、《MisT》、《唯美》，都是言情期刊界一方諸侯……九十年代末期被無數家長老師鄙視的「野雞雜誌」《少女心》，現今都算老牌言情刊物，投資方已經換了好幾個。

雜誌老了，人也老了。糜曉回顧自己三十歲以前的生活，頗為唏噓：她當年如願考進上戲，學會化妝和抽菸，重新起用老筆名「艾璃」，向《少女心》這些雜誌投過稿，發過小說，也出過書，終究沒成大氣候。大學畢業後一度去北京發展，很快又回上海，到紐西蘭遊學一年，跟基督城一個老外結婚後又飛快離婚，沒小孩。兩年前她進入這家專做少女讀物的「My Girl」文化，憑著之前在業內的人際關係，做到上海辦事處的文字總監，時常在上海和長沙總部之間兩頭飛。

前不久，辦事處升格為分公司，在上海本地招了一個新的負責老總，糜曉兼任其助理。該老總開一輛每天都要擦洗的大奔，不懂寫作，但善於運作資本，跟體制內的頭頭腦腦打交道也很有一套。新官上任，老總對員工訓話，說我沒什麼文化，寫書這方面，你們是行家，放手去幹。老總說到做到，對手下放手，自己偶爾也會趁著四下無人，把手放在彙報工作的糜曉的腰間，但絕不會下沉到臀尖。糜曉未抗拒未聲張，反應如機器人，好像搭在腰間的是隻蒼蠅。老總既失落，又放心，有一次臨時開會抽不開身，讓她幫忙去靜華學校接自己兒子放學。

這是所挺有名的民辦學校，小學初中都有，學生家長非富即貴，外人來接學生，要經過嚴格審核。糜曉看到陪老總兒子出來的班主任，眼皮猛跳，再三辨認，確信是顧竹嘉無疑。十年了，居然一點沒變，無論容貌還是體型。她最後一次聽到關於對方的消息，是顧竹嘉終於考上了二本的英語專業，不至於去當體育老師。現在看來她還是逃不過當老師的命，沒能成為外企白領。

顧竹嘉略微花了點時間認出麋曉，除了那雙「英氣逼人」的眼睛和臉架子，髮型、妝容、穿著、身材都判若兩人——她完全逃脫了母親的影響。

老總兒子先上了麋曉的本田雅閣，坐在副駕駛座上玩手掌遊戲機。兩個老同學都想著怎麼破題。還是麋曉的職業習慣打破了僵局，給了顧老師一張名片，正面是個人信息，背面是公司的宣傳簡介。她本人很排斥這種土包子做法，但不得不從。顧竹嘉說原來那幾本雜誌和小說是你們公司出的，我還不知道，辦公室裡一大堆，都是學生上課看的時候收上來的。

麋曉深知本公司產品的顧客群體普遍身高不足一米五，抱歉地聳聳肩：「當年一點沒想到，小學生也會成為最忠實的讀者。」

顧竹嘉：「呵，今天剛收上來一本你們某小某寫的書。」

讀者心目中，某小某的真實身分成謎。「她」其實是一群寫手的共同筆名，眾人集思廣益，分工明確，配合作戰，最後由「終稿決定人」負責最後一版的修改——無論寫手還是決定人，經常換血，麋曉已經是第四任「終稿決定人」了，這才有某小某的高產量和時不時的「文風轉型」。和「I.I.I.」時期不同，這次在團隊內部，一切由糜曉說了算。但寫出來的東西，雲泥之別。

糜曉收起思緒，立刻換個話題：「你結婚了？」

顧竹嘉摸了摸左手鑽戒，說，三年前的事，現在懷孕都兩個月了，看不出來吧？

她對象是父親介紹的，在海關工作，大她兩歲。糜母心心念念的公務員女婿，倒在顧竹嘉這裡美夢成真。

「還不知道是男是女，我希望是個男孩。」她並非重男輕女，「這樣從小會喜歡看武俠推理科幻，不看言情，對生活少抱一些無望的幻想。」

糜曉笑笑，是職場上的微笑。這場重逢，自始至終，顧竹嘉都沒有對她的經歷發問過，足以說明問題。糜曉卻是有很多問題的，當年的手稿她怎麼處理的？李書珊的下落呢？還有當年的那些人，「卡洛斯」、「理科之謎」，以及勞斯基？

「小歌神」，她曾經疑似在地鐵二號線裡見過，說是疑似，是五官、身高、走路姿勢很像，但沒在唱歌，無法百分百確認。那人西裝革履，意氣風發，身邊女伴很瘦，胸卻不容小覷。李書珊當初人雖胖，胸部卻並沒有水漲船高，怎麼算都沒有成功的機會，那封情書，本該是最好的祭奠。

但最終，這些問題她一個也沒問，顧竹嘉也沒提起，怕一說，舊傷口又撕開了。糜曉抬腕看表，時間不早，以後再聊。顧老師朝車裡的學生和糜曉揮揮手，轉身離開。

在第二個路口等紅燈，糜曉莫名其妙地想起一個歷史細節——當初那部未完成的《夏娃的果實》，她改完最新章節的二稿，收尾好像是這麼寫的：「深夜的被窩裡，她合上小說，關掉手電，有時會想，夏娃看言情的時候，亞當在幹什麼呢？」

然後稿子就交給顧竹嘉保管了，從此杳無音訊。

那麼，亞當在幹什麼呢？

糜曉看了眼邊上的老總兒子。小學四年級生正在PSP機上玩格鬥遊戲，目不轉睛，手指飛快，嘴中念念有詞。他選用的角色是一個波濤洶湧、衣不遮體的長髮女子，與之對戰的是另一個胸大腿長、穿著暴露的少女。

看著路口綠燈跳起，她想，原來如此，一直如此。

糜曉再也沒代老總去接過兒子。

王謝

床笫之美

好的床戲到底該怎麼寫？這對王謝來說是個難題。

電話那頭的女編輯當然無法洞悉他的困惑，只是說，你想加的話那就加吧，別太過火就行。這個反應在王謝意料之中。畢竟，這是他最後一本書了，畢竟，這些年來他在文化公司口碑極佳，從未跟任何責任編輯有任何衝突。現在，他們就該答應他這個小小的要求。

他和編輯約好截稿期，掛了電話，把手機往沙發上一扔，人站到窗邊，雙手交疊放在腦後，伸起懶腰。從正面看去，這個姿勢像是投降的敗兵剛走出掩體，不知最終的命運是槍決還是戰俘營。

他的確是投降了，從不斷妥協到最後投降，好像花掉了他半生的時間。十八歲之前，他努力想變成一個作家；二十二歲以後，他變成了職業作家；在臨近三十歲的關口，他終於要擺脫這個煩人的稱號了。今後無論誰問起來，他都會自我介紹說，我叫王謝，是做編劇的。要是不幸邊上還有熟人，那他會補充說，很久以前寫過幾本書，不值一提，呵。

他坐回電腦前，屏幕上是最後這部長篇小說的文檔界面，白色背景亮得有些扎眼。背後擺著一個宜家買來的小書架，放滿了他和他那群朋友們的作品，任何一個中文系教授看到書背上的名字，大概都會犯起胃病來。有時候王謝看看他早期作品裡的部分橋段，自己也會犯點小惡心，但這就是他賴以為生的手段，校園言情小說，八年來已經出版了十二本，名字一本比一本長，封面一本比一本花俏，定價一本比一本高，銷量也一本比一本少。

唯一恆定的是，書裡面異性間的身體接觸幾乎為零，最放肆的情節也不過是手牽著手奔跑，手牽著手騎自行車，手牽著手看流星雨，手牽著手看晚霞，手牽著手看楓葉飄落，手牽著手看櫻花飄落。

文化公司的編輯無數次提醒說，你們的小說主角都是中學生，你們的讀者平均身高大概也沒過一米五，要格外注意內容導向！切記！千萬千萬別讓主人公幹出格的事兒！這番訓話像極了他父親的風格，每逢此時，王謝自己就開始胃疼。

他很少對圈內人說過自己父親在出版社上班，那樣一來必然引起一連串好奇，比如你爸在哪個社啊？你爸都編過些什麼書啊？這時候他該怎麼作答呢？我爸在一個高貴到絕不會出版言情小說的出版社工作，他們那兒連廁所都是用《辭海》代替磚頭壘起來的；我爸經手過的書多種多樣，唯一的共同點是銷量不高，而這一點又很讓我爸自豪……

以前王謝經常拿最後這一點當成經典笑話來看，但現在這個笑話開到了他自己頭上。紙質出版行業是一天不如一天，甚至殃及到了向來穩賺不賠的言情界。八年前他剛出道時一本書首印五萬冊，最後陸續加印到八萬。七年後他第十二本書只印了兩萬，到現在倉庫裡大概還堆了五六千冊。文化公司的編輯安慰他說，是大環境的問題，不是你水平退化。

王謝心裡卻和她一樣清楚，對靠寫書吃飯的作者來說，大環境永遠是第一位的，運氣在第二位，眼光在第三位，水平在最後一位。王謝的運氣是他曾經遇到過好環境，發揮出了水平，現在呢，該相信自己的眼光了。出完最後這本書，他就結束自由撰稿人生活，當編劇寫都市偶像愛情劇去——這玩意兒和校園言情小說有異曲同工之妙，但不像紙質出版那樣日薄西山。簽下工作合同的那家影視公司是他大學室友介紹的，下個月正式上班。

作為謝幕之作的第十三部長篇，走都市風格，主人公終於不是未成年少男少女，可以毫無忌諱地在書裡接吻擁抱做愛。王謝自我辯護說，男女主角曖昧了整整十四萬字，十四萬字！最後卻不上一次床，實在有點說不過去，太不現實了！這都二十一世紀了！

其實他自己既沒在學校裡談過戀愛，畢業後也沒有感情生活，違法亂紀的事兒又不敢做，從未體驗過床笫之美。但言情圈裡他這樣白紙一張的作者並不在少數，誰也不會為此嘲笑誰。

那麼，關於床戲，他懂得多少呢？向來調皮的王小波先生曾經給初學者們優雅地開了個好頭：「他失卻了平常心。」一貫優雅的張愛玲女士用她最擅長的比喻手法描繪了失卻平常心後的畫面：「獅子老虎撣蒼蠅的尾巴，包著絨布的警棍。」然後……完了，王謝所能理解的「富含文學性的床戲」就這麼一丁點了。這種諱莫如深又肆無忌憚的描寫，對一個校園言情作家來說簡直是挑戰人類極限。

王謝認識的另外幾個男性同行，情況基本和他差不多，文筆細膩深邃，善於營造文藝矯情的氛圍，卻既沒寫過床戲，也沒經歷過床戲。長年在寫作圈摸爬滾打，深諳出版審查的精髓後，他們在文字方面的性功能早已退化。

他在網上向幾個聚會時愛說葷段子的男作者求助，得到的回答差不多是一個樣子：「我怎麼知道……你幹嘛不翻一下自己的電腦硬盤？」一而再再而三，王謝不再理會他們的調侃，只是對著屏幕發呆。跟編輯打完電話到現在過了快一個鐘頭，他一個字都沒寫出來，電腦時鐘顯示已經四點三十五分，他必須要出門了。

二

每個星期六，王謝都要回父母家吃一次晚飯，風雨無阻，與其說是習慣，不如說是一種考勤。王謝不願意和父親坐在一張桌子邊上，但不坐在一起吃飯，又叫什麼家人呢？

時間一久，這種矛盾心態逐漸痲木，他成了巴甫洛夫的那條狗，星期六四點半一到，就自覺關電腦，換鞋出門。好在母親善解人意，會在五點左右做好全部飯菜。五點半兒子一進門就去洗手，洗完坐下就吃，邊吃邊聽母親做一星期以來的身體健康狀況簡報，再討論下是否要給母親買個電子血壓計之類的事情，吃好飯他就動身回自己家，整個過程前後不超過四十分鐘，精確得像新聞聯播的內容排布。

四十分鐘裡，他幾乎不跟桌子對面的王國松老師交談，也避免和他目光對視。

父母家在章北區，從他家樓下坐一三二路汽車，要一路晃蕩個四十分鐘才能抵達。好就好在星期六下午，車廂總是很空。他選個後排靠窗的位置，也不嫌髒，把腦袋靠在玻璃上，搖搖顫顫地和車子融為了一體。

說來也巧，再往前開兩站，就會路過他的母校，區立三中心小學。王謝每次看到教學樓的淡粉紅外立面，心中就會五味陳雜。

二年級他剛轉校進來時，身材單薄得像根荷蘭豆，扔實心球成績差得出奇，最自豪的事情就是語文作業從不會出現錯別字，因為父親樂於牛刀宰雞，每天幫他檢查作業。那是他們父子關係的黃金時代，儘管他並不清楚父親作為編輯，在上班時除了找錯別字還要幹點什麼。他去過父親的單位好幾次，第一次去時最深的印象就是，那麼多書，真的是有那麼多人去寫啊？幾排大書櫥根本容不下它們，辦公桌、茶几、沙發，到處東一本西一本，最誇張的一摞可以從桌腳邊堆到天花板。除了走道和椅子面，所有的水平面都叫書給占據了。

父親那時還常帶他逛書店，逛著逛著，會忽然指著角落裡的某本書，說，這就是爸爸編輯的書。父親此時的表情是飽含謙虛的驕傲，這種驕傲感染了兒子，也就成了他的驕傲。那時候父親幾歲？三十八？三十九？王謝從來沒記清楚父親的生辰年月，每回憶一次都能得到不同的答案。他也記不清父親那時的五官氣質，只記得父親最喜歡的那件呢外套，穿上後整個人像座深藍色的山峰，山頂卻籠罩在一片白雲裡。幼年的王謝就行走在山腳之下，時不時仰望山頂，似有眾神踞於雲上。

後來，小王謝識的字越來越多，筆畫越來越繁複，中國文字又是如此博大精深，陰陽，道理，哺乳，房子，龜殼，頭腦……王謝對這奧妙無窮的組合法則無知無覺，只是偶爾產生一些小懷疑。有次抄寫課文，「一匹小馬背著一袋麥子去磨坊」，他把「麥子」寫成了「表子」。這是個毫無惡意的低級錯誤，要是再加個女字邊旁才會氣象一新、格局大開。父親檢查到之後，卻沒按慣例叫兒子用正確寫法抄二十次，而是要他抄五十次。王謝不明白原因，父親解釋說這個字筆畫少，以前又寫過那麼多次，不該犯這錯誤。王謝信以為真，老老實實抄了五十次。之後很久一段時間，王謝寫「手錶」時老有種要寫成「手麥」的衝動，還好總能及時發現，用橡皮擦掉重寫。

王謝有一天恍然大悟罰抄五十次的真實用意時，已經是他升入初中二年級了。通過男生間自發的語文互助教育，他終於搞懂了加女字旁的「表」字是什麼意思，並為當年的粗心和父親的不動聲色感到愧疚不已。也是初一的某個晚上，父親把單位未完成的工作帶回家，他有幸親眼看到了那個大信封裡的審校稿，足足兩個手掌合起來那麼厚。趁父親上廁所的時機，他躡手躡腳過去拿起來翻了翻，因為不確定父親允不允許自己看。書稿是手寫後複印下來的，最上面幾十頁布滿了父親留下的痕跡，有些是他熟悉的，如錯別字的畫圈和螺旋線、前後對調、替代，父親以前教過他。有些是他聞所未聞的，比如有一頁上父親用紅色鉛筆勾勒出的一段，他才看了兩行，臉就跟著紅了。另還有幾處勾出來的地方他卻看得一頭霧水，百思不得其解。忽然廁所傳來馬桶抽水聲，王謝趕緊放下書稿，回自己桌子上寫外語作業。事後他總結了一下，還是叫他臉紅的部分更吸引人，若是他在課堂作文上這樣寫，一定會被語文老師吊死在校門口。

初中生王謝比小學生王謝多了個心眼，記住了這部書稿和作者的名字。五個月後，他去逛學校附近的那家新華書店，真的找到了這本書，翻到記憶中應該臉紅的那個章節一看，被父親勾了紅鉛筆的描寫段落果然消失了，另外幾個地方也被修改過了，換上了無毒無害的文字。那一刻他終於明白了父親到底有多麼大的生殺予奪的權利，那些文字，那些勾魂的、銷魂的、粗魯的、血脈賁張的或者叫人看了反胃的文字，統統跟著那紅鉛筆的劃痕隨風而逝。打那以後，王謝對父親這座藍色山峰又有了全新的認知，繚繞於山頂的不光是朵朵白雲，也有紅鉛筆描繪上去的彩霞，這叫他欣喜不已。雲中確有真神，有時手持雷電下凡，那便是罪惡文字的血光之災。

他對初中時代另一個念念不忘的細節是，有天午休時分，坐他前排的英語課代表照例從課桌裡拿出一個紅撲撲的蘋果，但接著又拿出一本最近正火爆的電視劇《還珠格格》的原著來。王謝驚嘆這本小說厚實得堪比板磚，交給任何一個男生，恐怕一輩子都讀不完。但課代表到了下週二就換了一本同樣厚度的書，上面寫著《還珠格格》第二卷。第一卷則被其班上他女生廣泛傳閱，或者按照他新發明的詞，叫「搶閱」。王謝頭次感受到一種和藍色山峰相抗衡的力量，他小時候第一次去父親單位時驚嘆的「這麼多書，真有那麼多人去寫的啊?!」已經成熟轉變為「這麼多書，真有那麼多人去看的啊?!」父親編輯過的那些書，總被放在書店裡最冷清的角落，跟言情書架、武俠書架那邊的人頭攢動形成截然反差。每次他跟著父親逛各種書店，王國松老師都是繞過這些書架走的，偶爾必經此路、實在繞不過去了，步子都會不由加快，頭也抬起來，眼睛瞟著遠處。

和言情作家們同樣討人厭的還有美國的電影電視劇工作者，簡直是想盡了辦法要讓男女主角們上一次床：上一秒鐘他們還在屋子裡喝咖啡，下一秒鐘他們忽然就開始接吻了，再下一秒鐘，兩個人已經蓋著被子靠在床頭聊理想、人生和宇宙起源，此時男演員總是露出多毛的胸膛（多到你完全忽略了他們的乳頭），女演員則露到鎖骨以下那塊區域。這種規律只有動畫片能倖免，好像編劇不這麼幹，美國廣電總局就不讓片子上映似的。長此以往，父親有了經驗，美國人，或者任何金髮碧眼的人拍的電影裡，男女主角一接吻，他就抬起手擋在王謝眼前，哪怕劇中人是在公眾場合接吻，因為你永遠也無法預測國外編劇的奇怪思路。當時轟動全球的電影《鐵達尼號》，故事夠悲劇了吧？結果女主演還是在大銀幕上、在眾目睽睽之下脫光了衣服，讓人畫裸體。父親事先從同事那裡聽到這個情報，及時制止了兒子要去電影院觀看的想法。

王謝後來陣地失守，卻和美國人沒有直接關係。他高中時的圖書館老師在進新書時都不會把書徹底翻一遍，結果高二時王謝很興奮地跟同學說，圖書館進了一個日本作家春上村樹的書，他寫得那叫一個黃。用歷史的眼光看，村上君只是王謝的啟蒙者，而非臨摹對象。他從初中開始就陸陸續續寫了幾萬字的散文隨筆讀後感，投青春校園雜誌，投作文比賽，都沒回音。父親看在眼裡也有點急，找同事、朋友託關係，把他幾篇精選的散文、隨筆送到略有江湖地位的作家那邊，請給看看，得到的評語基本是「挺好，繼續寫」——具體好在哪裡，回答得都比較抽象，有說文筆好的，有說情懷好的……再多就沒了。後來父子倆都不好意思老去麻煩人家了。父親安慰過他，說你還這麼小，以後有的是時間，篤定地慢慢寫好了，散文講閱歷的。王謝確實篤定，等進了高中，功課壓力大，散文就徹底沒了下文。父親並不知道兒子這時偷偷寫起了小說，而且裡面床戲是常有的。但具體寫了點什麼叫人臉紅的情節，王謝現在想不太起來了，只記得對某男主角的一句總結陳詞：「他是個盛滿荷爾蒙激素的帶噴嘴的人形容器，腦門上是個噴壺口。」現在回想一下，媽的，自己年少時簡直是個床戲天才，下筆如有神。

神童王謝最後出師未捷，只能怪那本寫滿美好臆想的硬面抄沒有藏好，叫父親發現了。假如父親幹著別的職業，比如保安、貨卡司機、輪機工人或是開肉鋪的，可能是這樣懲罰兒子的：解下皮帶，攥住一頭，對扒掉褲子的王謝質問道：「還寫不寫嬌喘?!」同時「啪」地狠掄一下，「還寫不寫呻吟?!」「啪」地又掄一下，「還寫不寫浪叫?!」「啪」地再來一下……直到作品朗誦完畢，王謝的屁股變成斑馬，思想改造也差不多水到渠成了。但父親是讀過書的人，職業特性讓他最清楚該怎麼對付讀書的人、寫書的人。那天王謝補完課回到家，發現父親獨自一人坐在客廳沙發上，茶几上擺著這本硬面抄，頓時覺得世界末日要來了。但父親既沒罵他，也沒揍他，而是招招手叫他放下書包，坐過去，坐在他邊上，坐坐好，然後打開本子，翻到事先摺了角的地方，一手摁住邊上那頁，一手捏住這頁的上角。王謝以前也聽過紙張撕裂的聲音，卻從來沒現在這樣的清晰、透亮，他竟在此時搞懂了該如何形容這種聲音——和戰鬥機在藍天中劃出白色尾線時的噪音很相似，砂皮搓耳膜，小火煎油鍋，下一秒鐘就該破了，就該濺了，卻永遠差一口氣。

父親面無表情，動作慢條斯理，從容不迫，絲毫沒有大動肝火的跡象。他先撕下一整頁，拿在手裡，從窄的方向再一根根撕下刀削麵粗細的小條，等手裡積滿一摞，攔腰一截為兩，放到茶几上，再去撕下一頁。

三分鐘過去，王謝一言不發地看著自己的色情處女作變成了一堆髒雪。要是換成小說裡的情節，父親完全可以俯下身去，用力一吹，來個輕舞飛揚，最好能把紙片颳到王謝那「不知羞恥」的臉上，再慢慢飄落，灑滿一地。但父親的殘忍就到此為止了，他緩緩起身，講：「以後，別寫了。」這句話的聲音出奇得小，王謝後來想，一定是當時自己的耳膜被紙張的撕裂聲弄到麻木了，多年來堅守在山峰的父親，說話是不會這麼心力憔悴的。父親繞過茶几，走進臥室，關上房門，咔嗒一聲，那是鐵幕降下的聲響。

三

一三二路開到一半，母親發短信過來，問他有沒有記得把髒衣服帶回來。王謝打了短短的兩個字「帶了」，想了想又加個句號，摁下發送鍵。他是職業作家，平時不上下班，外出少，秋冬的衣服髒得慢，平均一個月洗一次，當然，是交給母親洗，只有內褲襪子是他洗澡時順便搓搓掉的。有時候他會連著兩個月忘記帶髒衣服，母親只好星期一專門跑來一次，順便清掃一下房間。王謝都會提前得到通知，趕在母親抵達之前做一件事——撿走扔在房間各處的紙巾團。

他常想，要是沒有那次硬面抄的事情，自己今天應該就是個普通的公司小白領吧，為了三四千的工資大清早叼著包子擠地鐵，晚上和父母睡在同一屋檐下，不必把髒衣服帶來帶去，也不知自由和獨立空間為何物。偏偏一切都被他趕上了：小說被撕，高考失利，進了一所本地二流大學，念三流文科專業。大二時轉進一個新的四床，其表姊在一家專做言情小說、言情雜誌的大公司當編輯。新四床無意中得知王謝以前會寫寫東西，說我表姊老抱怨沒好稿子，要不你也寫一個試試唄。幾年後王謝才明白，這兩句詞兒，幾乎是每個組稿編輯的口頭禪，「我們缺好稿子……給我們寫個試試唄」，倒過來往往也行得通，但後半截是內心戲，「給我們寫個唄……（看完後想）哎，還是沒好稿子。」

王謝兩年多沒動筆，確有些技癢，更重要的是，父親以前在書店路過言情書架時那種生吞蒼蠅的神態，他記憶猶新。看完幾篇範文之後，王謝試著寫了個感覺不怎麼樣的短篇，拿去一審，居然給發表了。表姊編輯一句話道破玄機：「這種給小朋友看的言情，訣竅不在你的智慧有多少，而在於你願意放棄的智慧有多少。」這話再深入琢磨下去就有點傷人了，但稿費可觀，足足頂他兩個月的伙食費，王謝就停止了反思，請四床去館子吃了頓好的，回到宿舍繼續埋頭苦寫。他用的筆名是堂前燕，取自「舊時王謝堂前燕」

這句詩，樣刊只寄到學校，家裡根本不知道。

到了大三，他已經發了十來篇短的，在圈內有點小名氣，終於能出長篇，也終於等到了復仇時刻的來臨。樣書出來那天，王謝一改往常習慣，特意讓出版社把樣書寄到家裡。母親剛拿到這包新書時，還被封面上的大眼睛美少女和金髮美少男迷惑住了，以為是兒子在網上買的漫畫書。但父親翻到版權頁一看出版時間是當月，再一數不多不少十本，正是出版方一般會給作者的樣書數量，加上「舊時王謝堂前燕」，更坐實了兒子就是該書作者，不禁駭然。就在幾個月前，他還心血來潮地問兒子最近有沒有再寫什麼東西，王謝說沒有寫過，連書都不太看了——結果現在……再隨手一翻那本小說的內容，父親便秘的表情就無法抑制住，裡面倒是沒有叫人臉紅的情節，但絲毫不能令人欣慰。王謝週末回家，看到這箱子書，更看到了父親愁緒滿容，報復的快感洋溢全身。他過度在意父親的表情，甚至不能肯定自己當時是否有一絲高深莫測的笑容出現在臉上然後轉瞬即逝。和撕小說那次一樣，兩個人什麼也沒說，倒是母親興奮得問這問那，恨不能一秒鐘裡搞清楚兒子所有的寫作內幕。當得知這本書上來就印了五萬冊時，不禁喜上眉梢地問他，賣這書的錢，可以買房子了嗎？二〇〇六年問這個問題，不算是充滿惡意的笑話。王謝遺憾地告訴母親，該書的版稅雖然接近父親一年的工資，離買房還是有點差距，除非它賣到五十萬冊。母親的歡喜未見消退，接下來一句話成了第二顆射中父親心臟的子彈：你快點拿幾本簽上名字，我好送給你舅舅和嬢嬢他們看看。

這天夜裡，王謝上網到很晚。父母家的格局比較怪，一室一廳，臥室給父母睡，一道後來加裝的落地窗簾將大廳分割出一塊小天地，裡面就是王謝的單人床、小書桌和電腦。簾子根據季節的不同分厚薄兩塊，都是白天收起，晚上拉開，保護著他那脆弱的隱私。隔著這道薄薄的夏季簾子，王謝能感覺到從臥室出來的人是起夜的父親。父親肯定能借著電腦屏幕的光源，透過簾子，看到兒子正坐在椅子上，開著白色的文檔屏幕，應該又在寫什麼新的小說。王謝坐的是轉椅，腳一點地，無聲無息地轉了個向，直勾勾盯著父親所在的方位。他已經準備好，如果對方拉開簾子，將山頂的雲霧撥開，那麼面對紅色的雷電，他該做何回應。但父親只是在簾子後面站了幾秒鐘，繼續往廁所走去，手臂帶起的微風吹動簾子，好似那後面有一隻野獸在行進。王謝聽著他的腳步，他開門，關門，涓涓細流，抽水，開門，還是用那種不緊不慢的步子走向臥室。若在以往，起夜折返的父親會隔著簾子跟王謝說，早點睡，別弄太晚——這是硬面抄事件後，父子間屈指可數的常規對話。可這次，父親什麼也沒有說。王謝就像一尊面朝簾子的雕塑，聽著臥室門輕輕關上的聲音。

這一戰他大捷，接下去更是勢如破竹，新書不斷，繼續著在言情界的輝煌。

他也越來越不想待在家裡，尤其週末，有時父親的老同事老朋友來家裡做客，免不了占據客廳，高談闊論。王謝私下管他們叫文化老憤青，對圈內的人和事，他們最愛鄙夷這個抨擊那個，總能令王謝想起初中班裡那群渴望染黃毛的混混同學，也是喜歡聚在一起大聲討論，看這個人不爽看那個人不爽。不同的是，那群混混放學後真會去找看著不爽的人打一架，而老憤青們看看時間不早，便掐滅菸頭，穿上外套，面色祥和地重又回到滾滾紅塵之中。父親當然沒敢告訴這群老夥伴，自己兒子現在是小有名氣的言情作家，就像王謝不願告訴圈內朋友父親的具體工作，尤其是那些書稿在出版社莫名其妙被卡了好幾個月的作者。

他就這樣好不容易熬到大學畢業，實在找不到什麼像樣工作，索性憑著前幾本書的積蓄租了間房子，當上了讓外行人羨慕不已的職業作家。現在他每次和老同學聚會，大家還是會用看外星生物一樣的眼神看他，昔日的同桌第一百次感嘆道：「當年還真沒想到我們這群人裡會出一個作家，到底是出版社編輯的小孩！」

王謝有苦難言，滿肚子的真心話只能用一大口啤酒沖下去。別說出書的事，就是他大學剛畢業找工作那時，父親也一點忙都不幫——其實是壓根幫不上，混了那麼多年，父親只是職稱上去了，椅子卻沒怎麼挪地方。王謝一度懷疑父親就像果戈里的小說〈外套〉中那個小文官阿卡基耶維奇一樣，除了抄寫和校對，什麼也不想幹。況且他們那出版社落魄得都開始放下身段賣書號了。結果這一賣就脫不了身，多年下來，直至今日，終於賣到了王謝簽約的這家文化公司手裡。

四

母親有一種特殊才能，人在五樓卻能辨認出兒子剛走到四樓的腳步聲，然後她會立刻放下手中的事，先開房門，再將防盜門推出一道寬寬的縫兒。王謝走到五樓，拉開防盜門，視線穿過母親的肩膀，他跟自己打的小賭就會迎來結果：父親在，或是不在——自從他搬出去住後，客廳就成了純粹的客廳，父親在家時，總是坐在餐桌前，埋頭看他的書，也不曉得是工作還是愛好了，即便他人在洗手間，桌子上也是一本攤開的書，一杯茶——而這直接決定了王謝跟母親打招呼的內容，是「我回來了」，還是「這位阿姨你的聽力還是那麼好」。

不巧，這次王國松老師不在家，肯定是出門訪友去了。母親接過兒子遞來的髒衣服書包，說這小孩真十三點，快去洗手。他也不問父親的去向，換了拖鞋走進廚房。每次父親不在，家裡的氣氛就會輕鬆很多。王謝吃飯時的表情不再像塊水泥板，和母親聊著家族瑣事，比如外婆換了副新假牙，表哥最近忙什麼生意，堂姊仍舊沒能懷上孩子，初中老同學哪個又加入了離婚大軍。沒有父親的介入，似乎這個家庭更完整了。這種情況下，他會多待二十分鐘，吃完飯陪母親看一下晚間新聞的開頭部分，然後在她提起結婚、找份正式工作這樣尷尬的話題前適時告退。

但今天的王謝和以往不同，他拉開了弓弦，才發現百步之外一馬平川，他的炮口對準了天空，但雲霧蓋頂，沒有敵機飛過。他今天不能親口告訴父親，自己的書將在他的出版社出版，是最後一本書，而且裡面還有一段床戲。「什麼樣的床戲不會被你們和諧掉？」他甚至在心裡演練了一百遍說這句話時應用何種語調，還在腦海深處努力回味著當初父親撕他小說時的那種表情。現在看來，只能等下次了。

今天的母親也和以往不同，給王謝打了碗湯，自己卻不動筷子，把一盤炸雞翅膀和炒豆芽往他面前挪了挪，又拿抹布擦了擦桌子上似乎並不存在的污漬，才講，你爸他退休了，你知道吧？王謝的反應在她意料之中，先是怔了一下，趕緊把嘴裡的湯嚥下去，問，他已經到年齡了？他……幾幾年生的？母親說我記得以前跟你說過好幾次的呀，你怎麼一直沒記牢，你爸屬龍的，再有三個月就六十足歲了。

「哦，那還有三個月？」王謝心裡盤算著時間差。三個月，足夠文化公司把稿子送到父親手裡了，只要出版社別動作慢得離譜。

「沒的，他現在已經不怎麼去單位了。」母親一句話擊碎了兒子僅存的期盼，以致接下來她訴說的父親殉道的事跡，王謝聽得斷斷續續，如夢似幻。原來上兩個月，社裡領導費了很大的勁談下一個名家的新小說，委託「老法師」王國松老師負責三審。他在近乎完美的稿子裡發現兩個錯別字，就揪了出來。照理說，改也就改了，偏偏有個領導好事，出於莫大的尊重跟那名家打了個招呼。名家卻不幹了，硬說這是通假字，留著，不要改。父親在出版社幹了這麼多年，沒遇到過這種情況，不明白這作家哪根神經搭錯。雖說允許萬分之五以下的差錯率，但都找出來了，改過來不好嗎？人家說不許改，改了以後就不合作了。父親也不幹了，說這不是通假，是明顯錯字，印出來給讀者看到，砸的是我們社的牌子！但跟領導吼沒用，他只是受委託做三審，拍板權在領導手裡。他更不可能對著名家吼，實力懸殊。其實就算吼破了喉嚨也沒用，那兩個字對出版社來說無足輕重，最後還是以「通假字」的形式下了廠。這本書很有可能成為父親編審過的書裡賣得最好的一本，父親卻視之為職業生涯中的莫大恥辱，心想反正離退休只有三個月不到一點，就一直推說身體不舒服，單位能不去就不去。至於返聘，就更加不再去想了。

沒有父親坐鎮把關的出版社，就跟全中國任何一家出版社一樣普通了。王謝從文化公司那裡討來的復仇機會，現在已經沒了意義。母親對陰謀的破滅渾然不知，只是用一句「哎也好，這幾年他本來就做得不太開心」做為總結，然後話題又繞到她某個農場小姊妹發來兒子喜帖的外交事務上去了。自從外公去世後，王謝頭一次單獨和母親吃飯那麼沒胃口，草草扒完一碗飯，就宣布自己吃飽了，要回去了，「還有稿子等著寫」。

母親像是還有話題要說，但攔他不住，悻悻作罷。王謝剛走到門口要換鞋，聽到外面防盜門被人拉開的金屬摩擦聲，他遲疑了一秒，下意識地打開房門，欲證實猜測。外面樓道燈黃澄澄地亮著，父親的夾克衫被映成米黃色，臉也是蠟黃蠟黃的。但王謝很快意識到這是燈光導致的錯覺，因為他又本能地退後了一步讓父親先進來，老頭跨過門檻，面色頓時由黃轉白，五官輪廓更加清晰。

王謝多年來只會用文字描繪校園裡俊男美女的青春亮麗，大於三十歲的角色他就難以下筆，遑論年近古稀的父親。頭髮三七開，額頭窄而平，眼鏡片下面兩道深刻的法令紋，沒有鬍渣，這些特徵似乎是宇宙中恆定住的，無論是小時候幫他默生字，帶他去書店，撕他的小說，還是拿到他的長篇處女作手發抖，都總在藍色山峰的雲霧中時隱時現。王謝只有個籠統又叫人吃驚的概括，此刻的父親，比印象中餐桌那頭總是沉默不語的老男人看上去反倒更精神一些，既沒有失敗者從泥潭中爬出來的頹唐，也沒有殉道者烈焰燃盡的落寞。

母親接過丈夫手裡的單肩包，說你來得正巧，兒子剛要走。父親「唔」了一聲，單手倚門，換上拖鞋，側身進來，換王謝走到門口，蹲下去穿球鞋。他本來直接把腳踩進去就行，但不，他解開鞋帶，重新打好結，再換另一隻腳。母親把湯端進廚房重新熱一下，父親卻沒有走進廁所洗手。王謝繫鞋帶的時候，能感受到背後父親的目光。這讓他感覺回到了高中時代，在父親撕毀他的色情小說以後的那段日子，都是在這種似有似無的目光中度過。

終於，他起身，轉回來，看看父親，廚房裡母親打開煤氣開關，「嗒」一聲，像發令槍，像戰爭的號角。王謝覺得迎著這種目光，他該說點什麼。

「媽說，你退休了。」

「唔。」父親用喉嚨代替舌頭說話。

蠻可惜的，我最後那本書在你們社裡出，裡面可以加床戲，改天您用您的專業眼光和刪節經驗幫我出出主意吧？這是王謝腦海裡構思好的下半句，是他準備扔出去的最後一根投槍，扔向奄奄一息的老白鯨。可他語氣醞釀太久，父親搶先一步開口問道，你是不是又打算出新書了？

「啊？嗯！」

「還是那種小說？」

「對的，怎麼了？」王謝把後三個字的音讀得很慢。

父親搖搖頭，神情並不哀傷，同時鼻子裡徐徐出來一股氣，氣韻悠長，像台運轉多年的老蒸汽機終於要告別歷史舞台：「你……還年輕，就篤定地寫吧。」說完，轉身走向餐桌，卻沒去老位子，而是選了王謝剛才坐過的那把椅子，留了個背影給兒子。母親從廚房裡問他湯裡不要再放點粉絲的吧？父親沒答話，只是坐在那裡，拿起王謝用過的筷子夾了塊糖醋黃瓜，放進嘴裡嘎嘣嘎嘣地嚼著，令他想起紙張撕裂的痛楚和快感。王謝的嘴唇張開了一下，很快又合住了。父親的背微駝，是多年來職業習慣所致，但從正後方看去，脊柱卻是筆直的，不曾左，也不曾右。他看到了黑髮當中夾雜著明顯的白色，卻看不到山峰上的雲消霧散。唯一可以確定的是，那山上的諸神，已經移駕別處。

「那，我先走了。」他擠出那麼一句，對背影來說太響，對廚房而言太輕，然後不等回應，出門，關門，樓道裡的感應燈再度亮起，金色的燈光籠罩全身。當他走下五樓，不由脖子一縮，關於床笫之美的探索熱情，都化作了寒冷夜空中的星辰碎屑。

王謝

誰要看安部公房

王謝初中四年裡從來沒踏進過學校的圖書閱覽室一步。在他的印象裡，那扇朱紅木門只開過兩次。

一次是市教育局領導來視察，校長等人寸步不離地陪同。王謝的同桌不幸被老師點中，拉去閱覽室當群演，回來後告訴他那裡就三排書架，書目不詳，閱覽區窗明几淨，架子上嶄新的雜誌至少也是一年前發行的。

另一次是在某個平凡無奇的午休時分，硬要說有什麼特別，就是那天食堂大媽多打給他一個咖哩翅根。王謝回教室的路上經過二樓閱覽室，發現門戶大開，望進去沒見到人影閃動。樓梯口就他一個人，王謝猶豫了半分鐘，繼續往樓上走去。後來他滿懷惡意地揣測，那次應該是學校裡某個被神選中的父母雙亡的少年，機緣巧合之下得到一把青銅鑰匙，打開了圖書閱覽室的門，門後其實通往另一個世界，少年在那裡消滅惡龍，娶了公主，又搞了婚外戀，而那扇朱紅大門將在一個世紀之後再度開啟。

王謝的初中同學在同學聚會時更多的是這種反應：「什麼？我們學校還有個圖書閱覽室？」

基於這個原因，當時王謝對高中的圖書館是不抱任何希望的，他做好了每個週末在新華書城泡上兩個下午、店員不來趕他絕不走人的心理準備。

但文學之神（假設他真實存在且沒有死於貧血或酗酒的話）大概體察到了這個小

男孩的憤懣，王謝考進的滬江高級中學在硬體上有兩樣玩意兒足以傲視全區其他重點中學——最先使用塑膠面的操場跑道，和最先使用磁性掃碼器的圖書館。後者對學生來說是福也是禍，在其他高中圖書館還在用手寫借書卡的時候，不少滬江的學生書包裡裝著學校圖書館的書走進區立或者市立圖書館大門時，會忽然警報大作，弄得保安一陣緊張。

圖書館讓兄弟學校望塵莫及的除了電子設備，還有就是它的館藏，倒不是說規模多大，而是成分複雜。《金庸全集》、《七俠五義》、古龍系列這些會在其他學校圖書館警報大作的小說，在滬江中學圖書館裡有著穩固的江湖地位，更不用提「俄南故意把精子遺在地上」的《聖經故事》，插隊時和女知青敦倫的《黃金時代》，女市長找鴨子的《紅樹林》……納博科夫的《洛麗塔》文學性勉強算是蓋過了性文學，但圖書館買的那個版本，非要畫蛇添足來個副標題——《一個中年男人的不倫之戀》。

高一下半學年的某一天，王謝興高采烈地向學校話劇社的編劇同仁們宣布，圖書館新進來一個日本人的書，特別黃，叫春上村樹，大家快去看呀！

話劇社副社長蘇杭馬上提醒他說，喂喂，人家叫村上春樹好伐？村上龍的村上。

王謝不知道村上龍是何許人也，但蘇杭如果說他錯了，那一定是毋庸置疑的錯了。

蘇杭和王謝同級，一個二班，一個四班，教室僅一牆之隔。她媽是滬江的化學老師，她知道的學校內幕自然也比普通學生要多得多。比方說，「你們這群小男生啊，看到一點性描寫就激動得渾身打顫，丟人伐，我們學校圖書館鎮館之寶知道伐，《新刻繡像批評金瓶梅》，北京大學出版社的一九八八年影印本，四函三十六冊，一共也就印了一千套，裡面每回都有兩幅插圖，是只供內部發行的，當時必須要副教授以上的文科教員才有資格買的，定價七百，相當於現在七千塊！也不知道怎麼的，有兩冊就流到我們學校圖書館來了，是足本哦，足本，不是刪節版。」

小男生們聽了顫得更加厲害了，問，怎麼借？

蘇杭一怔，說你們瘋啦？別說學生，老師也借不到。隨後又補了一句：「大概只有校長能借吧。」

關於鎮館之寶的傳說，只能到這裡戛然而止，也沒人去詰問蘇杭說既然老師都借不到，你是怎麼知道的。以蘇杭她媽為首的理科老師們仇視我校圖書館的館藏複雜這個事實，大家都心照不宣，但到現在也沒能撼動（或者說干涉）圖書館老師的審美和進書趣味，只有一個原因，管理圖書館的是常務副校長的親戚，一個外號「左拉」的老頭。

雄性激素的加速分泌和青春期的逆反心態，讓王謝這個年齡段的男孩子對四五十歲的中老年男士們普遍缺乏好感。嚴苛冷酷的男老師，騎車上學路上粗魯暴躁的助動車大叔，到電腦遊戲廳抓人的教導主任，態度惡劣的某個小店老闆，無一不是其典型代表。

唯有賣髒肉串和盜版光碟的攤主們給這個群體加了點分。這群老男人沒有母性光環可以感化男孩們，但從不缺少經驗豐富的傲慢和代表無上資源壟斷的父權。

人生中能讓大男孩們略微重溫這種心理陰影的時刻，基本要等到若干年後女友帶他去見自己家長。

滬江中學圖書館管理員「左拉」年近六十，留給來借書的男生的印象不會比其他老男人們更差，但也好不到哪裡去。得到「左拉」這一外號純粹是因為外觀——他左腳是瘸的，走起路來，左肩頭如暴風雨中艱難行進的帆船，一年四季除了夏天，都披著件洗到微微發白的黑夾克衫。只有不去圖書館的同學會對他略有憐憫之心，因為在對借書者神情陰鬱、一言不發、動作粗暴這方面，他做到了男女一視同仁。

蘇杭就對「左拉」滿懷鄙夷，源自他的態度和他的底細：一個下崗工人，沒文化沒技術，會的英語大概就一句「Long life chairman Mao」（還只會說不會寫），靠著裙帶關係找到這份工作，搞得全世界都欠他似的，是「在棺材裡沉睡千年、結果半夜裡不得不起身上廁所的法老木乃伊」。

「你們從小到大上過的課，做過的題，考過的試，都是為了不讓你們這代人淪落到跟他一樣。」蘇杭她媽如此教育女兒。即便圖書館的館藏，大多是前任管理員的豐功偉績。

只有王謝對「左拉」有別樣的看法，那源自他一次不成功的欺騙行動。

當時圖書館的舊書堆裡有本宋宜昌的小說《北極光下的幽靈》，講二戰期間德國納粹在格陵蘭修間諜氣象站的故事，一九八〇年甘肅人民出版社出版，上市定價是今天看來有點驚悚的八毛錢，紙頁黃如看門大爺的板牙，但王謝就是愛不釋手，很想占為己有。這本書二十年來就這麼一個版本，外面已經買不到了。王謝思來想去，咬咬牙，戒了一個月的美年達和炸雞串，才攢足了罰金，因為根據圖書館的規定，一九九〇年之前出版的圖書，丟失的話要賠償原價的五十倍。

他選在下午第一節課和第二節課之間的十分鐘去報失，那時候去圖書館的人很少，「左拉」應該正盼著下班，不會太在意。

但少年打錯了算盤，圖書館裡是沒其他學生，老頭卻對著他奉上的兩張十塊兩張五塊十個硬幣看都不看，而是盯著王謝的臉大概十秒鐘，從夾克衫兜裡拿出個黃色的西瓜霜噴劑瓶，往左手食指肚上噴了噴，出來的卻是白色粉末。

王謝氣不敢喘，「左拉」逕自用右鼻孔將粉末盡吸了，背一挺，肩一聳，伸出根指頭，把桌上的硬幣一枚枚滑過來再滑過去，一邊慢吞吞開講，嗓子是多年菸草薰陶過的味道：「西元前三世紀，托勒密王朝在埃及建亞歷山大圖書館，收著百年來古籍手稿無數，聽聞雅典人有希臘三大悲劇作家手稿真跡，特地去借來手抄一份副本，雅典人不大放心，要了一大筆黃金做押金才肯借出，沒想到對方詐騙的誠意很大，雅典人最後拿到的是手抄版本，還有那巨額的黃金，真跡一直放在亞歷山大圖書館，可惜後來毀於羅馬人的戰火，但那個時候，真正是書籍最金貴的年代。」

老頭指頭停住，人往椅背上一靠：「起碼，雅典人還拿到了副本，對其他讀者有個交代。」

接下去便再無話，王謝脊柱發麻，丟下一句「我再去找找看，大概忘在哪裡了」，逃出圖書館，下樓梯時差點絆了一跤。第二天這本書就被奇蹟般的找到了，出現在圖書管理員面前。「左拉」漫不經心地掃了磁性碼，卻在電腦上點下「續期」，又還給王謝，說，亞歷山大不用太著急。

這個連孔乙己都不如的小故事因為過於丟人，王謝跟誰都沒有說，包括蘇杭，但他得出兩個結論：「左拉」是個膽大包天的癮君子，並且遠沒有蘇杭說的或者外表看著那麼沒文化。

他對這個老頭越發好奇，開始留意起細枝末節來，比如，「左拉」從不在學校的教工食堂吃飯，總是自己帶飯；他每天上午十點多鐘來學校，圖書館在下午第二節課上課時關門，颳大風下大雨時會略晚離開；副校長說是他妹夫，但從沒見過兩人在學校裡一起出現，老頭唯一會經常交談的對象是園丁（植物學意義上的），後者永遠一身藍工服，戴草帽，其濃重的外省方言對這幫學生來說不亞於一門外語，如果沒有「左拉」，他大概平常只能對著花壇裡的植物說話。

兩個月後，《北極光下的幽靈》重上雅典人的書架，四十塊錢也回到了王謝的口袋裡，為了這一雙贏局面，他用光了七枝黑色水筆，抄寫了整整十五萬字，不過這個數字並沒到叫人嘆為觀止的地步。

歸功於《筆跡》、《少年文學》、《校園文藝月刊》等青少年文學雜誌的普及，以及痞子蔡、成語言這些年輕的非傳統作家的崛起，二十一世紀頭幾年的中學校園裡閱讀和寫作的氣氛十分強烈。一個班級四五十個人，一半以上都在看各類小說和刊物，雜誌上一篇精采的文章兩天內就會被全班傳一遍。若說班上有四分之一的人或明或暗在搞文字創作，也非誇大其詞，具有勇氣的作者往往是在課上偷偷寫完，下課就交給其他人傳看，等本子回到原作者手裡，文末經常寫滿各類評語。

好文章、好段落、好句子的手抄本是那些沒什麼創造性的人的致敬方式，同樣值得尊重，載體從課堂練習本、硬面抄，到精美的帶鎖的日記本，應有盡有。幾年下來抄個二十萬字的人有的是。這在滬江中學這種理科見長的學校裡可不是什麼受歡迎的風潮，英文老師因為他們抄的不是單詞，語文老師因為他們抄的不是名人名言或者文言文片段，對此亦無甚好感，倒是王謝他們的地理老師委婉地表示：「有點點像回到八十年代。」

王謝他爸在出版社當編輯，故而莫名其妙地趕上了雞犬升天的好時候，儘管他爸單位出版的書跟中學生追捧的那些屬於八竿子打不著的關係。進高中後第一個寒假，盛情難卻之下，王謝帶著文學社和話劇社的同學們參觀了他爸工作的地方，一棟很有可能再過五年就該被爆破作廢的老樓。隊伍裡有個女同學很快就因為對嚴重的霉菌群過敏而發起了疹子，但大家都很高興，看到了文化誕生的地方，在「二十歲前最想去一探究竟的酷地兒」列表裡勾掉了一項，下個選項也許是死刑執行室，或者群魔亂舞的酒吧。

王謝在學校裡的地位由此得到大大提升，和蘇杭也走得越來越近，雖然她就是那個過敏發疹子的女同學。

兩個人當初一起進的話劇社和文學社，蘇杭卻先當上了話劇社副社長，王謝還只是編劇。他們正處於膽大的年紀，看了課本上的《雷雨》選段，翻幾頁莎士比亞，就敢自己開始寫原創劇本，卻不知舞台美術和燈光效果為何物，選演員也是只看身高和賣相，不論說話是不是磕磕巴巴。但劇社成員們個個胸有成竹，誓要拿下區裡的高中話劇比賽。

只有王謝的竹子長勢不太喜人，他是蘇杭領導下的劇本創作團隊的一員，卻寫得膽戰心驚，生怕露怯，表現坍台。

蘇杭不欣賞膚淺的男生，她也不會中意任何把文字作品搞砸的異性，王謝他爸的「文化人」光環反倒成了兒子的負擔。蘇杭可能比王謝更像一個出版社編輯的子女，自小博覽群書，且速度飛快。以偵探推理小說為例，王謝在初中主要啃福爾摩斯和亞森．羅蘋，初二尾聲開始遠征貴州人民出版社那套八十本的阿加莎．克莉斯蒂全集，到高一暑假才囫圇吞棗地完成目標——這些成就蘇杭早已達成，連布朗神父和艾勒里．奎恩都已經看掉了。且和王謝不同，她特別討厭莫里斯．路布朗，前者在她面前只能收起內心的真實想法。

好幾個夜晚王謝躺在床上，盯著天花板拷問自己，蘇杭到底有哪些特質吸引了他，名字大概是最直觀的要素，這屬於文藝青年無可救藥的痼疾之一；嬌小纖瘦的身材裡那驚人的閱讀儲量是要素二；對文字作品的金線要求是要素三，這點足以證明他自己是個受虐狂，因為他不但要給劇社寫劇本，還在班上文學氛圍的帶動下寫起了小說，目標讀者就是蘇杭。

王謝初中時在他爸的引導下（或者說裹挾下）寫過不少散文隨筆，可惜沒能入報紙和刊物編輯的法眼，就此沉淪。論寫小說，他是雛兒，是晚飛的笨鳥。可蘇杭就是喜歡小說，她不止一次說過小說是文學的終極形式，因為散文達不到它的篇幅，詩歌沒有它的結構和耐心。

王謝很同意這一觀點，但蘇杭再說起小說的文學性時，他就一臉茫然了。

《北極光下的幽靈》是王謝眼裡的小說完美水準，有恢弘的歷史背景，緊張的戰爭場面，豐富的軍事知識，美妙的自然風情，驚險的生死考驗，動人的犧牲精神，當然，還有德國氣象學家和他姪女的不倫之情……所有這些元素有機結合，值得為之手抄一遍。

而蘇杭推薦給他的那些「文學性很強」的小說，在王謝讀來，就像吃一碗藏滿螺絲釘的泡飯，宿醉之後坐雲霄飛車，用縫衣針扎遍全身每個汗毛孔，乳糖不耐症患者泡牛奶浴時練習屏氣……女孩最推崇的卡佛，王謝看到第三頁就開始頭疼，看到第五頁就巴不得坐時光隧道回到二戰時代，把年幼的「Ray」給揍上一頓。

不管怎樣，小說終究是要寫的，而且必須要有性愛，因為（又是蘇杭說的）偉大作品無一例外會有這段，《白鹿原》、《廢都》、《查泰萊夫人的情人》、昆德拉、村上、王小波、馬奎斯……連性都沒有，何談文學性。

這句總結是他自己加的。

比起小說怎麼寫，更讓王謝苦惱的是寫到一半的小說，週末應該藏在哪兒。

以他爸的脾性，是不太允許兒子在高二這麼重要的時期分心於寫作，更何況寫這種帶顏色的玩意兒。所以他不能在家寫，而是每天放學後跑到小區附近的肯德基，什麼也不點，占據角落的桌子，佯裝寫作業，因為不是飯點，也沒人來趕他。寫上一個小時，這才回家，稿子就放在書包夾層裡。週一到週五能這樣，可週末父母全天在家，搞不好什麼時候就會心血來潮翻他書包。家裡就這麼大點地方，別的地方也藏不住。放在課桌板裡呢？也不行，他們學校時常被外面借去當考場，課桌板隔三差五就被勒令清空。

恰逢此時，王謝正追隨蘇杭的腳步在讀布朗神父探案集，看到那句「把沙子藏在沙灘上，把樹葉藏在樹林裡」，靈光一閃，腦海裡的小人蹦出浴缸，朝學校圖書館裸奔而去。

圖書館的磁性掃描器可以防止你把館裡的書偷偷帶出去，卻不能阻止你把館外的書偷偷帶進來。王謝只需要選一本不太有人借閱的書，放在一個不引人注意的書架角落即可。王謝花半小時考察了古往今來的中外作家，最後選了一個日本人來擔此大任，此人名叫安部公房。

日本隊是圖書館的外國文學類主力軍，和法國隊、俄國隊、英國隊等歐洲老牌勁旅相比略顯年輕，大家耳熟能詳的有大江健三郎、川端康成、川島由紀夫、太宰治、司馬遼太郎、寫日本紅樓夢的紫式部、芥川龍之介、江戶川亂步、松本清張、森村誠一、黃黃的村上春樹、上過《名偵探柯南》的夏目漱石，甚至有小林多喜二，就是沒怎麼聽過安部公房。

王謝第一眼還看錯了，心想公安部門牛逼啊，除了打擊各類犯罪行為，還出版了一套文集？

像是冥冥中有天意，這位作家的三卷本文集就放在最裡面那排書架最頂端的角落裡，這對某些狂熱喜愛日本文學的嬌小女生來說可望不可及，對身高一米八二的王謝而言毫無壓力。從沾灰程度判斷，這套書買進來後應該就沒人動過，前任管理員買它的動機顯然是個謎。他的小說寫在普通練習本上，非常薄，可以輕易塞進兩本文集的縫隙之間。大功告成。

王謝現在可以專心致志寫他的小說，不必再擔心話劇社的劇本任務，因為指導老師把他們集體創作的劇本翻了兩頁，就槍斃了這部向侯孝賢《海上花》致敬的劇——讓一群高中生飾演晚清妓女和恩客實在不是什麼好主意，還是老老實實從語文課本裡選一篇經典名著來排最保險。但話劇社似乎逃不脫性工作者的魔影，老師選中的篇目是〈脂肪球〉。蘇杭眼看著原創話劇變成了課本劇，為了抗議，以個人名義退出這個參賽項目。王謝為表忠心緊跟其後，畢竟改編一部課本劇不需要那麼多編劇。他還在自己的小說裡添加了一個以話劇社老師為原型的反派角色，希望這能夠給蘇杭以安慰。

這個鄙俗的反派角色加進來沒多久，某個星期一中午，王謝走進圖書館，剛要往書架區過去，就被菸嗓叫住了：「同學，你來。」

電腦桌後面的「左拉」這天穿著黑衣黑褲黑鞋，配上表情，活像中世紀的西班牙宗教法庭裁判長，而他接下去要做的也是對異端們的致命一擊：一本邊沿捲了頁的練習簿被他拿出來放在桌子上，封面上沒寫班級姓名，不過那一小塊白雪修正的液痕是男生分外眼熟的。

假如王謝是個長期和老師鬥智鬥勇的小痞子，他可以很老練地對著「左拉」裝傻充愣，聲稱對此一無所知。但即便如此，「左拉」也可以拿著本子去找王謝的班主任，從他作業本上的筆跡來對比辨認。如此看來，還是他當時的反應最合適——站在原地不動，像是想光憑意念力就能讓本子飛起來在空氣中自行燃燒。

興許「左拉」嫌他怔在這裡有礙觀瞻，便講，「你放學後來找我。」說罷收回本子。

整個下午王謝都在驚惶不安中度過，不過數學課和物理課他本來就聽不太懂，也談不上什麼損失。他一直想不通老頭是怎麼發現小說稿的，圖書館那麼多書，誰會去看安部公房？

據說人死到臨頭，會飛快回憶自己一生過往片段，王謝的狀況也差不太多，但他回憶的都是自己那部未完成作品裡所有會惹怒老師的內容：四段，不，五段，也可能是六段左右的性描寫，兩次自慰，一次對班主任婚外戀的影射，三次對年級組長的人身攻擊，六次對教育制度的否定，四次對學校食堂的詛咒，還有對「左拉」妹夫副校長智商上的嘲諷……似乎還不算太糟糕？

下午最後一節課結束，王謝理完書包，胸中好歹有了個計畫，那就是假如「左拉」

想把他繩之以法或者借機敲詐勒索，他就以對方吸食白色小粉末這件事為武器來應對，大不了，魚死網破。他也許會被父親揍一頓，領一張處分，而老頭肯定要進戒毒所，在一堆癮君子當中了卻餘生。

圖書館的門大開著，卻不見「左拉」人影，王謝在借書處張望許久，才發現西面那扇小門現在是開著的（此前不亞於他初中的圖書閱覽室大門），地上有人影晃動。小心地挪到門口，就看到老頭的背影，以撒旦之身沐浴在夕陽下。「左拉」左手拿著泡了茶葉水的雀巢咖啡伴侶玻璃瓶，右手一本書，聽到異動，轉身看看少年，講，進來。

此地乃是蘇杭說起過的資料室，理論上只對老師開放。唯一一扇氣窗開得很高，東南北三排靠牆的書架都有玻璃防塵罩，罩子下端都有小鎖，外人就算偷溜進來，也休想盜取機密。王謝料定，傳說中那本沒有刪節過的《金瓶梅》就在某個架子上。

「左拉」把手頭的書放回去，又取下另一本，擺在三排書架包圍住的閱覽桌上。桌上本就躺著王謝的練習簿，如果說每本練習簿的壽命是十年，那麼老頭新取下來的那本泛黃的東西，可以算是它的太爺爺。在對方示意下，他輕輕翻開太爺爺，其實也就十多頁紙，不帶網格線，每一頁上都是密密麻麻的手寫漢字，抄寫者不拘小節，先後使用了藍墨水、黑墨水、黑藍墨水，一開始字跡還端正，越到後面越行文潦草像是在趕時間。

第一頁上寫的文章標題是《女顏之窗》，邊上還有一副線條簡陋的素描，是個少女的側臉，彷彿正望著窗外。

「左拉」問他身上帶筆了嗎，王謝沒聽清楚，老頭重複了一遍，王謝點點頭說帶了，對方便伸出一根手指在王謝的本子上敲了敲：「寫得挺有意思，但床戲可笑——我一小時後閉館，你學會多少算多少。」說罷一瘸一瘸地走了出去，順便輕輕帶上門。

這天晚上王謝回到家時，不再有魚死網破的念頭，而是淪為了齷齪和做賊心虛的同謀。他本來想在飯桌上裝作有意無意地問老爹關於《女顏之窗》這本書的來歷，恰好王老師今晚不回家吃飯，無意中挽救了王謝的屁股。

他退而求其次問自己老娘，當然，號稱是「聽某個同學說起的」。王母臉色一變，第一個反應就是這種事情你千萬別去問你爸，要吃耳光的。王謝心知肚明原因，還是要問一句為何。王母說啊呀這種是黃色小說，文革的時候很流行，都是同學之間手抄本傳來傳去的，為了這個，當初不曉得多少人被抓被查——好了好了，小孩子不要再問這種問題，好好讀書。然後又補一句：「討論這東西的同學，你也最好離遠點，不要被帶壞掉。」

王謝低頭扒飯，心裡想，完了，要是被抓住的話，我和「左拉」要一起進派出所了。之前在學校圖書館，他心驚肉跳地讀畢那本《女顏之窗》，非常肯定題目裡的「窗」字其實是「床」的含蓄表達。要是說他之前在小說裡的那種描寫屬於剛背下二十六個字母就開始造句，那麼這個手抄本無疑是扔給了他半本英漢大詞典。按照七八十年代初的標準，看了這部書卻沒有報警的人都可以稱之為流氓。小流氓王謝在離開的時候，老流氓「左拉」收回了手抄本和王謝的稿子，講，你每天放學後都可以來，但不能告訴別人，也不能給其他人看你的文章。

不給別人看，這部小說就沒了意義。但王謝這會兒不會跟他爭辯這個，只是想知道老頭為什麼要幫他。對學生的這種行徑不但知情不報，還傳看淫穢物品（王謝也不認為這個手抄本像是學校圖書館的官方館藏），用學校資源助紂為虐，隨便哪條都可以叫老頭吃不了兜著走。

「左拉」說，你不用管。

這次他關門很用力。

王謝在床戲描寫方面突飛猛進之時，話劇社的野心以慘敗告終。王謝沒去比賽現場，但聽其他人唾沫亂飛地描述了一番兄弟學校的冠軍劇目《阿伊達》——他們也不知道找了哪路神仙幫忙，搞來十幾套古埃及士兵的裝束和塑料武器，上演了那段最負盛名的閱兵片段，配以威爾第的〈凱旋進行曲〉，震撼全場。

相比之下，〈脂肪球〉的道服化就是個笑話。普魯士軍官的軍靴是下雨天用的黑色套鞋，佩劍是問某同學奶奶借來的木蘭劍，還是伸縮型，軍帽是周杰倫同款棒球帽上面別了一撮毽子羽毛。這個扮相一出場，評委和觀眾笑得前仰後合無法自制，叫人搞不清楚到底台上台下誰是精神病人。最後該劇獲得倒數第二的殊榮，倒數第一是因為主演腹瀉而取消演出的某校社團。

經此一戰，話劇社人心全散了。蘇杭她們這幫《海上花》派全部退出社團，轉而要和文學社的人辦一本獨立的文學刊物，不用說，也拉上了「對出版發行這方面應該很熟悉」的王謝，甚至打算任命他為副主編。

王副主編被大家的幹勁和無知給嚇壞了。他對出版發行知之甚少，但也清楚一幫中學生根本不可能申請下來刊號，印出來的東西撐死算印刷品，前提是一窮二白的學生有錢讓文章下印廠。但編輯部沒有人仔細聽他的話，包括蘇杭，她正為幻想中的創刊號封面乃至刊物名字本身而辯論得不可開交，認定王謝完全可以勝任這一職責。

一夜之間，王謝成了一隊童子軍的頭頭，他們的任務是拿著彈弓對抗蒙古鐵騎的入侵。

另一個噩耗來自學校圖書館，導火索是「左拉」的妹夫副校長作為一名教育工作者，經受不住金錢的誘惑，從滬江中學這個公立學校跳槽去了一所民辦貴族學校當副校長，據說工資翻了好幾倍。靠山一走，原來就對圖書館看不順眼的老師們立刻吹響了號角，首先發難的是政教處，會同後勤部出了一個通知，打算對圖書館藏書進行盤點和調整。

這大概是文革結束以後我校首次對藏書大清洗，老師們既無經驗，也缺乏行政管理條例方面的合法性，但無法阻止老師們的積極性和戰鬥性。「左拉」在後勤工作例會上表示反對，很快就被埋沒在「學校圖書館不是任何人的獨立王國」的聲討中。

歷史告訴我們，重要會議一結束，就該馬上動手。學校也是這麼做的，理科老師為首的衝鋒隊員們進軍「左拉」的獨立王國，言語衝突之外還起了肢體衝突。先動手的那位物理老師，曾經在語文組同事們討論邀請哪位作家來學校講座時認真地提議「為什麼不找顧城來？」

命運在冥冥中對他當初的這番高見做了回應，「左拉」在推搡中抄起一把椅子朝這位園丁砸去，無奈椅子不如斧子好用，被物理老師機敏地躲過。

老頭這一出手，事情性質就變了，也讓反對者們更加喜上眉梢。沒過幾天，「左拉」就被提前退休了。圖書館封了一段時間，重新開門時，電腦桌後面換成了一個中年阿姨，似乎是招生辦主任的哪個親戚，不過，誰在乎呢。一關一開之間，道德衛士們清洗走一堆書，但據說沒有那本傳說中的《繡像版金瓶梅》，或者其實是有的，但有人裝作沒有罷了。

那段時間，王謝惶惶不可終日，生怕「左拉」一怒之下供出了自己，或者大清洗行動的老師發現了那本要命的練習簿。

他其實很安全，「左拉」走了，但也及時帶走了他的小說。一起離開的還有金庸古龍溫瑞安納博科夫王小波昆德拉，外國經典文學的四大列強裡日本隊損失較大，只有川端康成、夏目漱石和安部公房劫後餘生，印證了王謝當初的眼光獨到。

圖書館恢復正常運作之後不久，王謝收到一封信，沒有寄信人任何信息，裡面就一張紙條，寫著「誰要看安部公房」。根據這條線索，他在圖書館裡重新找回了未完成的小說稿，還有當初「左拉」給他參考的那份手抄本。

他覺得，這是老天留給自己的遺產。

到了這年放寒假的時候，《睢鳩》雜誌（好不容易定下來的名字）編輯部名單已經擴大到了三十七人，有用的沒用的沽名釣譽的渾水摸魚的都想進來共襄盛舉。

在人民廣場附近一家肯德基召開的第一次全體編輯會議有二十多人出席，一開始還在為雜誌的發展獻計獻策，比如有人建議給那些著名作家寫信約稿，有人號稱要通過父母的關係給雜誌拉十萬塊廣告費，接下去就為了封面定稿和內容體裁開始內訌，最偏激的那幾位準詩人、業餘散文家、兼職影評人和二手小說家們到了幾乎要用上校雞塊互擲的地步。

會開到一半，臨時主編蘇杭忽然想起什麼，問王謝：「刊號的事情怎麼樣啦？」

王副主編感到二十雙眼睛刷地轉向自己，背後直冒冷汗，說，還在繼續想辦法。蘇杭「唔」了一聲，大會議題又轉向電影觀後感和書的讀後感到底算不算影評書評的問題上去了。

其實王謝現在完全摸透了，他們這群要錢沒錢要路子沒路子的小朋友，唯一能做的就是為了雜誌命名拉鋸五百回合，版面內容分割討論上三百遍，封面槍斃掉一千次，最後只消某個好人提議印刷費大家ＡＡ制（大約每人一千塊），就能讓這裡在座的人全部望風而逃。他厭倦了這種紙上談兵的遊戲，如果不是蘇杭的存在，他一點都不想再參與了。

文學之神再次感受到了王謝的心境，決定出手相救——散會的時候，王謝想跟蘇杭繼續交流一下雜誌的事情，出了餐廳的門卻發現蘇杭跟一個他沒見過的男生走了，對方似乎已經在外面等了一段時間。男生高她足足一個頭，眼神清亮，劉海蓬鬆，推著一輛明黃色山地車，和蘇杭肩並肩走在馬路上，女孩還把她書包放到了對方的車子上。王謝心裡一沉，不死心地悄悄跟在後面。直到走過兩條馬路，男生翻身上馬，蘇杭則坐到自行車前槓上，騎士腳一蹬地，懷中有佳人，緩緩前行去，王謝才停住腳步，認定自己是永遠也追不上了。

王謝騎回家這一路上沒被車子撞倒，也沒撞到別人，應該感謝命運沒有再為難不幸的人。

在一個路口等綠燈時，東方書報亭前那個走路一瘸一拐的身影引起了他的注意，對方雖然穿著羽絨服而非夾克衫，但左肩聳動的幅度和那個泡茶水的雀巢咖啡伴侶瓶子是改不了的習慣。如果今天沒有蘇杭那件事，他很可能只是在車上向老頭行注目禮，然後和普通路人那樣去也匆匆。但既然今天全部都趕上了，他索性做一些自己平時不太會做的事情。

對於書報攤老闆來說，最好的開場就是照顧生意。王謝在報亭前把車停好，說，麻煩你，買份晚報。

「左拉」遇見故人並沒有任何欣喜的表現，哪怕這個故人曾經受他的庇護和恩惠，哪怕現在對方是顧客。一手交了錢，一手交了貨，男學生還是不走，問：「您現在在這裡上班？」

老頭戴著絨線手套，看花色像是毛線衫拆散後重組的作品：「報亭老闆回老家了，幫他看幾天生意。」

得知前任圖書館管理員仍舊閒散著，王謝不知道該怎麼接下去對話，「左拉」幫他省去了煩惱：「文章，寫完了？」

男孩捲了捲晚報：「唔，哎，都沒了。」

悲劇發生在期末考試前兩個星期，他提前把稿子和手抄本從安部公房的文集裡拿出來帶回家，還想了個奇招，用玻璃膠把兩個本子黏在自己書桌當中那個大抽屜的底部，只要抽屜不拉到底，是不會被發現的。這個好主意唯一的缺陷是他高估了玻璃膠的黏性。結果有天他一回到家，就發現面色陰沉的父親，和茶几上那一老一少兩本本子。父親沒有像預計的那樣把他揍個半死（可能是考慮到馬上要期末考），只是當著兒子的面把它們慢慢撕成條狀。後來上歷史課一讀到希特勒撕毀《蘇德互不侵犯條約》、悍然入侵蘇聯那段，王謝腦海裡就浮現出他爸留著小鬍子和斜劉海、臂纏紅箍的模樣。

「都沒了？」老頭似不死心。

「都沒了……」少年悲涼作答。要是他完成了那部小說，蘇杭會不會再高看自己一眼？答案成謎。

「左拉」把一個小凳子上的《每周廣播》拿走，示意王謝坐下。他脫下手套，掏出那個久違的西瓜霜噴劑瓶，但這次噴在虎口上的粉末是棕紅色的。王謝明白過來了，那不是什麼毒品，是鼻菸，福爾摩斯和布朗神父的小說裡都出現過的鼻菸。

老頭打了兩個少年避之不及的噴嚏，收起噴劑瓶後嗓音也清亮了些：「算了，給你講講我那個年代的文學小青年的故事吧。」

故事的主角生於建國那年，外祖父曾在老字號中藥鋪當藥工，母親畢業於護士學校，在港口的醫務站工作，父親則是個技工。家中子女除了他，還有一個哥哥一個妹妹。主角年幼時就愛看小人書，唯一經受的文學薰陶來自隔壁鄰居，一個中學的國文老師。那老師行為怪異而狂妄自大，常對人宣講說中國古代四大名著的說法有失偏頗，因為《三國演義》、《水滸傳》和《西遊記》之外，還有一部《金瓶梅》，合稱明代四大奇書，位於巔峰的《紅樓夢》成於清代，應當單列出來才對。不過他很快就被分配去了大西北種樹，再也沒回來。

主角和他同時代的人一樣，在中學時代上山下鄉去了，但沒多久一場意外讓他成了瘸腿的殘疾，提前返城，在街道生產小組上班。二十二歲那年，他在從南京探親回來的火車上撿到一部小說手稿，兩萬多字，沒有任何署名，內容講的是一個知識分子家庭的四個子女在革命浪潮中的命運和遭遇。作者膽大妄為地在裡面寫到了男女之間發生關係的情節，但都是略寫，有些甚至在細節上是錯誤的。撿到手稿的主角比原作者膽子更大，他不但抄寫了這部小說，還把裡面若干段男女關係的描寫進行了擴充和潤色，因為他從小就偷看過母親藏起來的人體衛生學手冊，明白最基本的原理和最詳實的細節。抄完之後他又愛又怕，不敢保留自己的那版作品，找機會將其扔在一列開往南京的列車上。

火車啟動之後，他感覺自己整個人生的絕望情緒都被抽走了。

以今天的眼光來看，那些描寫生硬、粗陋，毫無美感可言（哪怕是色情小說的美學角度），但在那個年代是不得了的事。三年後，他在外地農場的哥哥回來探親，悄悄塞給弟弟一卷舊紙，上面正是他曾經擴寫的那些情愛片段，顯然還經過了其他人的添油加醋。哥哥告訴他，這本黃色小說已經在很多年輕人當中通過手抄本形式流傳了。北京有權貴者發下趕盡殺絕的指令，仍舊無法禁絕，因為性和政治一樣，都是人類的本能。只有主角明白，這個故事已經不是他最初看到的版本，每個抄寫者都只關注性，那個年代最不能公開談論和表達的第二種政治鬥爭。

他不知道這是好事還是壞事，假如原作者知道了他的身分，無疑會親自跑來給他一拳。這個版本的小說，影響之巨大（或者說惡劣），甚至讓他某個鄰居家的小孩倒了血霉——那孩子還在上中學的年齡，看了手抄本之後日思夜想，終於對自己的親姊姊起了邪念，在姊姊告發、他被大人狠揍了一頓之後，男孩回家抄起水果刀捅了姊姊六刀。

公審大會上，對這個男孩宣判死刑時，主角就在人群中，面色死灰。更多的讀者和手抄者因為這本書被處分、開除、拘留、判刑。大概《聖經》之後，再也沒有那麼多人陸續參與過一本書的創作，而那些被處罰者，都是它的殉道者。假如沒有他的潤色，假如命運垂青，這部原名《風中海燕》的小說也許會獲得《傷痕》那樣的巨大成功，但現在，它是以《女顏之窗》的題目，以黃色小說的形象留在一代人的記憶裡。

十年浩劫結束後，主角的父親退休，兒子頂替父親進了機械廠，但只能在傳達室上班，經歷了結婚之喜、喪偶之痛，沒有小孩。那次性愛擴寫之後，他再也沒有動筆，哪怕是黃金期的八十年代。到了九十年代，文學衰落，性不再稀奇，他的門衛同事在值夜班時都愛看那些地攤上賣的所謂法制刊物，上面充滿驚險刺激和桃色獵奇的情節，再也不用擔心被判刑或者槍斃。主角則在閒暇時在市立圖書館辦了借書證，如飢似渴地閱讀，還想重新拿起筆，卻怎麼也寫不出來。單獨值夜班時，他面對空白稿紙，只能整夜整夜地發呆，長此以往，瀕臨崩潰的邊緣。幸而此時，下崗大潮席捲機械廠，他及時失去工作，沒有淪落到瘋人院去。通過妹夫的照顧，他成了一所中學圖書館的管理員，每日置身書的叢林，雖然失去寫作慾望，卻獲得了內心的寧靜。

他唯一的愛好，就是鼻菸，以及蒐集那些紙頁泛黃的手抄本。

故事講完，「左拉」又摸出西瓜霜噴劑，在虎口上噴了少許，卻不急著吸。王謝如從夢中初醒，感到手指冰冷，雙腿發麻。

「那個被捅了六刀的小姑娘，曾是他暗中傾慕的對象。」老頭補充道。一陣風颳過，鼻菸被吹走大半，剩下零星的棕色痕跡，遠看像一小撮泥灰。

此刻天色已晚，一群剛剛下了補習班的高中生嘰嘰喳喳地圍了上來，問新的《筆跡》、《校園文藝月刊》和《科幻天地》到了沒有。「左拉」走進報亭去取雜誌，王謝則站起身，把空間讓給這群同齡人。他們聒噪、笨拙、愛笑，像群互相咬著玩兒的幼犬，叫人同時心生輕蔑和羨慕，聽故事之前的王謝和他們幾乎一模一樣。現在呢，他卻尋思著如何跟這個七十年代的半個蘭陵笑笑生道別，既不失禮又不露怯。好在老頭等學生們掏錢包湊零錢的時候，朝他揮了揮手，嘴角竟然帶著些許朝上的弧度。

少年無法判斷那是不是錯覺，只覺得如釋重負，轉身走向自行車，並決定上車離開後不再往回望。

鹿原

沒有書的圖書館

一

老先生每天上午必定要抽的六根香菸，總是被他提前從菸盒裡取出來，在桌角一根根擺好，平頭齊尾，間距相同，像支訓練有素的行刑隊，槍口對外，瞄著一隻廉價的打火機。正式享受之前，菸必須在嘴裡叼一小會兒，再拿下來，捏住尾端輕輕一旋，整個過濾嘴就下來了，菸紙卻絲毫無損。點菸前，他還得用拇指把斷口處的菸草壓壓實，似才放心。老先生習慣鼻子出煙，兩股濃霧在他下巴尖匯成一條白龍。接著就聽輕輕一聲「哱」，沾在舌尖的菸末便不知所蹤了。

坐在屋子另一邊的鹿原總是停下手中的筆，靜靜觀看老先生點菸前後的每一個動作，暗自期待他哪怕有一次不遵循這套流程。鹿原毫不懷疑，十年下來，屋子裡的每一張紙都散發著香菸味兒，尼古丁和菸焦油是這些作品的忠實讀者。作為可能是全世界唯一允許抽菸的圖書館，它只有一個小缺憾——沒有書。

鹿原第一次聽說這個圖書館的時候，正在北京東城的一間地下室裡靜待發霉。他進京是為了追一筆債，順便感受一下首都的環境。可欠他一萬塊策劃費和五千塊稿費的那王八蛋手機一直關機，出版社說錢我們早就給他了，房東說他早就搬走了，北京幾個圈內朋友說他可能南下了，具體是去深圳還是長沙不太清楚，也有可能回老家了。鹿原毫無頭緒，也不知道接下來該去哪裡。為了省錢，他每天用借來的電磁爐煮掛麵，拌上超市買來的滷肉醬，一天吃兩頓，一頓吃半斤。〇三年時的北京，天氣還沒那麼糟糕，白天裡他就蹲在外面曬太陽，邊上躺著斷尾巴缺耳朵但神情安逸的野貓，與他的愁眉苦臉相映成趣。來京之前他躊躇滿志的那部小說，如今也交給小腦去構思了，大腦就負責想接下去該怎麼辦，我自己還欠著別人錢。他兩三天刷一次牙，很久沒洗澡，但這並不可怕，那些和他住在一起的群眾演員、流浪歌手、大學應屆生都這德性。愛乾淨的是那些從全國各地陪孩子來北京上各類藝考培訓班的家長，事兒多，嘈雜，還不好惹。有一天他在公用廁所裡刷牙，看著鏡子裡憔悴又疲憊的自己，更像那幫砸鍋賣鐵也要幫孩子實現明星夢美院夢的玩命家長，心想，我他媽才二十一啊！

就是這個時候三酒從鹿原堂妹那裡知道了他的窘境，打公用電話過來，說要不你來紹興吧，我知道一家私人圖書館，可以讓他們請你去幫忙，包住宿，環境挺安靜，你也可以寫寫東西。三酒在他朋友當中還算靠譜，「能寫東西」這四個字對文學青年鹿原來說也具有足夠大的吸引力，當下就答應了。他事後也沒想到去網上查查看紹興到底有沒有私人圖書館。隔天三酒又來電話說搞定了，你趕緊來吧。鹿原問房東摳回了一點押金，買好了硬座車票。臨走那天他去胡同口的小理髮店剪了頭髮刮了鬍子，到公共小澡堂洗了個澡，在火車站小賣部消費了三袋方便麵、一瓶紅星小二和一盒點八中南海，為狼狽的首都之旅畫上了一個還算體面的句號。一路晃蕩了二十多個小時，他在杭州下了火車，在候車大廳趁機睡了兩小時，再坐長途到紹興，根據紙條上的指示乘坐公交車，終於找到了東小路和五脂巷，然後傻眼了。這是一條太不起眼的巷子，狹窄的路面用碎石板拼成，潮乎乎的，縫隙間能看到青苔的痕跡。兩側舊式民居最高不超過兩層半，黑瓦依舊，白牆已經發黃。巷子裡面彎彎曲曲，看不到幽深的盡頭。仔細觀察巷口，沒有任何標識牌告訴路人這裡面有座圖書館。越往裡走兩步，鹿原的疑惑更重了，此地聞不出書香，倒是從哪戶人家的廚房裡傳來一股油炸臭豆腐的焦香。但紙條上記的地址就是這裡沒錯，五脂巷二號甲二〇一。

鹿原正猶豫要不要上去問個明白，樓門裡走出來一個中年男人，臉色黑黃，戴著一副八十年代流行過的那種大鏡片金屬框眼鏡，親切地問：「你是小陸吧？」鹿原趕緊點頭說是是是，您是岑老師？岑老師邊「哎」著邊和他握了握手，但沒有要幫著提行李的意思，說我在二樓窗口看到你走過來的，看樣子就像，來來來，跟我來，當心，這裡有道東西。鹿原跨過防止雨水倒灌的水泥門檻，跟岑老師走在木頭樓梯上。岑老師說我們這樓梯比較老，你抓好扶手，抓好，這樣比較穩。不出所料，台階前後很窄，腳尖踩到底，還有半個腳後跟是完全懸空的。他老覺得屋頂要壓下來，不自覺地矮著身子，怕什麼東西會忽然砸到頭。整棟樓的空氣裡有股叫人無法忽略的糖醋小排的氣息。他還走在半路，岑老師已經拿出鑰匙，開了樓梯盡頭的一扇門，打開燈，說進來進來。

鹿原背著書包、提著行李袋，走三步要找一下重心、調整一下呼吸，覺得自己不是個求職的圖書館管理員而是白色恐怖時期在上海灘尋求庇護所的我黨地下工作者。他好歹走完了這條樓梯，可以好好看看那個傳說中的私人圖書館究竟是個什麼樣子。

老先生抽菸很快，去掉了濾嘴的菸，抽個五六口就得掐掉，不然就要燒到舌頭了。他不用手指縫夾菸，而是左手的拇指食指中指三個指尖攥成個香爐底座，菸身一柱擎天，菸頭直沖天花板。他左胳膊肘又喜歡支在桌面上，菸就和腦門處在了一個水平面，加上低著頭看文章，遠望去，像是個抽菸被抓了現行的學生，正低頭認錯，把作案工具上交老師。菸灰要是飄落到紙上，他絕不用手撣，大概是怕在白紙上留下灰痕，只用嘴吹，偶爾也把整張紙捏起來輕輕抖動。

這裡保存的作品可以說是一文不值，老先生對它們如此愛護，鹿原想，這有什麼意義呢？他瞥了眼屋子裡的三排書架，即使到現在還是沒弄明白，它們是天生就以這種黑鐵的本質示人的，還是曾經刷上過漂亮的油漆，只不過後來被時間慢慢啃食掉了。但至少他已經把它們當成書架看待了，而不是燒焦的遠古怪獸的骨架。他想起自己第一天來到這裡時，被屋子的狹小和書架的稀少給嚇了一跳，頓時有種被三酒騙了的感覺。三酒本人在安排完這件事之後立刻去泰國談生意去了，不知幾時回來。岑老師並未察覺他的詫異，大概以為三酒已經提前給鹿原打了預防針。他拿起桌子上的熱水瓶倒水，說你把行李放那兒吧，來，喝口水。鹿原這時候又不好意思轉身走人，他的體力、他的錢包和他的人際關係也讓他失去了這麼做的資本，只好走過去。

他估計這間「一室戶」不會超過二十五平米，被三個書架一占，大概就剩下五平米了吧？屋頂低矮，日光燈氣血不足，兩張陳舊的書桌分明是學校裡用的那種單人課桌，倒是各配了一盞小台燈。鹿原在其中一張桌子邊坐下，發現桌上有個骯髒的白瓷茶杯，內壁黑得像煤礦坑道，再連繫起空氣中那熟悉的氣息，吃驚道：「這裡能抽菸？」岑老師正在擦桌子上灑出來的熱水，「昂」了聲，手一指。鹿原轉頭看到最近的一個書架的側面貼了張白紙，上面用毛筆寫了六個大字：「此處允許抽菸」。鹿原不懂書法，看不出字的好壞，但這種存心和主流做法對著幹的精神瞬間感染了他。到了這時他才發現一個剛才忽略了的情況——這些書架上沒有一排排豎著擺放的書，全是些紙，一摞一摞堆在那上面，用紅色或白色的塑料繩捆著，乍看上去像等著扔掉的舊考卷。

「那個……」鹿原不自覺地站起身，指著書架問。

「哦，小邱之前沒跟你說麼？這全是我父親收羅的人家的稿子，被退稿的，不能發表的，人家送的，反正都是些沒人要的東西，他就愛這個。」岑老師招呼他再次坐下，「這個是我們家老房子，我父親搬去我那裡以後，就把這裡改成了他的閱覽室，他說叫圖書館，反正他高興就行，這一開也開了好幾年。」岑老師擺手謝絕了鹿原遞過去的菸，說不不不我不抽菸，這個，我父親快八十的人了，但身體還好，他就每天上午會到這裡來，其他時候都需要有人看著，雖然也沒什麼值錢東西，我們家大人上班小孩上學，沒辦法，只好雇個人，用時髦話說叫兼職，以前找過一個文理學院的學生，但小伙子沒定性，在這裡太冷清，他待不住，就走了。當然，我們給不起很多錢也是個原因。岑老師說到這裡抱歉地笑笑，這個伏筆埋得有點生硬。見鹿原沒有接話，他又趕快轉過風向：「不過你是小邱介紹來的朋友，我是放心的，他說你需要個地方安心寫寫東西，哈哈，我們這裡沒別的好，就是安靜。當然，酬勞也不會虧待你，一個月八百，你看可以吧？」

鹿原一怔，他以為對方最多給個五百了不起，這個開價叫他喜出望外，就差放下矜持起身去握住岑老師的雙手：「可以可以，已經很多了。」這個價格足夠說服他自己，你又不是來當館長的，你就是找個地方過渡一段世界，寫完小說。岑老師說沒事沒事，小邱的朋友嘛。為了確保無誤，他問鹿原能不能拿身分證給他看下。鹿原翻出證件遞了過去，岑老師邊扶著鏡框一側，邊仔細審視，就差把號碼一個個念出來了：「陸篆，這個名字好啊，八二年，喲真年輕，小伙子又那麼帥，啊？哈哈……」鹿原羞赧地撓撓頭，心想無論誰和身分證照片比起來都會顯帥的。岑老師還了證件，又摸出三百塊，說這是預付的錢，你收好，收好。除了問房東要押金，鹿原已經很久沒從陌生人手裡收到這麼多錢了，拿過來正要摺摺好，目光落在岑老師看上去有十年歷史的夾克衫和灰蒙蒙的舊皮鞋上，心裡冒出一個大膽又符合邏輯的猜測。但他沒有多問，把猜測和三張毛主席一起塞進了牛仔褲口袋。

三酒電話裡說的包住，其實就是住在這間屋子裡。行軍床已經備好，就疊放在角落裡，岑老師說邊上的小櫃子裡除了枕頭還有條舊被子，晚上冷的話可以加蓋。喝水有電水壺，就放在桌子上。水龍頭在樓下公共廚房，最靠門口、水管上纏著藍布的那個就是他家的，但水流量有點小。公共廁所要再往巷子裡走五十米，晚上沒燈。「條件艱苦，還請克服一下。」岑老師說。鹿原忽然想起了什麼，小心翼翼地問：「平時……來這裡的人多麼？」

「這個我也不清楚，應該不太多，只有我們家老先生知道啦。」中年男子環顧這間房子，還有那三排最占地方的書架，神情不是剛才的客客氣氣，而是一種無奈。鹿原猜想，要不是父親弄了個詭異的圖書館，這間房子他大概是打算租出去賺點小錢的，也許就專門租給自己這樣的落魄小青年。可他現在卻要付錢給這個小青年，夢想與現實的落差太大。連這個收了錢的小青年也在想，搞這個圖書館，意義何在？不過在岑老師走之前，新上任的管理員還是有點不太放心，畫蛇添足地問了一句：「岑老師，這裡的『書』……我都能看吧？」

二

所謂的圖書館東西寬約四米，南北縱深六米左右。房門開在西牆偏南，書架靠著東牆北段。南面有扇窗，給屋子帶來光明和稀薄的溫暖，一張小桌子就在窗下，有菸灰缸，是貴賓席，另一張靠著東牆，充當僚機。北頭有個小櫃子，櫃子裡是枕頭被子，櫃子上的旅行包塞著鹿原闖蕩江湖的全部家當：衣服，襪子，牙刷，毛巾，一疊稿紙，幾枝水筆，一本夾著錢的九七版《白鹿原》。

鹿原對著這個螺絲殼道場考察了半天，確定了布局的最優方案，把靠牆的桌子搬到了書架西側的過道裡，騰出來的地方放行軍床。然後才踏踏實實一頭扎進那三排書架之間。他已經在附近的蘭州拉麵館吃過了晚飯，別家廚房傳來的炒菜香氣無法叫他分心。可僅僅半個小時之後，他就對這些館藏感到些許失望。它們大部分都是些自傳性質的長篇小說、回憶錄、質量參差不齊的散文和雜文集，以及他根本看不出好壞來的詩歌。

那些自傳體小說像商量好了似的，齊刷刷這樣開頭：「我叫某某某，原名是什麼，一九××年×月×日我降生於某省某縣某鄉某村，按干支紀年那年應該是什麼年，老家附近有個某某山或者某某河，景色如何如何，某朝某代某名人在這裡幹過什麼靠譜或者不靠譜事跡，傳說還怎麼怎麼的，我們這個家族打哪個朝代在此定居，有個什麼祠堂，祖上出過那誰誰誰和誰誰誰（炫耀官職），我的太祖某某幹了件什麼事，太奶奶立過什麼牌坊，我的爺爺又怎樣怎樣了，我爹是他第幾個兒子，爺爺一共多少子女，哪支哪系，按族譜我爹什麼字輩，我是什麼字輩，我出生那年家裡誰誰誰也怎麼了……」鹿原覺得還是看普魯斯特更振奮人心一點。還有些紙張發脆的科幻小說，以二十一世紀高中生的水平而論可能還算不錯，作者名字都很質樸。這些作品每份都是手稿，稿紙五花八門，從印著罐頭廠紅頭名字的紅線信紙，到統一的黑色和綠色方格文稿紙，應有盡有。筆跡是個更有意思的線索，有的作者明顯受過良好教育，鋼筆字筆筆端正有力，即便有大段的修改，也是調度從容，不失規整。有的人就差點了，字跡透著掃盲班的風格，開篇第一段裡能讀出半打錯別字，被人用鉛筆勾出來，鉛筆字很稚嫩，大概是家裡的小輩。小孩子沒耐心，改到後面就堅持不下去了，二十幾頁往後鉛筆字徹底絕跡，錯別字如漫山花開，卻無人過問。

鹿原也漸漸失去了耐心，而且這些手稿的擺放順序是那麼隨意，並不考慮作品名、作者名、體裁、題材什麼的，似乎被人拿來隨手一放，就算找到了自己的定位。最裡面的那個書架，側面釘著的黃銅小牌鏽跡斑斑，離脫落的日子不遠了，上頭刻著「紹興四中」。岑老師曾說自己在中學教書，這就解釋清楚了書架的來源。鑒於那狹窄逼仄的樓梯，當初為了把它們拆開來搬上來再組裝好一定費了不少力氣，搞不好是節儉質樸的岑老師親力親為。

粗略估計，這裡有五六百份厚薄各異的手稿，鹿原想，說沒有書的圖書館是抬舉，說難聽點根本是手稿的公墓。他倚在窗口抽完一支菸，還是想再碰碰運氣，又在公墓裡挖掘了半個鐘頭，終於掘出一件寶貝——那是一份文革時期民間大字報的手抄本，夾在一打激昂的愛國主義詩歌和一部九十年代出國旅行散記之間。鹿原粗粗翻了幾頁，瞬間有了中學生第一次在租書屋淘到小黃書的激悅，決定拿到床上去細品，這一看就忘了時間，直到今天一天的路途勞頓忽然壓了過來，加之抄寫者的字不敢恭維，他有時候得絞盡腦汁去猜這是什麼字，更加費神。慢慢的，他失去了知覺。

當鹿原漸漸開始恢復意識的時候，首先聞到了空氣裡的菸味，接著陽光透過眼皮刺激著眼球。他不記得昨天抽了很多菸，難不成什麼東西燒起來了？他猛地轉身，看到窗口明亮刺眼，稍微適應了光線之後，才發現有個瘦小的老頭就坐在窗邊，左手攥著半支菸，收著下巴，嘴角朝下半努，一對小黑豆似的眼睛正藏在眼鏡框架這個掩體後面，直盯著他。行軍床以前不知道有過什麼樣的經歷，當中那塊區域的鐵絲網下凹了很多，這導致鹿原第一次想蹦起來但沒成功，第二次才從床上滾下來。他慌忙拽住掉在地上的被子，說您好您好，您是岑老先生吧……我是新來的，新來的，我叫陸……

「好。」

老頭眉毛動了一下，然後低頭繼續看自己桌上的一份手稿。鹿原趁他不看自己的時機穿上褲子披上外套，一看枕頭邊的手錶，竟然已經十點半了。他正要理床鋪，卻找不到昨晚看的那份大字報手抄本，他明明記得自己入睡前就拿在胸口。

「我收好了。」老頭冷不丁說道。鹿原猛扭頭，差點把自己脖子扭斷了。但桌子後面的老頭根本就沒抬頭，左手的香菸燒了挺長一段灰，也毫不在意。鹿原臉上一陣燒。他竭盡全力不發出大響動地把床鋪和行軍床整理好放回原位，又把自己那張小課桌搬回來，然後端正地坐在桌邊，等著老頭問他點什麼。但對方唯一的動作就是扔掉快燒到手指的菸頭，把稿子又翻了一頁。鹿原不敢去刷牙洗臉，不敢買早點，甚至不敢上廁所，比第一天在學校裡上課的小學生還乖，可惜「老師」壓根不買帳，當他是空氣。

傻坐了半小時，鹿原惱了，從桌子裡拿出昨晚放著的空白稿紙和筆，佯裝在寫東西，實則亂塗亂畫，只為引起注意。筆尖在紙面上刷刷作響，老頭只是拿起一個乾淨的白瓷杯喝了口水，繼續翻頁。鹿原浪費了一張紙，什麼也沒得到，這讓他有了懊惱的勇氣，明目張膽地觀察這個對一切都無動於衷的老頭。他的頭髮理得很短，好像推子就是貼著頭皮行進的，在兩耳上方吝嗇地留下薄薄一層白霧。頭頂似乎是禿的，被窗外太陽一照，倒映著巨大的光斑，加上沒有鬍子又下巴渾圓，使他的腦袋看上去像一粒嚴肅的魚皮花生，而腦門上的皺紋只是某個頑童對這粒零食的惡作劇塗鴉。這種帶著惡意的想像並不能給鹿原帶來生理上的釋放，起碼他的膀胱水位降不下來。他只能強忍著，一邊呼吸著老頭的二手煙。一整個上午都沒人來打攪兩人的啞劇。直到十二點差幾分的時候，老頭起身把稿子放回書架上，走回桌邊一口喝乾杯子裡的水，說了第三句話：「我吃中飯去了。」然後背著手，慢慢踱下樓梯。

老人前腳剛拐出巷子口，鹿原就捂著檔朝巷子深處飛奔而去。

鹿原從小就不善於和老先生們打交道。爺爺走的時候，他還沒到記事的年齡；外公重男輕女思想嚴重，從小不待見他媽，還一直延續到第三代身上，疼孫子不疼外孫。小學時隔壁住了個大爺，對鹿原倒是不錯，可好景不長，老人家得了某種病，神志越來越不清，有天屙完屎褲子沒穿就跑街上散步去了（小鹿原就是現場目擊者之一），最後只能在療養院了卻餘生。念初中時那個返聘的教他們班外語的老頭外號法西斯，人人憎惡；到了高中，那個臨近退休的物理特級教師好幾次在課堂上把鹿原寫的小說扔出窗外，指著他鼻子說他「不知羞恥」。剛從家裡跑出來走江湖時，他也遇到過幾個頭髮花白的老作家，碰巧對方都很健談，能給你滔滔不絕地聊這聊那，鹿原只要順著他們的思路做聽眾、偶爾接幾句話就好。遇到岑老先生這種，他就徹底熄火了，沒有主動攀談的勇氣。

之後那些日子裡，鹿原每天都很早起來，收拾床鋪，刷牙洗臉買早點，取下用繩子晾在書架之前的洗好的內衣內褲，給熱水瓶灌滿熱水，倒空當作菸灰缸的杯子，然後坐在桌子後面開始寫他的小說。

老先生會在八點半準時抵達，招呼一聲「好」，便自己倒水，取稿，戴老花鏡，擺香菸，摘濾嘴，吞雲吐霧，呸菸末子。無論上午喝了多少水，他從不上廁所。他也不問鹿原昨天下午有沒有什麼人來，不問鹿原每天埋頭在寫點什麼。到了中午十二點差十分，他再說一句「我吃飯去了」，就走了，這一整天不再出現。老先生喜歡穿布鞋，走路時來去無聲，肩膀沉穩，表情高深莫測，宛如飄蕩在手稿公墓的幽靈。

鹿原和這個幽靈相處了幾日，慢慢倒也學會了享受這種清靜。唯獨馬路斜對面的小音像店和他過不去，每天上午十點準時開啟大喇叭，輪著放周杰倫蔡依林 S.H.E. 王心凌，一直放到家庭婦女們買菜回家了，才識相地關掉。除了周杰倫，台灣明星的每句歌詞都能清晰地傳到鹿原耳朵裡，時不時叫他分心。岑老倒毫不介意，看稿如老僧入定。鹿原想可能因為年紀大耳朵不好使。他的味覺似乎也有問題。岑老在的時候，鹿原自己就不抽菸，那個髒杯子歸老先生一人使用。至少有兩次，鹿原親眼看到老頭因為用心看稿，把菸灰撣進了髒杯子邊上的乾淨茶杯，過會兒拿起這個杯子「咕嘟咕嘟」喝了兩口水，完了再習慣性地抹把嘴角，一點也沒察覺出異樣。

三

在「圖書館」待了一星期，鹿原已經不指望有讀者上門。每天他在這棟樓裡見的最多的人，除了岑老，就是樓下公共廚房裡的家庭主婦。她們似乎習慣了老鄰居的老房子裡有個小年輕進進出出，也認定鹿原不會在這裡待太久，每次都是默默目送他上樓下樓。到了中午和晚上，廚房裡人間煙火的香味匯集起來，向飢腸轆轆的鹿原發起進攻，直將他轟得放下紙筆，逃出房間，逃到附近的蘭州拉麵館或者湯包館。

如果不是那天上午有人登門拜訪，鹿原真會覺得全世界只有炒刀削麵和灌湯包才會和他講話。這個客人看上去比岑老只年輕幾歲，但那種昂揚的精神氣甩開岑老八條馬路。他一進門就用洪亮的嗓音和館主打招呼，走路時木地板發出一連串呻吟。岑老起身相迎，招呼他坐下。鹿原這才反應過來，連忙將自己的座子讓出來，心裡想，這下總算能聽到岑老說話超過三句了。站起來後鹿原才發現來客有多高大魁梧，高出他有半個頭。岑老介紹說這是聞老師，新聞的聞，這個是小陸，新來幫忙的。聞老師一握住鹿原的手，鹿原就知道自己掰手腕是掰不過對方的。

「幸會幸會，我就坐一會兒，馬上走。不用不用，不用倒茶！」聞老師面色紅潤，下巴寬闊，戴了頂深藍格紋貝雷帽，和他的高級公文包顏色相近。他從包裡拿出厚厚一本書，向岑老先生雙手奉上。

那一刻，鹿原終於找到了最傳神但又不太合適的比喻句來描述岑老的神態，那就是抗戰影視劇裡那種級別很高、資歷極深的日本司令官老頭，喜怒不形於色，殺人於地圖之上，現在他正從某個下屬將軍手中接過作戰計畫。

「出了啊。」岑老摩擦著封面，感受好質地，瞥了眼扉頁贈言，捏捏紙張，再看看封底，問，印了多少？聞老師正在包裡摸索東西，伸出手來比劃了一個「二」，又把手探回去，終於摸出一枝筆來，問了鹿原的名字寫法，在另一本書上寫了幾個字，遞給小青年，「小伙子，初次見面，送本書給你，當作紀念！」

書很沉，是之前沒怎麼聽說過的出版社，但用的紙張不錯，肯定花了聞老師不少錢。之所以敢肯定是自費出版，因為鹿原來的第一天晚上就翻到過聞老師的這部自傳小說，看了三四頁就放到一邊了。現在他必須裝作第一次看這部作品，從第一頁開始，慢慢往後翻，腦子裡的思緒卻已經飛到了爪哇國。聞老師不知真相，還在那裡跟岑老誇耀兒子這次出錢出力，自己甚為欣慰。看著他臉上的喜悅之情，鹿原想，聞老師年輕時在醫院裡第一次抱著自己的兒子，大概也就是這樣的吧？他不禁羨慕聞老師的兒子，有這樣一個喜歡寫作、熱愛文學的父親，是多麼幸運的事情！自己的父親哪怕有聞老師一半的熱情，他前二十年的人生能節省下更多的精力去寫作，而不是抗爭。

聞老師拍拍沉甸甸的公文包，說自己還有幾個老朋友要去拜訪。岑老會意，走到第二和第三排書架之間，很快拿著一份稿子出來了，交給聞老師。兩個老人再度握手，岑老說恭喜，恭喜。臉上卻沒有喜悅之情。聞老師應是習慣了他這風格，笑呵呵地又和鹿原告了別，轉身消失在門口。鹿原聽著那噔噔噔的腳步，生怕樓梯架不住力道忽然斷了，或者聞老師太高興沒看清腳下，一步摔到一樓。岑老回到位子上，從書桌夾板裡拿出一個硬面小本子，翻到某頁，用一枝藍色水筆在上面劃著線。

「這裡的規矩，稿子進來要登記，稿子出去要劃掉。」岑老說話時還是不看鹿原，「聞老師怪不容易的，解放前是個學徒工，沒怎麼念過書，五十年代上掃盲班，學文化學得斷斷續續。十幾年前他忽然講，想要寫本關於自己的書，被人家嘲笑，為這件事一把年紀了還跟人動手……還有很多人背地裡都看不起他，覺得他寫書是不可能的事，結果為了這本書，聞老師差不多翻爛了一整本的《新華字典》。」

「哦，真是不容易……」鹿原重又找到了跟隨老人進行對話的熟悉感。誰料岑老話鋒一轉：「這書你要是嫌沉，哪天走的時候可以直接扔掉。」鹿原心中一陣惶恐，不知道自己剛才的表演哪裡出了破綻。岑老把本子放回去，從桌子上拿起一支菸，叼在嘴裡：「你剛來那天看過他的書了，繩子沒紮好就放回去了，我後來重新紮了一下。」

接下去就沒有對話了，這是鹿原多年來和老年人打交道練就的最擅長的談話技巧——閉上自己的嘴。他尋思了一下，把書小心地塞進了自己書桌的夾板之間。屋子裡只剩下從窗外飄進來的蔡依林的歌聲，「那群白鴿背對著夕陽，那畫面太美我不敢看」。

「他是印得有點多了，」老先生忽然冒出這麼一句，眼睛卻盯著天花板，指尖攥著的香菸積了很長一段菸灰：「現如今已經沒有那麼多老朋友了，也沒那麼多仇人了。」

第二天一大早，鹿原照舊在圖書館附近的早點店買大餅和豆漿，路過菸雜店時想起自己已經五天沒聯繫堂妹了，就打了個公用電話。鹿原一直不用手機，就是生怕堂妹會把他的號碼告訴家裡人，那他就永無寧日了。但他保證每隔一段時間打個電話給堂妹，基本就兩個目的，一來間接給家裡報平安，二來打聽投稿的反饋。

鹿原一年前不顧家裡反對跑出來闖蕩江湖，四處流竄，很少待在一個地方超過三個月，他投出去的稿子，作者地址和手機都寫堂妹的。但堂妹收到的總是退稿信居多，極少是告知遙遙無期的「稿件留用」，還有更多的投稿石沉大海。每當在電話裡聽到這些沒有消息的壞消息，鹿原總是安慰她，比如這次就說自己又在寫新的作品，過段時間打算參加北京的一個比賽啦，有個朋友給了他南京和長沙幾家雜誌的編輯郵箱啦，他到時候會把手稿複印件寄給她，請她打成電子版發給那幾個編輯。堂妹總是一口應允，然後問他最近怎麼樣，錢還夠麼之類的問題。鹿原說夠，夠，你別擔心，我們領導對我還不錯，你最近寫什麼新小說了嗎？也是，你們專業事情太多，嗯，下次請你來我這邊玩。

這對堂兄妹之間其實已經達成了默契，堂妹問錢的事情，鹿原說夠，那就是真的夠。鹿原若說還好，我可以找朋友想辦法，那就是不夠。不出幾天，他的銀行卡上就會收到堂妹的匯款，不多，兩三百塊。鹿原的堂妹在學校裡不接寫劇本的活兒，平時沒有外快，這已經是她竭盡所能在幫他。

掛了電話，鹿原沒了吃早點的胃口，也不想回到那逼仄的圖書館，就花三塊錢買了包不知真假的牡丹菸，邊抽邊四處瞎轉。之前堂妹在電話裡告訴鹿原說，他媽前兩天出去買菜時摔了一跤，左小腿輕度骨折，要臥床靜養三個月。堂妹讓他最好往家裡打個電話，「讓嬸嬸聽聽你聲音也好啊」。鹿原的回答是長久沉默後的一個「哦」，堂妹知道這就是婉拒。一年多前，鹿原表示自己不想再考大學，要行走天涯，靠寫作為生，他媽搶在他爸前面發言，說你敢這樣我就打斷你的腿。誰料現在倒反過來了，當媽的傷了腿，當兒子的呢，夢想只實現了一小半。

走著走著他到了大通學堂這裡。以一個旅遊景點來說，大通學堂的外觀簡潔得近乎殘忍——很長一道鴨蛋青色的外牆，牆頭鋪著黑瓦，牆上卻既沒花窗也沒宣傳畫，就一扇圓拱小門，門右邊掛著門牌號和全國重點文物保護單位的黑牌，門上方一塊大石匾刻著「大通師範學堂」六個字，僅此而已。但這地方暗藏殺機，門內售票處的簡介上寫，當年光復會徐錫麟他們在這裡培養軍事幹部，是個搞暴動的據點。可惜後來起義失敗，清兵包圍了這裡，女俠秋瑾就是在這裡被捕的。如今這裡也是愛國主義教育基地，門票倒是很便宜，只要五元。鹿原是需要散心，但五塊錢夠他吃一頓晚飯，還是算了。他就蹲坐在正對馬路的石階上，慢慢抽完他的菸。

在鹿原的老家，也有幾個愛國主義基地，不是故居就是陵園，全市的中小學生們定期要來接受教育，跟著講解員波瀾不驚的聲調走馬觀花，老師一不在就打鬧嬉笑，回去之後寫篇感人至深的觀後感交上去，就算完了。鹿原從那時起就展露了他的天賦，每每都把觀後感寫成了歷史小說，角色們的行事對白卻沒有歷史依據。老師當然不願看到愛國先烈們莫名其妙地詐屍，給的分數極低。其他作文他也犯這毛病，被語文老師無數次抨擊，他卻不為所動。這造就了一個語文考試總是不及格的鹿原，也造就了後來在全國青少年文學寫作大賽上一舉成名的鹿原。他投稿的初賽作品成了中學生讀者心中新的經典，以至於三年後的今天，他的名字依舊和那部短篇小說的名字被牢牢捆綁在一起，捆得實在太緊了，他用盡全力也掙脫不開，好像他這輩子就只寫了這麼一部小說似的。有時候鹿原想，要是當年自己的作品未被大賽評委垂青，他現在的生活會是另外一番景象吧。他不會有名聲之累，不會有處女作的陰影懸於頭頂，不會有雄心壯志打算倚靠寫作為生，不會認識那麼多圈子裡的英雄好漢狐朋狗友。他會老實待在家裡，安心參加第二次高考，進個二流大學，平時叼著菸喝著啤酒，給文學社寫點東西，用詩歌勾搭小女生，在論壇上吵吵架，畢業之前燒掉全部手稿，穿著西裝拿著簡歷在招聘會之間東奔西跑。

但他終究是寫出〈復讀班〉的陸篆，他燒掉了復讀教材，背起行囊，從廣大學生讀者的視野裡悄然消失。他拒絕了書商幫他出書的要約，起用了向《白鹿原》致敬的新筆名，希望最多過十年，自己的成就能配得上它。目前看來，這個希望委實渺茫。名為流浪，實為逃亡，但看樣子還是逃不脫當初的畫地為牢。他離開家人，離開那一點點名望，漂泊一年沒有餓死街頭，靠的還是若干朋友、忠實讀者出於對〈復讀班〉作者的久仰大名所給予的鼎力相助。他們越幫助他，他越發狂似的寫作，寫新的小說，一篇接一篇，投稿，失敗，投稿，失敗，再投，再失敗……他經常寫到凌晨一兩點鐘才去睡，卻不累，人魔怔了總是有無窮的力量。但再魔怔，也抵抗不住空虛和壓抑的忽然襲擊，尤其是每寫到晚上九十點鐘，他就會感到肺部壓滿了自我懷疑自我否定的空氣，這時他就會跑到窗口或者戶外，伸直脖子對著夜空學狼嚎，啊嗚，啊嗚，啊嗚啊嗚∼∼∼喊上幾聲，胸中的積鬱嚎出去了，舒暢痛快了，便在鄰居開窗叫罵之前撤回去，喝口水，繼續拿起筆，野狼在稿紙的格子之間飛奔。

牡丹菸一直燒到了過濾嘴，鹿原才把它掐滅在地上。大門裡的工作人員已經盯了他很久，直到目送著他起身離開，方才鬆了口氣，走到台階下，一腳把菸蒂踢到馬路沿下面。

快走到五脂巷時，鹿原才開始想等會兒怎麼跟岑老解釋自己一大早的缺勤，轉念一想，老先生估計也不在意這種事情。一進樓門，發現情況不對，公共廚房裡瀰漫著魚腥味，一個鄰居家的老太站在底樓樓梯口，邊用圍裙擦手，邊聚精會神地關注著二樓傳來的動靜。見鹿原回來，她往樓上一指，轉身繼續去收拾剛買回來的那條河鯽魚，但耳朵依舊豎著。

和岑老先生對質的女人聲音很大，在擁擠的公交車上，在嘈雜的菜市場裡，在郵局付水電煤費的長長隊伍裡，中年婦女們一有爭吵，就能聽到這樣的音調。鹿原急急匆匆上了樓，耳朵裡的內容也越來越清晰。他走進門，剛好趕上女人來了一句「鹺老頭」，江南口音再濃重也抵擋不住殺氣。

但鹺老頭不為言語攻擊所動，安穩地坐在自己書桌後面，還是左手捏著菸，從鼻孔裡往外冒白龍，臉色不鹹也不淡，盯著自己桌子的一角。他的對手背對著鹿原，穿一件時髦的雜色針織外套，過膝裙下一雙粗壯的小腿用肉色絲襪牢牢箍住，黑色皮鞋的跟高高的，讓人為她的平衡能力感到憂心。但最具標誌性的莫過於那頭長髮，鹿原一直不明白，為什麼那麼多老阿姨喜歡把自己的頭髮燙成浸過顏料的方便麵的樣子，油光閃爍到令人望而生畏。

聽到腳步聲，女人一回頭，鹿原更加堅定了自己的想法，那就是無論自己今後多麼強壯，多麼得勢，他永遠都不想在公交車、菜市場和拳擊台上面對這樣一個氣勢洶洶的對手。女人不理會新來的小年輕，用力拍了兩下桌子，拍得幾支香菸四處亂滾：「反正你今天不把東西拿給我，休想走得掉！」

岑老先生撣掉一段菸灰，講，規矩擺了這裡，誰送來的書稿，誰自己拿回去，書稿是你公公給我的，要拿也是他來拿，你想拿，先跑去問問他答不答應。

女人聞言差點就要把桌子掀翻了：「好你個鹺老頭，小娘生，咒我死是吧？好，你不給？我自己拿！」說完轉身就往書架那裡走，鹿原正好擋在她行進的路上，女人用鱷魚皮手包做盾牌，狠狠將他一推。年輕人連退兩步，背靠到了門框上。自從為了考大學的事和母親推搡過一次之後，鹿原早失去了和中年婦女角力的激情和膽略。他能感到腎上腺彷彿在分泌用來螫敵人的毒液，四肢卻動彈不得。

岑老的戰鬥情懷還在，從桌子後面竄出來追那個女人，無奈腿腳有點慢，後者已經開始粗魯地在書架上翻找，無辜的稿子被直接扔到地上，高跟鞋無情地踩了上去。幸而老先生趕到了，一隻手抓住她的胳膊，另一隻手拽住手包，要把她往外拉。

「打女人啦！」她似乎早就想好怎麼對付老頭的反抗，立刻喊了一嗓子，馬路對面的音像店老闆大概都能聽到。就在她打算喊第二聲的時候，岑老先生的身子忽地一顫，整個人癱了下去，腦袋正好倒在一隻高跟鞋邊上。

四

十一月三日，三酒從泰國回來，晚上要請鹿原吃飯，地方定在府山邊上的紹興飯店。為了表示尊重，他前一天去公共澡堂洗了個澡，放在平時，他一禮拜才洗一次。因為迷路，他多花了二十分鐘才走到環山路北面。夜色已經變得濃重，但飯店門口停車場裡奔馳寶馬奧迪的嶄新車標像被眾神眷注過，紛紛有了光，指引著他沒有走錯自己的路。飯店裡古色古香的江南園林布局和無處不在的黑瓦白牆差點讓他再度迷失，幸而三酒想得周到，早就在錦鯉池這邊候著他。

鹿原的這位忠實讀者只比他大一歲，但舉止神態已經有了成熟商務人士的影子。無論是握手，帶路，落座，招呼服務員，點菜，要菸灰缸，舉手投足間都透著同齡人少見的老練和大方。鹿原深信這種老練是從小跟著父母光顧各種高檔餐廳飯店耳濡目染的，這種自信是靠著家裡好幾個零的存款撐腰鍛鍊出來的，最後被生意往來的經歷給打磨得光滑溫潤。

他們兩個人會認識是〇〇年八月在上海，他去參加青少年文學寫作大賽決賽。現場比賽和頒獎典禮當中還隔了一天，十幾個天南海北來的選手白天逛完書城和復旦大學，晚上在下榻的小招待所待閒扯聊天。三酒是被哪個浙江選手一起帶來的，其他男選手都圍著最好看的女選手們打轉，唯獨三酒是股清流，從頭到尾都在對鹿原頂禮膜拜，說你參賽作品〈復讀班〉寫太好了，我自己在本子上抄了一遍你知道嗎？我也是復讀班出來的，後來沒考大學，直接幫家裡做生意了，你要不嫌我是暴發戶，咱們交個朋友！以後有事儘管找我！鹿原本以遇到個喜歡吹牛皮的傢伙，不以為意。再後來三酒偶爾給他寫信，因為字跡奇醜，語病甚多，鹿原的父母都放心不是什麼情書，就是個普通筆友。鹿原〇二年離家出走前，把堂妹的聯繫地址和郵箱寄給三酒，這才繼續保持聯絡。

三酒給他從泰國帶回來一枝蛇皮外殼的鋼筆，一個銅製小酒壺。另有鱷魚皮的小包和一點燕窩，說到時候去上海帶給他堂妹。鹿原被這番盛情弄得渾身不自在，說你幫了我這麼大的忙，怎麼還好意思收你的東西。三酒說這有什麼，都是小東西，在當地很便宜的，來來來，喝酒。三酒從家裡帶了十五年的太雕王，付了不菲的開瓶費。兩人舉杯相碰，鹿原喝了一小口，三酒灌了一大口，然後問他在岑老那邊還習慣麼。鹿原拿著杯子嘆了一聲氣，說別提了，前幾天有個女的殺上門來要回什麼書稿，差點動了手。

「後來呢？」

後來岑老先生突然倒在了地上，臉色發烏，喉嚨裡發出可怕的咕嘟聲。那女人一開始不信，說你個聳泡蛋不要裝死，死也沒用。但岑老有隻手抽搐得厲害，另一隻手去抓她的腳，說你，你，不要，跑，等……女人的高跟鞋往後一躲，嘴上說你不要跟我來這套，攥著稿子的手卻鬆了，鱷魚皮包擋在胸口。這時老頭開始劇烈的咳嗽，手指甲在地板上用力亂抓。鹿原已經傻了，不知道自己是該上去扶起老人，還是看住罪魁禍首不許出去。女人大概也看出他的意圖，一手扶著書架，跨過岑老的身軀，說你個短棺材活該，報應！然後再度以包為盾撞開鹿原，高跟鞋幾乎要把樓梯台階踩碎。鹿原不懂怎麼急救，正慌得要揪頭髮，岑老停止了抽搐和呻吟，臉部肌肉也不再扭曲，冷面對鹿原道：「窗口看看。」鹿原沒緩過神，岑老又重複了一遍命令，他才恍然大悟，衝到窗戶邊上，兩下瞭望，看到女人那氣鼓鼓的兩爿屁股越扭越遠，便說，走了走了。岑老：「扶我起來——桌上的菸沒掉地上吧？」

三酒聽完哈哈大笑，說老頭子年輕時在大學參加過劇社，演過很多戲，對了，那女的是不是虎背熊腰，頭髮很卷很卷？鹿原猛點頭，說這女的很有名？三酒說我家老頭子認識幾個本地文化圈的人，聽他說起過，好像是哪個蠻有名氣的書法大家，一幅字值蠻多錢的，老人家生前就跟這催命的兒媳各種吵，人走掉之後幾個子女為了那點字畫、存款和房子，哦喲，鬧了不曉得多久了，這個兒媳鬧得最凶。老書法家顯然有什麼回憶錄之類的文章在岑老這裡，至於兒媳來要，是裡面寫了她不好的事情，還是單純想拿回去出版賣錢，就不得而知了。

菜陸續上來，是按著四個人標準點的，油炸臭豆腐、白切鵝、馬蘭頭、醉蟹、梅菜扣肉、牛柳、三鮮芋餃、雪菜黑魚、寧波烤菜、豆苗，把桌子擺得滿滿當當。就著酒菜，話題終於說到了鹿原最近在寫什麼上面，這是鹿原最不願談的，僅次於聊他的成名作，因為他一年來一無所成。他只回答說自己不寫青春題材了，想走嚴肅文學路子，以自己的家族為背景，寫上幾代人的故事。三酒不明白這種選擇背後的技術上的艱辛，只是感慨如今青春題材很火，能賺很多錢，和他差不多時候一起出名的那誰誰誰、誰誰誰和誰誰誰，現在不得了，從小學生到大學生都在買他們的書，就連比鹿原遜色不知道多少倍的作者都在大發橫財。鹿原跟這些人比跟三酒更熟，也懶得理會見仁見智的排名次，此刻只好「哦」一聲，說，人各有志，人各有命。好在魚丸湯上來了，喝了幾口湯之後，話題及時被鹿原轉移到了岑老先生的來歷上。

三酒自己家在柯橋，但初中有幾年是住在市區爺爺家，隔壁就是岑老先生。兩個老頭關係好，三酒也就管他叫爺爺。但岑老不像其他老頭那樣喜歡小孩，據說對自己的親孫子也很一般。三酒長大以後才知道原因，六十年代岑老屬於倒楣的那批知識分子，從小天資聰明的大兒子和他斷絕關係，後來插隊去了西南，就留在了那裡，到現在也沒恢復聯繫。現在在中學教書的是二兒子，小時候比較笨拙，岑老從不寵他。老先生以前是哪個教會大學畢業，從父命學工商科，但他本人更喜歡文學，解放後在北京哪個出版社做事。因為留洋過兩年，文革時吃了很大苦頭，浩劫結束後他恢復了原職，老伴卻去世了。到七十年代末，科幻小說開始冒出來，每家刊物都給發，老先生當時專門弄這個，認識很多這方面的作家。本以為可以好好做點事，誰想到盛極而衰，八十年代初科幻小說不讓搞了，一下子手裡的稿子堆積如山，發麼發不掉，退稿吧，有些作家自己留著底稿的，不需要退回來，扔掉或者銷毀又太可惜。岑老就把能留的稿子都留下了，想著也許哪天氣候回暖又讓發了呢？結果等到退休了也沒回暖，老先生只好把它們都帶回了老家。

鹿原說可我在圖書館裡沒看到幾篇科幻啊。三酒說那大概是因為後來其他手稿多了吧。九十年代文學不吃香啦，發不掉的文章越來越多。岑老回了老家也不閒著，給報紙寫點豆腐干，組點聚會，再加上本身在北京那麼多年，全國各地都有點老關係，有些事情能幫上忙，所以在當地文化圈裡結交了不少朋友。圖書館裡那些館藏，大部分就是這幫老朋友老哥們的東西，還有老哥們的哥們、老朋友的朋友的東西。所以在上了年紀的本地文化圈裡，這個作者比讀者多得多的小圖書館其實名聲在外，甚至遠播蘇、滬、皖等地。不少老人家臨終前讓子女把畢生所寫但沒發表過的稿子寄來的，三酒的爺爺就是這樣——他文章太少，無法集結成冊自費出版。

聽他這麼一說，鹿原想到了紅光滿面、戴著貝雷帽的聞老師，還有岑老的感慨，沒有那麼多老朋友，也沒有那麼多仇人了。他小時候也愛看《科幻天地》、《幻想王國》

這些雜誌，相比之下，岑老先生最早的館藏悶了二十年，如今早已跟不上時代。也許它們得永遠悶在這裡，即便岑老有一天故去，它們也會陰魂不散。而只有提筆寫字之人，才能隱約感覺到那些空氣中的幽靈。

第二天早上鹿原強忍著頭疼爬起來，走下樓梯時幾乎想手腳並用來維持平衡。昨晚喝了兩瓶太雕王之後，他們又喝了點啤酒。三酒之所以叫三酒，就是因為每天要喝三種酒才能睡得著。鹿原喝完第一瓶啤酒就有點不行了，三酒打車把他送回了五脂巷。他的神智不清導致飯局留下兩個遺憾：一是一桌剩菜沒打包，二是沒能問問，他現在這八百元的圖書館工資裡到底有多少是三酒出的。

知道了岑老家中的變故之後，今天再看到這個經歷坎坷的老頭，鹿原反倒不敢長時間盯著他的一舉一動了。他莫名有種負罪感，好像自己就是他那個斷絕關係的大兒子，走出家門不再回來，杳無音信，冷酷無情。哪怕老人看上去已經練就了在鐵板面孔和虛弱捧倒之間自如切換，罪人終究知道自己的罪孽何在。

老先生大概是嫌鹿原昨晚睡覺呼出的酒氣太重，把窗戶開大了點通通風。那扇窗似乎比岑老還老，框子變了形，不能完全合上。好幾次被音像店吵到，鹿原都按捺住暴力關窗的念頭，生怕用力太猛，搞得整堵牆都裂開。

本以為這是個一如往常的平靜日子，卻在十一點鐘時來了位訪客，是個長著馬臉的中年男人，顴骨消瘦，眼袋很深，兩手空空。他客氣地敲敲門板，輕聲問，這裡有位岑老師嗎？語氣中卻沒有慕名而來的那種崇敬，只是單純的和善。岑老緩緩抬起頭說我就是，你是哪位？男子走到岑老面前，鹿原沒給他讓座，對方也沒要坐的意思，從內兜裡掏出一個證件，遞給岑老。老先生拿過來一看，眼皮像被菸頭燙了下，問，你有什麼事？男子拿回證件，兩人一給一遞動作很快，鹿原沒看清到底是什麼證。

「哦，也沒什麼，主要就是來瞭解一下看看您這邊的情況，這裡的稿子，都是沒發表出版過的？」岑老點點頭。「不限制誰寫的？」「主要是些老朋友，文化人。」「能借走帶回去看？」岑老搖搖頭：「不帶出門，只能在這裡看。」「那，誰都能進來看？」岑老猶豫了下，點點頭：「不過平時沒什麼人。」鹿原在旁邊想，我可以作證。但中年男人真的朝他看過來時，他卻畏縮了。男人的表情很隨和，但總感覺那種隨和是漫不經心的，缺了一點溫度。岑老介紹說，這是他一個老朋友的外孫，在這裡幫忙。男子笑笑，問那我可以隨便看看嗎？岑老沒說話，男子便走到書架邊上。一老一少都留在椅子上，卻表情迥異。鹿原皺著眉毛，好奇地盯著。岑老面無表情，身子前傾，長時間裡除了胸膛起伏和眼珠子跟著男人的手臂動作，其他部位一動不動。

中年男人翻看稿子時動作小心輕柔，彷彿身處真正的圖書館或者書店。他在第一排書架這裡翻了十來份稿子，又往第二排書架走去。岑老師拿起桌角的菸，點著抽了兩口覺得味道不對，拿下來一看發現濾嘴忘了摘。

男人很有耐心，在第二排書架這裡看了足足大半個小時，這才去往最後一排。鹿原感到了無聊，埋頭繼續寫自己的小說。而岑老師摸出了今天上午抽的第八支菸。直到十二點過了一刻鐘，遠遠超過了老人的飯點，男人才從書架後面走出來，對岑老師說，您這裡文章真多，挺好的，弄這麼一個地方，很有特色。岑老師嗯了一聲，等著後話。但對方只是說今天打擾這麼久，不好意思，您繼續忙，我走了，再見。還朝鹿原點點頭，轉身出了門。

岑老的肩膀頓時鬆弛了下來，再度點了支菸，呆坐了會兒，自言自語道：「一定是那個女人。」

鹿原沒敢問男人是何方神聖，但岑老說的女人他知道指誰。老先生將近八十歲的年齡是最好的防禦武器，但不是萬能的，他自己最清楚這點，所以很快行動起來，把菸頭扔進髒杯子裡，起身走進了手稿的叢林。鹿原跟著緊張起來，問要我幫忙麼？岑老沒有立刻回答，過了一會兒他抱著幾摞稿子從兩排書架間探出半個身子，老花眼鏡滑到鼻尖，盯著年輕人，嘆口氣說，你先去吃飯吧，把門帶上。

年輕的小說家傷了心，甚至有點懊惱，剛才通過危機感好不容易建立起來的細微的同情被揉得粉碎。他點點頭，走到門口，抓著把手，望了眼樓下。告辭的馬臉男人並沒有像他妄想的那樣站在下面候著。在關上屋門的一刻，鹿原聽到了老人的喃喃自語：「說沒就沒，說沒就沒……」

接下來的幾天，岑老打亂了平時所有的習慣。他時常一大早七點就來，讓床上的鹿原猝不及防，重演第一天早上的悲劇。他有時一連抽五六支香菸，有時候一上個午只抽四根。回家吃午飯的時間也變得紊亂，好幾次，他下午還會回到圖書館待上兩個小時，害得鹿原不能自在地抽菸。岑老看稿子時也是心不在焉。圖書館少有人來，屋外的一點點動靜足以讓老先生緊張不已。比如樓下公共廚房裡阿姨們走進走出，外面馬路上救護車開過，隔壁鄰居上下樓梯，甚至明明什麼響動也沒有，老頭都會忽然抬頭，盯著門口，過幾秒鐘再慢慢低下去。顯然他的耳朵沒有那麼不好使。

鹿原也被這種風聲鶴唳的氣氛感染到了，岑老看稿時猛地一抬頭，他也跟著抬頭，岑老盯著門口，他盯著岑老，岑老低下頭，他再看看門口，方才低頭。過了一會兒岑老又猛抬頭，他再跟著做一遍。若長此以往，頸椎都要壞了。這一老一少彷彿捲入了一場間諜遊戲，誰都不能輕易脫身。岑老顯然已經取走了一批稿子，內容是什麼，作者是誰，是死是活，稿子現在在哪裡，只有老先生自己知道。可鹿原每次下樓去吃飯、上廁所，也變得疑神疑鬼，想那個黑眼袋的馬臉男人會不會就在路上或者巷子口等著截住他問話呢？用老話說，他屬於城市戶口的「盲流」，是這個圖書館的另一個不安定因素。即便只過了一天，他已經無法在腦海裡重構那個男人的長相了，只記得眼袋不記得眼神，只記得馬臉不記得五官，對方穿什麼衣，有多高，嗓音粗還是細，頭髮朝哪邊梳，似乎都不重要了。重要的只是他來過這裡，僅此而已。

有一天樓梯上響起了陌生的腳步聲，在兩人猶疑的目光中，一個中年男人出現在門口，問岑老師在嗎？屋子裡居然很久沒有人說話，鹿原看看岑老，第一次因為老人臉上的那種表情而心生憐憫，搶在岑老開口之前問對方有什麼事。事實證明這是虛驚一場，來者是個送書稿的退休中學教師，他的唯一一部作品被出版社拒絕了二十多次，也沒錢自費出書，經人指點得知了岑老師的圖書館，特來拜訪。知道了來意，屋子裡每張紙都鬆了口氣。鹿原並不懷疑這人的身分，他表露出的小心翼翼和挫敗感，分別是岑老和鹿原這幾天的精神常態。他的隨和也是真誠的，可能在他幾十年教學生涯裡都沒跟學生板過臉、罵過人，上課遇到頑童只能無奈一笑，然後默不作聲地轉身去寫板書。遇到出版社的退稿，他大概也只能無奈一笑，默不作聲地轉身離開。岑老先生那個同樣當中學老師的兒子看上去可就比他精明市儈多了。

退休老師和岑老聊完，依依不捨地給了稿子，起身告辭。鹿原坐回到自己座位上，試探著跟岑老搭話：「上次那個人……不會再來了吧？」岑老在記錄本上寫字的手停了一拍，講，不一定，不一定，好好的東西，會說沒就沒的。鹿原說都過了快一個禮拜了。

岑老寫完最後一個字，非要讓紙張「吃」一會兒墨水，才合上本子，這是他以前用毛筆寫字養成的習慣。

「這就是厲害的地方，不來，就是來，天天來。」老先生把本子放回桌子，說我身體有點不大舒服，先回去了，等下不過來了，你下午的時候就一直把門關著吧。

「岑老師，我……」鹿原不自覺地站起來，似乎這樣能增加一點勇氣，「長沙有個朋友開了家文化公司，叫我去幫忙，我可能過兩天就要走了，先跟您打個招呼……」

老先生摘下老花眼鏡放進衣服口袋，說了句「好的」，就走了。從窗口看著老人走到馬路上，鹿原關上屋門，坐在老頭屁股捂熱的椅子上，取出自己的牡丹香菸，捏住過濾嘴，也想把它摘下來，卻無法像岑老那樣輕易，他只能用上力氣生拉硬拽，結果弄破了菸紙，菸絲撒滿了桌子一角。他罵了句娘，把桌面掃乾淨，點燃了尾部很不完美的無過濾捲菸，也學著岑老先生的樣子，左手攥著菸，背卻往後靠，以牆作枕，覺得自己和圖書館主人一樣蒼老疲憊。

昨天下午岑老也不在，郵遞員上門來交給鹿原一張郵政匯款單，名字是他真名，金額八百四十三元，備注寫著「鹿曜稿費轉」。鹿曜是堂妹的筆名，是鹿原以前親自幫她取的。他晚上出去吃飯時到小賣部打了個電話過去問。堂妹說這是她在一個雜誌上發小說的錢，直接讓編輯匯給了鹿原，原本是八百五十，扣稅扣掉七元錢。鹿原嘴巴微張，嚥下一句話，改口道，太多了，這錢太多了……堂妹說你備在身邊吧，以防萬一，反正我在這邊不需要花什麼錢。要是堂妹的學校不是身處上海市中心，鹿原大概會信這話。他問文章是發在什麼雜誌上的？堂妹說了一個他沒什麼印象的名字，但毫無疑問跟嚴肅的文學不搭邊，還好他沒說我去買來看，只是說恭喜啊恭喜。話一出口，他被自己嚇到了，那種語氣像極了岑老拿著聞老師新出的書的時候。

「我的稿子有消息嗎？」

「沒有……」

「哦，沒事，沒事。」

這次通話只持續了不到兩分鐘，堂妹最後告訴他有個湖南的朋友在找鹿原，好像跟欠債跑路的那傢伙有關，還留了電話，讓鹿原務必聯繫他。當天晚上，鹿原一直沒睡好，倒不是因為有了債務人的蹤跡和湖南那邊請他過去共襄盛舉的要約，而是堂妹那張淡綠色的郵政匯款單。他很久以前也收到過一兩次匯款單，是他自己的稿費，金額遠沒達到能扣稅的標準。現在連自己的小妹妹也成功了，踏出了第一步，而他一年來的唯一進展是原地踏步。如果不是要靠著堂妹的匯款生存，他肯定會告誡她，不要向商業和世俗投降，不要做別人都在做的，在消極的狂熱和積極的狂熱之間，只有前者能永世留存。但他那條真實的舌頭被匯款單鋒利的邊緣給割斷了，虛偽的舌頭用沉默表示妥協。

鹿原枕著自己的胳膊，想數一下從離家到現在已經投過多少篇失敗的稿子，這和數綿羊催眠很像，不同的是綿羊越數越迷糊，稿子越數越亢奮，失落的亢奮。有了一個大概數目之後，鹿原對著天花板長嘆一聲，忽然起身下床，擰亮岑老桌子上的檯燈，從書包裡取出一摞稿子來。他寄到雜誌社的都是複印件，底稿都留在自己身邊。在外漂泊月復一月，這種沒有雜誌願意要的文章底稿越積越多，像黏在遠洋輪船身上的藤壺，書包裡很大一部分空間就是被它們所占。

鹿原坐在床沿上，一篇篇翻著這些作品，每個題目都和剛才心裡的數數對上號。等他翻完，心裡空落落的，這就是他兩年人生的全部了。他寧可自己是作家中的莫札特，用短暫的壽命換取凡人無法企及的成就。可他是作家中的鹿原，無名小卒鹿原，這兩年的結晶更適合留在他身後的三排書架上。他轉身看看它們仨，黑黝黝，冷冰冰，四四方方，默不作聲。它們是他朝夕相處的室友，是他晾衣服的家具，也是他淫邪內亂的目擊者——有那麼一兩個野貓格外亢奮的夜裡，鹿原被吵得心煩意亂，即便對著月亮學狼嚎也不能排遣體內積壓已久的躁動，可他手上又無任何資源，只好自己埋頭提筆，寫上個千八百字的黃色小說片段，在書架的注視下，對著字裡行間的性愛描寫自慰一次，才能安然入睡。這些臨時寫就的作品當然在完事後立刻被撕得粉碎，和草紙一起被他第二天早上扔進了巷子深處的公共垃圾箱。

它們三個已經見識過最見不得人的鹿原了。而鹿原忙於創作，沒有精力去翻遍書架，找到他覺得最差勁的文章。這樣看來，他理應輸給它們一些東西。

年輕小說家把自己的稿子扔到枕頭上，向這三個善於沉默的鐵傢伙發問：

「你們……誰要這個？」

五

老先生看上去對鹿原的一切事情都漠不關心，心裡卻不含糊，回家之後就把他要離開紹興的消息告訴了兒子。岑老師這天過了晚飯時間趕來老屋，跟鹿原結了一個月的「工資」，問明了他坐火車離開的日期，再客套了幾句便走了。不知道接替他崗位的會是什麼樣的人，他甚至懷疑父子倆還能不能找到新的圖書館幫手，因為岑老師剛才一直在嗟嘆這年頭物靠得住的人手真難找。

三酒此時已經出差去了四川，無法替他送行。動身的前一天，鹿原在岑老師問人家借來的這張行軍床上睡了最後一晚，天不亮就起來了。洗漱，如廁，整理，歸置，努力把一切恢復成好像他從沒來過一樣，只有一樣和以前不同，他的幾份手稿現在正絕望地躺在某個書架上，用紅繩子紮好，等著墜入歲月的深淵。

火車九點鐘開，現在七點半，紹興市區不大，車站離這裡沒多遠，他有的是時間。他正猶豫是不是要再最後一次翻看那些文章，樓梯上響起了岑老特有的那種緩慢的腳步聲。老人比平時早了一個多小時過來，似乎是為他送行，但鹿原覺得更大的可能是岑老師讓父親早點過來，好從他手裡拿回屋門鑰匙。老頭一生經歷過的告別肯定林林總總數不勝數，有對人的，有對文字的，有對時代的。而鹿原不過是個在他屋檐下寄居了一段時間的無名小輩，一個只比路人好一點的過客，憑什麼有優待呢？

不出所料，岑老和他打了個招呼，說你都打理好了？那把鑰匙給我吧。鹿原交過去，老頭收進口袋，坐回自己的桌子前，發現裝了菸蒂的髒杯子和以往一樣已經被鹿原倒空了，卻沒掏出菸，問道：「聞老師送你的那本書，還在吧？」

「在的。」

岑老點點頭：「我們做個交換吧，你把書留下，這個你帶走。」說著從桌子裡拿出一整條香菸來，是他常抽的那種金殼的白沙。鹿原沒反應過來，愣著沒動。老頭說我每天早上一來就能聞到你前一晚抽的什麼菸，那菸太差了，對身體不好，抽這個——把書給我吧。

鹿原打開書包，翻出聞老師的書交給他，拿起桌上的香菸，不知道說什麼，只有向老頭微微鞠了一躬。

對方像厭倦了剛才的溫情時刻，或者，他根本就不認為這個舉動含有溫情，對鹿原擺擺手，說，你走吧，走吧。

鹿原背起包，一手拿著旅行袋，一手還拿著那條菸，走下樓梯，已經熟練到不需要扶著把手來維持平衡。走到巷子口，他回頭望了一眼屋子的二樓，岑老並沒有站在窗後面看下來，倒是窗戶本身給完全地關上了，讓鹿原以為產生了幻覺，昨晚睡前他還試過最後一次想合上縫隙，結果當然又失敗了。

也許只有岑老才能做到吧。鹿原搖搖頭，轉身往東走去。路過那家音像店時，捲簾門還拉著，沒能瞥見老闆最後一面。鹿原現在一點也不討厭他了，倒是想起來有一次這個老闆不知道吃錯了什麼藥，不放蔡依林周杰倫，而是放了一整天的許美靜的〈城裡的月光〉，鹿原都快背出歌詞了。大概那天老闆經歷了什麼感情上的波動吧，也算是個有故事的人。

直到坐上開往紹興站的公交汽車，一切都很平靜，他臆想中那個不知何時會突然冒出來的黑眼袋馬臉男人終究沒有出現在視野裡，他們倆大概永遠都不會再相遇了。下了公交，八點鐘的火車站已經展露出嘈雜的生機，賣早點的，賣水果的，黑車司機，大包小包下火車的，席地而坐等火車的，腳步匆匆趕火車的，和五脂巷截然兩個世界，但哪個世界都不太真實。

有些事情就是自己嚇自己，他心想，然後感到肚子餓了。過了安檢口，走進候車大廳，誰也不會注意到他，誰也不在乎他。沒有岑老，沒有馬臉男人，沒有瀰漫在空氣裡的菸味，沒有故紙堆發霉的氣息，倒是有股濃烈的方便麵的香味。鹿原彷彿從一個持續了好多天的迷夢裡醒來，夢裡有光，也有颶風。

兩個月後，已經是二〇〇四年，鹿原出差到武漢談事，長沙的合夥人借給他一部很舊的摩托羅拉手機。晚上在招待所休息時，堂妹打電話過來，問他是不是上次那張八百四十三元的匯款單後來沒去郵局領錢？雜誌社編輯找過她，說單子過了取款期被退回來了。鹿原摸摸下巴，講，是沒去領，我想這錢還是你留著用吧，我這不是挺過來了嗎？堂妹知道他的脾氣，沒再堅持，說還有件事，我前幾天收到你一個退稿信，《爐邊》雜誌的。

他有些迷惑，說我好像沒投過這家雜誌啊，什麼文章？堂妹說是〈孑孓〉，而且投的是手寫稿，編輯說你要是想拿回底稿，可以幫你寄個收信人付費的掛號信——我記得這篇文章你很早以前投過好幾次了，不是說不準備再投稿了嗎？反正我請他們寄回來了，稿子作者是寫著你的筆名，但上面有很多藍筆修改的痕跡，我問了編輯，他們說是寄來時就有的，不是他們修改的。

鹿原忽然明白了，講，我知道了，先放你這裡，我先掛了，有事回頭說。

他跳下床，從包裡翻出通訊本，找到三酒的手機號碼，打了過去。自從離開紹興，他還沒跟對方聯絡過，也不知道是不是在國內。幸而，電話通了，三酒「喂」了一聲，得知是偶像作家打來的，分外激動：「喲你買手機啦！我以前說送你一台你不要……嗯？岑老先生？唉，一直沒機會告訴你，他前段時間人走掉啦！」

「啊?!」

三酒說你是不知道，你走後之後，那個書法家的兒媳婦又去找過岑老兩次，有一次直接衝到他家裡鬧，被岑家父子轟了出去，誰能想到隔了幾天她帶著一夥人去衝圖書館，又是砸又是摔，弄得來一塌糊塗，什麼書架推倒咯，桌子掀翻掉，櫃子砸壞掉，那個稿子啊漫天飛舞啊，這幫人連玻璃窗都給砸碎了，窮凶極惡啊！嚇得鄰居趕快報警……老先生？哦老先生當時倒是沒傷著，就是受了驚嚇，病倒了。你說也挺奇怪吧，本來身子骨這麼硬朗一人，看上去能活到九十的樣子，被這麼一嚇，身體居然越來越差，一直就沒有下床，半個月前忽然就那麼走了。打官司？當然打！公安局已經立案了，肯定不能放過那幫王八蛋，最好判他個幾十年，媽的，不過最新的消息我還不太清楚，我現在人在北京，太忙了，岑老的追悼會都沒去成。

鹿原在電話這頭緩了很久。三酒說喂喂你在聽嗎？鹿原說在，在，那那些稿子怎麼辦？三酒說都叫小岑老師裝在箱子裡啦，書架也拆掉賣廢鐵了，現在那個屋子一直空關著，據說處理完這個案子就要租出去，唉，可惜了岑老那麼多稿子，也不知道他兒子是打算扔掉，還是還給作者，但好多作者都不在了，怎麼還？看來只好扔掉了，可惜可惜。」

鹿原覺得口乾舌燥，換了隻手拿電話，一個想法同時閃過腦海：「你什麼時候回紹興？能不能跟岑老師說一下，找不到作者的那些舊稿子，我出錢收了。」

「你？你收這個幹什麼用？」

「沒用，就是，嗯，留個紀念吧。」

「你有地方放嗎？」三酒話一出口就覺得冒犯了，趁對方沒接話，趕緊補充說，「錢我估計小岑老師是不會問你要的，你這在是幫他減輕負擔，但肯定會讓你出郵遞費，這樣，我幫你打個電話問問他吧，過會兒給你消息。」

「好的，麻煩你了，下次請你喝酒。」

「哈哈，沒問題！」

鹿原掛了電話，人往後一仰，頭靠牆壁，從床頭櫃上拿起一盒菸，抽出一支。岑老當初給他的那條菸，很快就分掉、抽掉了，他又抽回了三塊錢的牡丹。他把菸放在嘴裡，過了會兒取下，捏住濾嘴一擰，菸紙完好無損，達到了岑老生前的水準。兩個月來，他終於慢慢摸索出了裡面的竅門——菸叼在嘴裡時，讓唾沫慢慢浸濕過濾嘴，這樣就很好分離了。

「您看，我學會了。」他心裡嘀咕，「可您呢，也說對了，說沒就沒。」

鹿原其實根本沒想好，岑老的館藏寄過來該放在哪裡，還有那筆郵遞費會是多少錢？朋友合夥做的公司剛起步，投錢的老闆又特別摳門，工資很低，只能讓鹿原勉強餬口，不至於再問家裡和堂妹要錢，每個月快結束時他就要數著鋼蹦過日子，更怕房東哪天宣布下個月漲房租。

但他總能想到辦法的，他相信，嘗試比恐懼更重要。岑老在那堆稿子裡找到了鹿原的作品，幫他修改，幫他投遞，也是在用嘗試挑戰恐懼。他彷彿能看到小老頭一手攥著菸，一手拿著藍色水筆，在自己的稿子上一個字一個字的修改，然後把菸灰誤撣進水杯裡，咕嘟咕嘟幾口喝下去，抹下嘴角。最終，老先生被另一種形式的恐懼擊中了，他的書架倒了、拆了，玻璃窗敲破了，乾淨的杯子和骯髒的杯子摔碎了，稿紙被踐踏，但這座沒有書的圖書館沒有被摧毀，也沒有消失，它只是換了個地方，就和鹿原一樣。鹿原換了那麼多地方，他並沒有被摧毀。

秦玉璽

腰封無用

他曾經有個異常魯莽而大膽的念頭，想把下一部短篇小說取名為〈傻逼〉。這個題目好像是從萬米高空處忽然劈下來的，讓他整個腦仁都閃閃發光。

過目難忘，直指人心。讀者一定會把作者名字念上兩遍：秦玉璽，（微微點頭）嗯……有意思。

他的責任編輯本來是個表情包狂人，看到這個小說標題，在微信對話框悶頭輸入了好一會兒，最後蹦出兩個字：不行。

《愛琦》雜誌算不上業內第一流的刊物，但長期以來保持著良好的讀者口碑和薰衣草精油般的審美格調，一篇名為〈傻逼〉的文章會毀了編輯部十多年來的努力，同時被主管部門請去談話。

責編好言相勸，讓他不用再操心這件事，「我會幫你起一個更加合適的標題」。

他知道所謂的「合適」是什麼風格：綿軟無力、稀稀拉拉的一句短語，像是從上世紀末高中女生日記本裡摘出來的詞句，琅琅上口，過目即忘。翻開一本《愛琦》，目錄裡都是這種近親繁殖的文章標題，要是趕巧了，光這些標題就能湊成一篇無病呻吟的散文。

其實他已經做了讓步，本來還想叫〈傻逼！傻逼！〉，但為了更加簡潔有力才縮減為兩個字。放下手機，他氣鼓鼓地盯著工作台上那輛還沒接上履帶的豹二坦克看了一會兒，起身走到洗手間門口，問，憑什麼杜思妥也夫斯基的小說可以叫《白痴》，我的就不能叫〈傻逼〉？

隔著門板的是他的女朋友杜松，才進去不到半分鐘。他曾經一廂情願地認為，像她這樣完美無缺的姑娘，就算上個小號也應該是疊著職場二郎腿的，很後來他才明白這在人體構造學上不可能實現。

她的聲音清晰地從門那頭傳來，絲毫沒有被打擾的憤怒：「先不去管杜思妥也夫斯基，你想想看，要是真用了這個題目，雜誌目錄上就會變成『〈傻逼〉………秦玉璽』。」

她蓋上蓋子，抽水，洗手，更糟糕的可能性也源源而來——如果有人在網上百度他，相關鏈接就是「秦玉璽 傻逼」或者「秦玉璽的傻逼」。

「你用的不是筆名，是真名，傻狗。」她走出廁所，目光當中充滿憐憫，用濕漉漉的手拍拍他的臉。

他以前只顧著欽佩杜老起書名的果敢勇毅，倒是忘了這個細節。不過老先生已經功成名就、腦袋謝頂、入土多年，早就不在乎了。

他坐回工作台前：「反正，我要買兩瓶指甲油，把這坦克的迷彩塗成櫻桃紅和蒂芙尼藍，寄到他們編輯部去。」

女孩在客廳沙發上聳聳肩，用手指戳了下在腳邊打盹的小貓。

杜松這樣的女孩子為什麼會選擇和他在一起，這是寫作圈的一個未解之謎，答案也許近乎玄學範疇。

她表哥是久負盛名的八〇後作家杜胤堯，身上插著「實力派」和「性格派」的標籤，就算用武漢市罵作為小說標題，《愛琦》主編也會冒著生命危險照原樣刊發。她父親在中學當校長，堂姊是青年美聲歌唱家，上過〇九年的春晚，還有個伯伯專門翻譯西班牙語文學。當年她進蘇州大學念廣告設計時，藝考分數全系第一，之後每年都拿獎學金。

論長相，七分像香港女星張敏，三分像坎城影后艾珍妮，八〇後寫作圈「四美」的名單無論再怎麼隨時代而變化（或者有人整容出了意外），杜松都穩居其中。但她的微博不用真名，不發自拍，不關注熟人，像個水軍號。朋友圈僅三天可見，偶爾有一張同事或者同學聚餐的合影，漂亮的五官大隱於市。

有個擅寫愛情小說、相親九次未果的女作家曾跟閨蜜放話說，我要有她那長相身材，非把寫作圈攪得腥風血雨不可。

反觀她這位男朋友，除了皮膚白，長相平凡無奇，卻被圈內人喚作「天殺的上海小白臉」。

其實他老家在常州，上海讀的大學，因為英語四級沒過，連二本學位都沒有，就一張畢業證。他對這個綽號很憤慨，多次言明自己的出身，表示為家鄉而自豪，但希望老天不要讓他回老家，最好能永遠在上海這座城市裡享受自由——他已經二十六歲了，回家的結局一眼可以看到頭：被迫幫著家裡做生意，被催著結婚生子，然後在週末的大清早上帶小孩去恐龍園看霸王龍或者到天目湖吃砂鍋魚頭……這些東西他自己在十六歲時就已經厭倦了。

畢業後他先在一家很小的遊戲公司當策劃，該公司的人事主管兼著前台，財務人員客串食堂廚子。在裡面幹了一年，做網頁遊戲，覺得又累又在詐騙社會底層人群，遂辭職開起了淘寶店，專賣軍事模型。每次和上游供貨商打電話時，他都感覺像個被國際刑警通緝的軍火商。

從某種角度上說，他也算半個上海小白臉了，至少能在大街上輕易分辨出日本人和韓國人：日本人耐熱，入夏了還穿西服打領帶；韓國人抗寒，大冬天穿褲衩和拖鞋上街。對他這種一年四季都想窩在空調房裡的人而言，這幫人都是神經病。

另一方面，他又毫不羞愧地自認是個文學青年，並始終俯視著「文藝青年」這個詞。二者一字之差，失之千里。

「文藝青年，意味著皮囊好看，穿衣有品，愛聽民謠，追逐潮流，去書店拍照多過看書，看的也都是旅遊生活心靈類暢銷書，旅行首選地不是麗江鳳凰就是拉薩台北，沒有濾鏡不發照片。」一人人網還沒徹底沒落的時候，他發過這麼一篇點擊量過四十萬的日誌：「他們以自己精神上有隱疾為傲，想法一大堆，但從來沒有真正創造出什麼來，除了不斷刷新的文創產品的銷售額。」

「文學青年呢，他們是群土鱉，不修邊幅，神神叨叨，是成功學講座的反面案例，是鏡子裡的畫家，你不知道他們幾時會湮滅，爆發，或者自殺，他們帶不來金錢和賞心悅目，但他們的的確確是創造者。」

這篇文章打擊面和傳播範圍太廣，以至於大家都疏忽了作者本人。後來他和杜松剛剛認識，無意中提及這篇文章。杜松說看過，「全是臆想，有點胡說八道。」當時他正在幫她檢查無線路由器，悄悄抹了把臉，道，說得太對了。

寫那篇文章時，他還在社會學專業念大二，雄心萬丈的年紀，每天早上醒來要勃起四次，心中的文學偶像剛從JK羅琳、帕慕克復古到了馬奎斯和托爾斯泰身上，可惜對《百年孤寂》、《戰爭與和平》的評價除了天馬行空、波瀾壯闊之外沒別的詞好用了，再聊下去天馬流星拳和鑽石星辰拳就該使出來了。

他曾突發奇想，想把馬老的魔幻現實主義和托老的批判現實主義糅合起來，研發出全新的魔幻批判超現實主義，便去找考進中文系的高中學長討論。學長聽他說了一堆，最大的感悟是當初高考志願應該選會計專業。

之後幾年，他參加了數不清的網上或線下的文學比賽。有一次被逼急了，給微博小說大賽的官方號發私信：「我為你們的有眼無珠感到十分失望。」

市面上出現哪本風頭正勁的新雜誌或主題書，他就往對方郵箱裡狂轟濫炸，一封郵件裡要附十多篇小說，正文裡還寫：「我願出一百塊打賭，你們不會用其中任何一篇。」

這種小花招無濟於事，很多雜誌的投稿郵箱都是實習生在翻，或者某個責編讓主編看著不順眼，被判在此地服刑。特立獨行但文章質量不過關的投稿者，只能給編輯部的閒聊添加一點調料而已。

屢戰屢敗期間，他經歷了三次四級考試，一次論文導師行賄，一次畢業典禮（秦母流下了激動的淚水），四次喝酒斷片，面試九次，遭竊一次，被騙一次，小臂骨折一次，搬家兩次。

就在他搬到閘北區、和杜松成為鄰居沒多久，有天夜裡《愛琦》雜誌的主編嚴重失眠，嚥下六片安眠藥也不管用，再吃就是自殺了，凌晨四點登錄投稿郵箱，無意中翻到他的小說〈綠鯨發射火焰彈〉，短小精悍三千字，語言如群魔亂舞，邏輯更是神出鬼沒，其中一句「態度發生了三百六十度大轉彎」讓她笑得肚子疼。

隔天開會，新刊定稿，約好的成熟作家放鴿子，空出三千字版面，主編想到那晚的三百六十度大轉彎，就讓編輯找出來給發了。

因為篇幅太短，讀者雖然讀得一頭霧水，但也不至於寫信投訴，反而在百度貼吧裡討論起來小說寓意。責編見他是主編欽點的，以為有什麼背景，不敢多問，加了QQ保持聯絡，元旦前還給他寄了張雜誌的訂製賀卡。

薄薄一張紙，意義非同小可，意味著他有了自由撰稿人的新身分，賀卡是對他多年來辛勤筆耕的認可。因為是真名發表，不可能有假，他把雜誌和賀卡寄給老家父母，進行成果展示，然後心安理得地辭了職。自由撰稿人是不能有正式工作的，尤其是厭倦了朝九晚五而家裡條件又很富裕的情況下。

那時他已經跟杜松談起了戀愛，小說的發表讓他在杜胤堯表妹面前稍微有了點底氣，可惜還不夠硬，最好能出一本書。連他自己都覺得這個計畫有些冒進，有這功夫還不如先想下再次搬家的事情。

提起搬家，是另一把辛酸淚。

他從初中起就嚮往這座東方魔都，費盡心力考過來，結果分到的校區緊貼杭州灣，到浙江嘉興比到人民廣場更近，當地人去市中心都叫「去上海」，單程耗時一百五十分鐘——他從老家常州坐高鐵到上海火車站，不過一小時而已。

在杭州灣邊上吹了四年海風，看了四年可能是全中國最難看的大海，總算進城找工作去了。先在黃浦區住一年多，後來搬到閘北區的延長路，遇到真命天女杜松。滿打滿算住了四個月，杜設計師從原來的廣告公司跳了槽，新供職的地產公司總部在松江區的地中海廣場，離市區很遠，必須搬過去。

他一個無業遊民兼自由撰稿人，如果不想分手，也得跟著出城，前往另一個「偽上海」。

搬家那天，他的模型、杜松的衣服、化妝品和設計書籍占據了卡車的絕大部分空間。新住處在七樓，面積大，房租便宜，次臥兼具衣帽間和倉庫雙重功效，他的工作台就在客廳一角，靠近窗戶，便於讓模型的膠水和油漆快速散味。他除了賣盒裝模型，還銷售一些自己做好的成品，價格要翻一倍，上完塗裝的話還要加錢，主力買家是那些娶妻生子、沒有太多業餘時間的前資深宅男，或者動手能力不足但又想在同學面前嘚瑟的有錢小學生。他可以閉著眼睛說出前蘇聯 T-35 多炮塔坦克和兄弟車 T-28 的全部區別，但就算盯著杜松的兩支口紅看上一小時也分辨不出兩個色號的差別，或者這件白襯衫和那件白襯衫有何不同。

新房東允許他們養寵物（除了蛇，和房東生肖犯衝），沒幾天杜松就抱回一隻四個月大的棕毛金吉拉，身價三千，取名肉鬆。她時常加班，餵食、梳毛、鏟砂、擦眼屎、剪指甲、接送洗澡的任務都落在他頭上。晚上七八點女友回到家，第一件事是逗貓，其次才是和他說話，睡覺時還公然允許牠爬上床，臥在兩人枕頭中間，一般都是屁股對著男方。翌日他一覺醒來，女友已經出門，留下洗手間一地長髮和滿世界的貓毛等著收拾。

「杜松是貓奴，你是杜松奴。」老同學在微信那頭毫不客氣地嘲他。這哥們是他的高中同桌，當年考了警校，現在老家派出所上班。他一有感情上的風聲鶴唳，就要找對方做心理建設——

杜松換了新公司，「她以前的公司還好，現在的公司直男太多，怎麼辦？」

租新房子杜松堅持不要男友出錢，「她這算是獨立要強還是準備隨時把我掃地出門？」

「你說我要不要做便當送去她單位？」

「我這學歷去應聘地產公司，會要我嗎？」

「你是警察，能查開房記錄嗎？」

最後這個問題，對方打了半天字，最後發給他一個抽耳光的表情。時間久了，老同學也吃不消，會打斷他的絮叨：「不說了，我要掃黃／抓賭／查酒駕／緝毒／洗澡去了。」

有一次老同學洗澡回來，拿起手機，他在微信裡煞有其事地宣布：「我想明白了，必須要出一本書。」

如果說上個世紀某些人還一廂情願地認定出書是具有神聖性的行為，那麼這個世紀還可以加上一個稀缺性。業內業外都在喊著紙質出版衰落，給人感覺出實體書的機會越來越像瀕臨滅絕的野生物種。

他出書的機率基本上可以被認定為「野外滅絕」等級。

不像雜誌社，出版社是允許一稿多投的。他通過網上搜索和《愛琦》責編的指路，找了不下三十家出版社。等回覆的難熬程度堪比等高考成績，高考不過四五門，有明確的公布日期，這個卻漫漫無絕期。三個月過去，動靜全無，家裡的肉鬆都已經學會了如何使用人類的抽水馬桶。

他只能求助QQ空間和朋友圈，問誰有出版社的資源。很快企鵝小標就閃了，備注名「隆美爾」，分組是「不大聯繫」。他查了下聊天記錄，又和對方互探了下虛實，這才想起來此人乃何方神聖。

他剛開始做模型生意那陣子，跟一群軍迷玩得挺近，其中包括他最早的合作夥伴。他們時不時要穿著各時代各國家的軍裝出去聚會，那情形就像時空漩渦造成的歷史課本大雜燴：「沙漠風暴」行動中的美國裝甲兵，白帽子的法國外籍軍團，中途島的海軍陸戰隊，諾曼地的空降兵，英國SAS空勤團，前蘇聯內務部隊大校……也有專門的主題聚會，他就是在一個「第三帝國」的活動上遇到這位「隆美爾」的，出於政治考慮，與會者都沒有佩戴納粹徽章。這位山寨版「隆美爾」又黑又瘦，根本撐不起那身灰色陸軍元帥服，更像個保安。

此人姓彪名然，江湖人稱老彪，沒有固定工作，曾在《筆跡》雜誌上發過小說，據稱跟圈內幾個大佬很熟悉，聽說秦掌櫃也寫小說，就聊了聊，留了ＱＱ號碼，還答應把他的稿子引薦給《筆跡》編輯。

沒過多久老彪就找他了，不過沒提稿子的事，而是借錢救急，數額也不多，兩百塊。他毫不在意，後來都忘了有這筆債。再後來他跟合夥人因為模型進價有貓膩的問題分道揚鑣，再也沒接觸過那個軍迷圈子，只聽說老彪幾乎問每個人都借了錢，數額不大，從未歸還。

老彪這次王者歸來，倒是直截了當，不提《筆跡》，不提還錢，只是問：「自費出版聽過嗎？我有門路，很優惠，正規出版社。」

「自費的……還是算了吧。」

老彪說沒事，你想通了就找我。接著補上一句：「反正我已經看透出版行業了。」

過了兩星期，他主動去敲老彪：「自費大概多少錢？」

老彪表示，現在書號貴，查得嚴，以前一兩萬，現在要三萬到三萬五，我跟編輯熟，給你三萬，加上亂七八糟裝幀排版，三萬三，至於印刷費，看你要印多少、用什麼紙，一分價錢一分貨，你真心想出的話，最好備著六萬塊，或者五萬也行。

他有張銀行卡裡存著七萬多塊，是父母當初給他做模型生意的投資餘款，現在正好派上用場，代價是未來一段時間他沒辦法進新貨了，但和女朋友比起來，這些錢財宛如糞土。

老尨介紹的出版社就在鄰省，高鐵兩小時即到，他專門跑了一次。那樓有點破舊，但也瀰漫著文化積澱的味道，樓道和辦公室裡堆滿了書，大門口的牌子看上去二十年沒擦過，更顯得歷史悠久，資格老到，不像是捲款跑路的那種。一樓大廳裡還掛著各種獎杯、錦旗，不過看起來該社上一次獲得行業獎項時，肯德基還沒進入中國市場。

談好條件，簽掉合同，交了一半的錢，他歸心似箭，來的時候他就已經想好，這本小說集的封面要交給女朋友來設計。

杜松〇八年還在上大學的時候就給表哥做過一次封面設計師，後來杜胤堯幾個作家朋友（全是男的）出新書都來找她幫忙，完事之後硬要請她單獨吃飯作為感謝，杜設計師被逼得退隱江湖。這次男友出書，無論如何總要親自出馬。她開玩笑問，你會專門留一頁寫著「獻給杜松」嗎？被回：恨不得直接印在封面上。女孩笑笑，說，傻狗。

書的勒口上還要放作者簡介。他苦思許久，寫了一段發給設計師。杜松指著其中一句「自幼喜好文學」道，你土不土啊？離退休幹部自費出書都喜歡寫這句，你才二十六，別弄得跟六十二似的。他那時正在給肉鬆剪指甲，抹了把臉道，你說了算。

出版社那邊同時也在進行三審三校，在刪除了文中的七處「陽具」、九處「自慰」

和十八處「乳房」之後，他的書純潔得宛如新生嬰兒。為了把自費出版弄得像普通出版，書的塑封和腰封都不能少。編輯說沒問題，加錢。他又打過去一筆款子，接下去就琢磨腰封上該放什麼內容。

他自己就是豆瓣網的「恨腰封」小組成員，組齡五年，以前經常吐槽腰封是一種不合理的存在，尤其是名家推薦的那種。有位著名文化人穆老師，自己出書不勤，三天兩頭出現在各種新書的腰封推薦上，一年最高可達四十本，足以用人盡可夫來形容，小組長稱其為「腰封皇帝」。去年還有本照理會很火的暢銷書結果撲了街，腰封上密密麻麻寫了二十個推薦人名字，他還落井下石，說再加兩位就可以在腰封上踢一場足球賽。

如今攻防轉換，身分對調，他越來越覺得要有腰封，這樣才有儀式感，才更像是出版社付錢給他出書，送起人來才更能瞞天過海。

作為女朋友的表哥，杜亃堯在擬定的推薦人名單裡占據榜首。

他本該隨父親姓亓，偏偏隨母親姓杜。作為二十一世紀最早成名的那批八〇後作家之一，儘管書的銷量今非昔比，但文學水準和江湖名望都還擺在那裡。坊間傳聞有個正當紅的言情女作者要出新書，杜亃堯是其早年偶像，想請他做推薦。杜表哥把文章要去一看，直接回絕，氣得女作者打電話給幾家媒體，讓他們把專訪裡提到杜亃堯的部分全部刪除。

杜松發了段十幾秒的語音微信，腰封推薦的事就搞定了。只有他還蒙在鼓裡，問什麼時候把書稿發給表哥看看。杜松問看什麼？我哥都已經答應了。

「可他不是應該看完書再決定嗎？」

「傻狗。」

放下手機，她又問，表哥圈內朋友多，不如再多叫幾個人幫忙？

他很想答應，但立刻想到自己的另一重身分：杜松男友。光這點就夠遭圈內人記恨了，還是低調點比較好，否則一宣揚出去，腰封推薦是有了，豆瓣上說不定會出現多少一顆星的打分（不管看沒看過這書），那是花錢也補不回來的。

「有沒有什麼和你表哥不太熟，不是他那個小圈子裡，但名氣挺大的？」他精心選擇著詞彙，盡量不要顯露出「不要男的更不要曾經對你有意思的」這種小心眼的想法。據他所知杜胤堯在圈內的朋友男性居多，可能每個人都約過杜松出去，但均告失敗。

女孩輕輕咬了下左手拇指指甲，這是她思考時的習慣動作，「焦洱怎麼樣？」

他的心臟受到了左勾拳和右擺拳的重擊。

表面上看，焦洱的確符合他之前提的要求：著名的裝幀設計師、攝影師，一本全彩印刷的攝影散文集隨隨便便可以賣十幾萬冊，微博上四百萬真假難辨的粉絲，幫人設計書的封面，價格一萬起步。他簽長約的文化公司老闆是蘇穆哲寧，和杜胤堯同輩出道的作家，兩人這十年來都是井水不犯河水的交情，分屬不同的圈子，焦洱和杜自然也就不熟。

但他潛台詞裡的兩條忌諱，焦洱全中了。

杜松剛到蘇州念大學，週末偶爾會來上海的信緣里「小沙龍」做客。那時焦洱尚未成名，是沙龍女主人商隱的好友，三天兩頭泡在那裡，初次見面就驚為天人，展開瘋狂的追求。杜松嚇得不敢再去信緣里，焦洱就追到蘇州，弄了個特別隆重的路邊表白儀式，幾棟樓的女生都圍在窗口觀摩，她就是不露面，最後還是校警出馬把焦洱帶走。那之後他為了杜松割腕兩次，但經驗不足，學人家電視劇裡，血管是垂直切而不是平行切，沒流多少血傷口就凝固了。

據說，焦洱手裡有一張的杜松照片，是在小沙龍初次見面時給她拍的，僅此一張，底片已毀，攝影師奉之若寶，極少示人。見過的人都說，割兩次腕完全可以理解。

「你和他還有聯繫？」

「QQ上應該還在，不過三四年沒說過話了，大概已經把我刪了，我先試試看吧。」如果不是遇到那種惡言相向的人，杜松一般不會刪除和拉黑誰，無論那個人發了多麼意見相悖的微博或朋友圈，她把這稱為網絡社交禮儀。

「你要是怕尷尬，不找他也行。」

對方嫣然一笑：「沒事兒，為了你唄。」

她打開手機QQ，找到焦洱，先發了個問號，然後才問，在麼？

接下去的時間裡他都豎著耳朵，隨時等著手機提醒音響起，但半天過去了，杜松收到的都是微信提示。一直到快吃晚飯時，他從洗手間出來，杜松叫他：「回了，過來看。」

「……你跟他說就行了。」

「囉嗦，快來。」

他誇張地嘆口氣，小快步走到沙發邊，緊挨她坐下。焦洱先發了個驚訝的表情：「稀客啊，我還以為你已經把我刪了。」

「彼此彼此。我想冒昧地請你幫個忙。」

「Say。」

「我有個朋友要出書，想請你在腰封上做個推薦人。」

「（摳鼻）你男朋友吧？」

「哈哈哈。」

對方有三分鐘沒回答，他以為沒戲了，QQ又響了：「行吧，你男人必有過人之處，腰封算我一個。」

「多謝啦，書出了送你一本。」

「不用不用，我工作室的書堆到天花板了。」

「我倆一起請你吃頓飯也行。」

「別別，咱們相忘於江湖就挺好，祝他新書大賣，我健身去了，回聊～」

杜松朝他一抱拳，放下手機說，搞掂。

她的男朋友還沒回過神來：「這就好了？」

杜松：「這人總算長大了——你查下外賣到哪兒了。」

晚飯叫的是筱田屋的日本料理，他看著自己碗裡的筑前煮就開始有感而發起來。這道菜是用雞肉、芋頭、香菇和藕片慢火熬煮的，費工費時，頗似他的寫作之路。杜松呢，就是那盤金槍魚刺身，肉割下來洗一洗，切上兩刀，就大功告成，價格比筑前煮還要貴。截止到目前為止，他花大錢出了書，杜松卻輕輕鬆松找到了兩個圈內知名的推薦人，不是她有多努力，是因為她的先天優勢。如果自己不是她男朋友，想請這二位出馬，恐怕難於上青天。

「本來是想在她面前秀優越的，結果被輕易秒殺了。」他跟老同學倒苦水。

「那下一個不管怎樣都得你親自搞定。」老同學今天倒沒出去匡扶正義，「你不是說推薦一般至少三個人嗎？」

他頭腦風暴了半天，覺得最可靠的辦法就是去微博上蒐集情報，看哪個知名作者家裡養狗，趁其不備偷出來，再裝成無意中撿到牠的好心人，完璧歸趙，不要物質回報，但求腰封推薦。

老彪再度成為了救命稻草，從出版社編輯那裡得知了腰封推薦的事，再度主動找上門來，問他想不想讓成語言作為推薦人。後者大概有五秒鐘忘了呼吸，然後打出一長串驚嘆號。

如果把本世紀初的青少年閱讀審美比作一碗豆腐花，那麼焦洱的老闆代表了黃糖，而成語言則是醬油的化身，雙方支持者之間爆發的論戰和攀比可謂曠日持久，基本可以看做三分之一部八〇後的文學野史。當然也不乏放醋、放蠔油或者什麼都不放的第三方，或者對豆子過敏的異類，杜胤堯就屬於什麼都不放的那種人。

如能有成語言的推薦加持，黃銅都能賣出黃金的氣質。

老彪有言在先，成語言極少給人做腰封推薦，難度不小，但不是全無可能，他若想誠心辦成此事，需要一些活動經費來打通關節，且金額不小，少則幾千，多則上萬。

此前老彪牽線搭橋聯繫出版社，他已經在支付寶上打了兩千塊作為酬謝。老彪收得理所當然，一句客氣話也沒有。現在又要他出血了，老彪在QQ上給小伙子擺事實講道理：不是要賺你這筆錢，你看之前兩千塊我都收下了，就算了了，現在這個是誠心幫你，看你人不錯。成語言是誰？萬中無一，又不缺錢，花十萬你也買不到他來推薦，只能靠人脈公關，錢都是花在這個上面的，你說這得走多少道關係，人家跟你素昧平生，憑什麼要幫忙？不花錢就沒把握，飯吃了酒喝了錢收了，人家不幫也得幫，你說是不？

老尨見他還在猶豫，拿出幾張QQ動態裡某好友的狀態截圖，是各種書的扉頁簽名，都寫著「白德威　雅正」或者「白德威　惠存」，一看書名和落款，都是著名作家，字跡如八仙過海。老尨說這個白德威是搞地產的青年才俊，平時喜歡做一些文化公益慈善，跟寫作圈關係很好，我第一道人脈就是打算找他，人家裡一套茶具好幾千，我請他吃頓飯人均兩百的話好意思嗎？

他一想也對，自己和杜松在家裡吃頓好點的外賣也不止兩百，何況是搞公關的。

老尨提醒道，不管是不是自費的，這都是你第一本書啊。說得好像他能出第二本書似的。他游移不定之際，靈機一動，從門口鞋櫃上的鑰匙碗裡找出枚硬幣，默念幾句，往上一拋，低頭看結果。

菊花朝天。

他：「那就靠你了老哥，要先把稿子發給你嗎？」

老尨：「毫無必要。」

算上成語言，他現在湊齊了三個人，若能再來一個就是錦上添花，搞不好腰封會比正常出版的小說集還高級。

出版編輯也說，你現在這幾個都是年輕作家，有市場號召力，最好再來個搞學術的，著名學者、評論家什麼的，有點含金量，鎮一鎮。

他大學的中文系可不是出什麼著名學者的地方，杜松的母校亦然。況且著名學者都有點討厭，很少使用公開的網路社交平台，據傳北京有個著作等身的知名教授到現在還在用諾基亞 1100，由此可見他們家做飯是燒柴火的。那些使用微博的大學者就顯得稀缺無比了，他給他們發去言辭懇切的私信，得到了和三十多家出版社一樣的回答。

有天夜裡剛過完性生活，杜松在浴室，他看著天花板，忽然從床上坐起，大喊「有了！」

他在常州有一大堆親戚，需要寫一本書才能說清楚家族聚餐合照裡的人物關係。每逢春節，各家給小孩發紅包的資金流通繁忙度堪比華爾街。其中有個姨娘在南京一所二一一大學的人文學院教務處當領導，該學院有位明星教授，又是出書又是上電視節目，還開了一家文化公司。他曾經在姨娘的朋友圈裡見過兩人的合影，大概是一年多前。

他也不管現在幾點，立刻給姨娘發微信。對方第二天一早才回信，遺憾地告訴他，自己已經調去了兄弟院校，現在說不上話了。而且那位宋教授最近也陷入了麻煩，禍首正是腰封——他給某作家新出的花卉主題散文集做了推薦，沒多久該書就被揭發出來涉嫌抄襲，還鬧得挺大，網民們正合力圍攻，同時在追究那些推薦人的責任。宋教授的微博下面旌旗招展，嚇得半個月沒更新。現在找他推薦，無異於給自己燉一鍋閉門羹。

他一邊懊喪地回覆，一邊詫異現如今居然連寫花卉的散文都有人抄襲，市場細分做得太到位。

富有含金量的沒指望了，他只能寄希望於鍍金的，目光也從文學圈擴散到了其他領域。

遙想三四年前，他在豆瓣上認識了個靠穿漢服拍照而略有名氣的小姑娘。對方和閨蜜來上海玩的時候，他從杭州灣趕到市中心，陪吃陪玩兩天半，除了住宿費和交通費，其餘全是他埋單。如果不是女孩真容和照片上相去甚遠，他也許就追求人家了。女孩那時候打算在廈門買房，還找他借了幾萬塊錢，過了一年多才還上，他堅持不要利息。後來她大學退學，專門做自己設計的改良版古風女裝生意，居然風生水起，到今天淘寶店已經是皇冠級，三天兩頭在微博上圖片熱搜。

兩人有段時間沒聯繫了，他抱著試試看的心態發了條私信過去，沒回。豆瓣發豆郵，沒回。最後只能在阿里旺旺上找她店的售前客服，託對方帶個話，報的名字是自己的豆瓣ＩＤ，再留了個手機號碼。客服一愣，說幫您問問看，親。

過了一天，女孩居然真的給他打電話了，說沒想到你還記著我，有事？他說了前因後果，女孩一口答應，順嘴問了句他已經找好了哪幾個。一聽到成語言的名字，她「嗯」

了下，說要是有成語言的話，她就不能幫著推薦了。

「為什麼？你們認識？有過節？」

「不認識，就是不喜歡他。」

「這……」

「你找我推薦，我很榮幸，不過真心不想和他一起出現，你再想想吧，決定了就給我發個短信。」

老彪那邊已經拿了兩千塊活動費，昨天剛跟他彙報過進展：「跟白總在長沙吃了頓飯，他答應了，過幾天他到北京出差，順便幫你遊說一個影視公司老闆，是成語言的經紀人的大學同學，還是我老鄉，巧了，所以我也跟著去，另外需要再匯三千。」

「辛苦你了，大老遠跑一次。」

「不辛苦，都是緣分，現在看來很順利，估計七八千就能搞定。」

老彪說得那麼有底氣，他只能斷了漢服女孩那條線，又不好意思直接發短信說我選擇了成語言，索性不再聯繫。這下真是相忘於江湖了。

又過了幾天，出版社發來內頁的排版清樣，他看不出個所以然來，交給杜松把關。她掃了一眼，發現字排得太滿太密。他轉述給編輯，對方解釋說自費出版都這樣，字密一點，可以省紙張，你選的都是好紙，我們這邊得注意支出平衡，市場流通的那些書印得疏，是為了頁數上去，方便定價高點——對了，腰封的進展如何？最好是四位，四個名字排版好看。

秦玉璽說湊到了三個，還有一位，這幾天就能搞定。

最後這名推薦人有點出乎他意料，是《愛琦》責編幫的忙。他原本想取名〈傻逼〉的小說在六月刊上發表了，換了個連他自己都記不住的名字。他在微信上跟編輯說已經收到了樣刊，然後含蓄地表示自己即將出書，能否在雜誌上給個免費廣告，被告知《愛琦》未來整整兩年的廣告已經被小女生護膚品和辣條生產商包圓了。不過她可以幫著找幾個關係要好的推薦人，到時候請吃飯就行。

責編推薦的第一個推薦人是寫言情的男作者，筆名堂前燕，結果被秦玉璽否了。他以前從未聽說過這人，上豆瓣一查，此君出了不少書，不過書名就是他最厭惡的那種，封面清一色日漫人物，逼得他趕緊關了瀏覽器。

「最好不要言情作家。」他說。而且這個堂前燕已經有段時間沒出書了，有過氣之嫌。腰封推薦本來就是作者蹭別人的熱度，哪有被別人蹭熱度的道理。

責編聳聳肩，推送的第二個候選人是位專欄作家裴先生，年近四十，擅寫都市男女情感、美食美酒地圖，在長寧區日本人韓國人扎堆的地方跟人合夥經營著一家餐廳，還是若干年前國內某項調酒師大賽的三十強，在飲食男女吃喝拉撒這塊是頂尖專家，其作品散見於《新・生活》、《美週刊》、《讀堂》以及一些國際大牌時尚雜誌，出了幾本生活隨筆集。新聞圖片上的裴先生兼具過氣牛郎和剛被手下反水的皮條客的氣質，看上去是那種願意為文壇無名小卒招搖吶喊的中年文藝憤青。

請客地點在西區的 Dr.Beer，一家麥芽啤酒很有名的餐廳兼酒吧，是責編選擇的。那天是星期六，杜松正好沒加班，他就拉上她一起去了，最後成了悲劇的根源。

一開始氣氛很和諧，責編介紹了彼此雙方，然後點了帶酸奶醬的法式薯條和小杯啤酒組合，並且頻頻舉杯，預祝他的新書大賣。裴先生有一種快速贏得信任感的超能力，兩小杯啤酒下肚，你就可以把自己家族全部的陰暗秘密都說給他聽。巧的是，裴先生也在常州生活過幾年，是住在一棟靠近天目湖的別墅。不一會兒功夫，他們就興致勃勃地聊起了吃魚頭的心得體會。杜松和責編聊得比較好，後者似乎正有想換工作的念頭，向她打聽地產公司的策劃文案一個月能賺多少錢。

直到喝完第一輪小杯組合，裴先生還表現得很淡定，對他身邊的杜松看都不看一眼，這就有點反常。第二輪他們要的是大杯啤酒外加一小盅烈酒，只有杜松點了果汁。期間他去了一次衛生間，編輯出去接了一個電話。往座位走回去時，裴先生終於在和杜松說話，前者似乎講了一個笑話，女孩笑得很有禮貌。他在晃動的光影之間似乎看到男人擺在桌上的手朝她那邊推進了一點，右手外沿眼看著就要碰到她的手背，杜松反應很快，拿起自己手機，及時躲開了。

他正好遇到外面打完電話回來的責編，問今晚大概要喝到幾點？他住得遠，回家要很久。責編說早呢，這才第二輪，裴老師不喝到三四輪是不會盡興的，他酒量可大了，太晚的話你和你女朋友開個房唄，現在市區酒店旅館那麼多。

他知道這個女編輯家裡住得也遠，在閔行五號線那邊，大老遠過來牽線搭橋，他卻急著走，也實在失禮。坐回桌邊，裴先生重新又置杜松於三界外，和他碰起杯來：「剛才還跟你女朋友說，過幾天來我餐廳作客，我們主廚是米其林出來的，一定要賞光啊。」

他笑著點頭，一仰頭喝掉大半杯啤酒，看著女友，對方也在看著他，眼神像在說：「別。」

裴先生喝完杯中酒，主動要請客第三輪。杜松先去了次洗手間，過了會兒他的微信響了，是她在問幾時走。「這是最後一輪。」他回她。

這最後一輪終究沒能喝完。這次輪到責編上洗手間，他出去接電話了，是老尨打來的，電話那頭也很吵，似乎也是在酒吧或者KTV裡。老尨宣布北京會面十分順利，雙方進行了友好坦誠的會談，現在他準備去長沙，會一會成語言的經紀人，不出意外，三天內就能得到點頭許可，不過要他再匯一筆錢，兩千，並保證這是最後一筆費用。

他坐在酒吧門外的台階上給老尨支付寶打錢，期間輸錯兩次支付密碼，這讓他意識到自己喝得的確有點高。勉強走直線回室內，正好杜松拿著包往外面走，忙問怎麼了？女孩不回答，挽起他胳膊就往門口走。馬路邊上一長串出租車等著拉活，杜松打開最近那輛車的後門就要進去，被他一把攔住，問到底怎麼了？

「他摸我屁股。」

「這色狼……你罵他了？」

「沒有，他現在應該正捂著襠部罵娘。」

他深吸了一口氣，把手機交到女友手裡，說等我會兒。轉身回到了酒吧，脖子股得像隻牛蛙。過了一分鐘他就出來了，胸口濕漉漉的，都是啤酒香，但步伐比剛才更精神。他帶著她上了車，說了地址。杜松這才發現他額頭紅紅的，還有一些液體。

「你怎麼他了？」

「力的相互作用。」他摸了摸額頭的膿水，這才開始感到生疼。裴先生的腦袋很硬，不過夠讓這老小子暈上會兒了。那一下頭球攻門順便擠破了他額頭上那顆生命力頑強的青春痘。

回到家，女孩從浴室出來，發現他坐在床上正對著手機嘆氣，「剛才責編來電話，我估計再也不能在她們雜誌上發文章了。」

「那種雜誌，不發也罷。」她坐到他身邊，「以前你不是還奇怪我為什麼不在那個圈子裡混麼？現在理解了吧？」

「我……對不起你，不該把你拉過去，受委屈……」

「傻狗。」她撥弄著他額前的頭髮，檢查了一下青春痘上的藥膏，「對了下禮拜我哥來上海開編劇會，我想請他到家裡來吃頓飯，表示下謝意。」

「不出去吃？」

「我們自己做飯的話更有誠意，主要是我做飯，有家鄉風味。」

杜松父母的工作很忙，她不得不從初中開始就學著做飯，到高中時每星期要給家裡人燒至少兩次晚飯。上班之後她自己也沒時間了，很少下廚。他們住閘北區那會兒，有次勞動節小長假，杜松難得展示了手藝，他吃得讚不絕口。

回想起來，那也是他們剛要開始戀愛的時候。一切都發生得那麼不真實。那棟居民樓建於五十年代末期，比他媽的年齡還大，租金卻不便宜，因為在內環內，還緊鄰地鐵站。他倆分別租著同一個樓層靠西的兩套房子，只有臥室沒有客廳，俗稱一室戶。兩戶人家共用一條短走廊。她住朝北，洗手間和廚房緊鄰臥室，即「一門關」，女孩子一個人住比較安全。他住南側，廚衛和臥室之間隔著走廊，中介管這叫「分門」，略微不便。但他是精裝，小而精緻，馬桶都是 ToTo 牌。杜松的房東則疏於打理這處房產，上次裝修可能是二十年前，廚房髒得像個馬廄，看上一眼，就能讓人打消任何食慾。

最開始他們完全是純潔的鄰里關係。

杜松早出晚歸，他天天悶在家裡做模型，等快遞員取件，等外賣送餐。兩人最常見面的情況是晚上十點多鐘她回來，看到他站在瓷磚白淨、設備齊全的現代化廚房裡用開水泡碗麵，然後朝她一點頭：「回來啦？」女孩會回答，啊，累死了。然後摸出鑰匙開門進屋。有時候他會得到機會在她開門瞬間瞥到門內的情況，那個令人髮指的老舊廚房，至於廁所是什麼樣，他希望限制自己的想像力。他真心感到惋惜，這麼漂亮的一個女孩子，被束縛在這樣一個空間裡，好比在廢棄的鯡魚罐頭裡養一株水仙花。這也是這座城市的苦惱和魅力所在。

她從未帶過男人回來，也沒有帶過同性回來，這有點不可思議。更常見的是星期六星期天中午，她裹著風衣提著包在門口穿鞋，臉上幾乎沒有化妝。他站在廚房的水池前刷牙，滿嘴冒泡問，出去玩啦？對方無力地搖搖頭說，加班。在廣告公司做乙方設計師就是這種待遇。

打破僵局的契機是某個週末中午，他下樓去買水果回來，看到小區馬路邊上有隻小野貓的屍體，下半身已經被碾平了，顯然是窩在某輛汽車下面過於安逸，沒有注意到車子啟動的殺機。他盯著屍體看了片刻，嘆口氣，走回水果店，問老闆多要了兩個塑料袋，一個當手套，一個當屍體袋，收斂好不幸的野貓，多繞了點路，扔進公共垃圾桶。杜松就是在他收屍的時候正好路過，十分關心地問了幾句，還從包裡找出濕紙巾給他擦手。

沒幾天就是勞動節，中午他正在刷牙，杜松的腦袋就從門邊上探了出來，高馬尾辮垂成個「1」字：「你好，想跟你商量件事。」

他口吐白沫道，可以。同時，一個小泡泡脫口而出。

她對他家廚房垂涎已久，想借來一用。他心一沉，說好的，你有客人要來？

「不是，就是想做飯了，但我那個廚房……」

「理解理解，但我不知道調料什麼的全不全。」

「沒事，就幾個家常小菜。」

她所謂的家常小菜後來變成了蒸鱖魚、三鮮豆皮、糖蒸肉、金銀蛋餃、珍珠丸子，還有一大鍋排骨藕湯，在廚房忙了一整天，看得他花容失色，問你一個人吃得下？

「你也吃啊。」

進她閨房不合適，宴席就擺在了他這邊，地上鋪塊一次性的塑料桌布，兩人席地而坐。杜松對他房間裡小山般的模型盒子吃了一驚，說原來你賣玩具？他很想糾正她，這是充滿工業魅力的戰爭機器經過設計師精心分解、構件、鑄模之後誕生的產物，如果能經過高手的上漆和場景布置，就是件獨一無二的藝術品，前前後後花費的精力和金錢不亞於打造一件白銀首飾，如果是狂熱愛好者，那就相當於買一個限量版名牌女包。

但他只是聲明：「是非常高級的玩具，小孩子玩不來的。」

她聳聳肩，又注意到擺放模型成品的櫃子，最當中的格子裡的物件。

「這是什麼？」

「復刻版的雙劍銀橡葉鐵十字勳章和普魯士藍馬克斯勳章，很貴。」

「這個呢？」

「《刺客信條》袖劍的縮小版模型，託人從國外帶回來的。」

「那這個？」

「朝鮮戰爭時期我軍使用的軍事地圖，原版＋絕版，所以我用密封袋裝起來了。」

最後她指了指被這些藏品眾星拱月的東西：「這是……」

「平平無奇的一張濕紙巾——菜要涼了。」

兩個人一頓飯當然吃不下那麼多，剩菜他吃了差不多三天。此後只要逢到杜松休息，都會借用廚房，他則負責在她買菜時尾隨在後提塑料袋。鬼使神差的，他漸漸學會了每晚刷牙，勤換內褲，打掃屋子，刷洗廚房瓷磚。後來在某個平平無奇的週末晚上，坐在地毯上重溫了《珍珠港》的碟片，喝掉了兩瓶冰鎮科羅娜，事情就那麼發生了。他的心臟和肺部幾乎要一起跳出胸膛，在神智尚清醒之際，問了句，為什麼是我？

「閉嘴，傻狗。」

翌日早上，他頂著鳥窩頭走出來，看到她在廚房裡泡咖啡煎雞蛋，苦思冥想了一下，決定回到床上繼續躺著，直到夢醒。面對面吃煎蛋的時候，他終於鼓起勇氣問，你現在，不，我現在……算你男朋友了嗎？女孩笑笑，舉起咖啡道，也可能是我的割臀目標。

後來他把杜松的生活照發給老同學看，老同學斬釘截鐵說不可能，這是你雇來騙你爸媽的吧？這還沒到過年呢。

不，杜松可不是那種會被雇傭的姑娘。她是一個業務水平扎實的苦命平面設計師，談到PS、Indesign、Illustrator、CDR的區別時，如同戰爭女神在向他介紹二十三世紀最新款的星際戰艦。

他同時生活在甜蜜和惶惑之中，就像曾經問的，為什麼是我？他從不敢再問這個問題，怕惹惱了新女友。他八七年生的，她八八年，兩個人都不是第一次，無論是戀愛還是指別的什麼，但都不過問前史。

有天夜裡他忽然被一個念頭驚醒，此後都小心翼翼留意著女孩的肚子。直到他們搬來松江好幾個月了，她的小腹都平坦如初，還有比基尼橋。這讓他羞愧地想抽自己耳光。反倒在其他方面，女友讓他受驚不小。得知其表哥是杜胤堯之後，他差點從床上翻下去。杜松在他眼裡越來越像一道名菜三套鴨，只不過鴨嘴是黃金做的，第二層那隻雞的眼睛是對珍珠，最裡面的鴿子肚子裡還有一塊紅寶石。

戀愛後第一次過年，他們各回各家。他每天要和她視頻通話，問起彼此的父母，都沒告訴他們這段感情，原因無一例外「家長太煩」。他不敢想像杜松該怎麼介紹這個男朋友：南方人，家裡做生意，還有動遷房，至於本人，唔，目前無正當職業，是個不成功的小說家，在淘寶上賣飛機大炮坦克模型……她父母都是知識分子，眼界肯定高，他自己呢，撐死算個知道分子，只有在諷刺「一：一四四比例的模型都是鑰匙扣」時才能俯視別人。

她是在保護這段關係。他這麼寬慰自己。也許也在保護他。

杜胤堯光臨大駕那天下著中雨，他在客廳裡就能聽到杜的女友在樓道埋怨：「啊呀你別甩（傘），都濺我鞋上了。」

表哥比剛出名那陣瘦了十多斤，可謂逆潮流而動。看他走路的樣子，會讓人聯想起那種打到第十一回合、還沒被擊倒過的技巧型拳手。

這位非凡的人物當年剛從大學逃出來時輾轉多地，一度寄宿在上海的信緣里小沙龍，差點被他爸抓住，最後決定到北京發展，現在成了開價五萬的編劇兼小說家，每寫一集電視劇，等於秦玉璽要賣出兩百多台坦克模型。他曾對表哥的職業表示過羨慕，後者不以為然，言明編劇就是被要求拿著叉子喝湯的人，觀眾一不滿意，他們隨時會被扔出去扎成刺蝟。

但他每次見到杜胤堯還是有點戰戰兢兢的。人在江湖時日久，各種傳說不免多。曾有個來路不明的中年富豪通過朋友聯繫到杜胤堯，說看過其作品，傾慕已久，約出來談合作。兩人在咖啡館初次見面，富豪把奔馳鑰匙和大衛杜夫雪茄鋁管往桌子上一擺，杜胤堯把自行車鑰匙和點八中南海也一擺。富豪誇了杜作家幾句，然後就開始滔滔不絕說想請他寫一本關於德州撲克秘笈的書，如果搞得不錯，「影響力不比馬雲差，印個幾百萬冊不是問題」。杜胤堯向來對話多的中年男人沒好感，找準機會插嘴問，你看過我的哪部作品？富豪頓頓，說具體忘了，反正你只要幫我寫這本書……杜胤堯已經起身拿車鑰匙：「去你媽。」

後來有人跟杜胤堯驗證此事真偽，杜只回答：「那時還年輕氣盛，換成現在，肯定要加後半句——了個比的。」

這是他第三次見表哥，第二次見表哥的女友。如果說杜胤堯是海膽美味的黃，這位女友就是外殼那層豪豬般的刺。

他對上一次四人聚會的結尾記憶猶新：杜胤堯一個沒留心，坐下時壓到了女友放在沙發上的帽子，壓塌一個小角。這頂帽子在外面賣四位數（雖然看上去根本不值這個價），女友的反應不亞於一次德勒斯登大轟炸。直到半小時後杜松送他們下樓叫車，兩人還在冷戰。

他聽杜松說表哥和這個女友談了已經三四年，就一直納悶，這麼久了，既沒結婚，也沒掐死對方，著實是個奇蹟。

他只知道「嫂子」的英文名字叫凱瑟琳，暱稱凱西（他內心裡管她叫凱撒），加拿大念本科，英國讀碩士，有藝術史和英國文學兩個學士學位，在畫廊工作。年輕時她是杜胤堯的書迷，後來兩人在網上認識，見面，約會，戀愛。圈內人談及作家接見異性粉絲會有何種風險，都拿這件事舉例。凱撒家裡也是做生意的，是龐大族系裡學歷最高的人，這讓秦玉璽在她面前更低人一等，只能依靠杜松扳回一城。

凱撒每次見到杜松都眼睛發亮，從頭到腳誇上一遍，無論腿長、腰線還是罩杯，尤其鼻子，「百分百的羅馬式」，她不無羨慕地說，「你表哥怎麼就沒遺傳到這個。」

她性格中一個惱人的部分，就是樂於把自己遇到的好事和別人遇到的糗事在每次聚會上都拿出來回憶一遍。唯有杜松的鼻梁是獨角獸，羅馬女皇帝會不厭其煩地稱頌，似乎下一秒就會拿出小刀把它割下來安在自己臉上。

也只有這時候，他對凱撒的牴觸不那麼強烈。他也是杜松鼻子的崇拜者，很多個夜晚，女友睡著後，他在黑暗中輕拂那根鼻梁，手指感受著她的皮膚，還有鼻骨處那個凸起，接著一路往下走，像坐滑滑梯，在鼻尖這裡躍向空中。百玩不厭的小遊戲，有時甚至比魚水之歡更讓他心神蕩漾。

對方兩人都抽菸，他把窗戶大開。杜胤堯就靠在陽台扶手上看他的新書打印稿，眼神慵懶，翻頁飛快，他小心隨侍在側，靜候前輩提點。期間凱撒在杜松陪同下檢閱了衣帽間的女士服裝和鞋子，但堅決不想碰貓。

偶爾，表哥會在諸如「四十八根鐵欄，其中十二根白色，十二根黑色」或者「四面環島」這樣的地方頓一頓，似乎想用肉眼分辨出空氣中的氧離子。看到三分之二，杜松宣布飯好了，才把表哥解放出來。

走向餐桌時，表哥拍拍他肩膀，說還可以，還可以……你家有酒嗎？

晚飯除了杜胤堯最愛的幾樣家鄉菜，還有一碗醉活蝦，是兩位女士的心頭好，也是他避之不及的食物。如果說唯一對杜松有什麼不滿意的地方，就是她吃東西時過度殘忍了，可以面不改色地咬掉頭鬚尚動的蝦腦袋，或者咀嚼韓國活章魚。吃楊梅時如果看到有白蟲在裡面鑽營，她會視為天賜之物，毫不在乎地連同蛋白質活體一起吃掉。

他既不能喝太多酒，也不敢吃活蝦，這頓飯吃得像個大家閨秀。酒足飯飽，表哥他們還約了朋友打牌，得早走，讓表妹他們留步不用送。杜松進了浴室，他正要戴上塑膠手套去廚房洗碗，發現杜胤堯的雨傘還落在陽台上，拿起來就往外衝，對方已經坐電梯下去了，他只能等另一台，大概落後半分鐘。

底樓值班室那個愛看直播視頻的保安已經下班，凱撒略微尖利的聲音穿過空蕩蕩的大廳，一直飄到電梯口：

「你妹怎麼還沒跟他分手啊？」

杜胤堯：「這個，哈哈，我從小都看不懂她……糟，傘忘帶了。」

凱撒埋怨幾句，不肯跟著上樓，杜胤堯只能一個人回去。電梯坐到七樓，門剛打開，就看到氣喘吁吁的秦玉璽手裡拿著雨傘。兩人感嘆太巧了，交接完雨傘，再度告別。電梯反應有點慢，他面對表哥笑著搖了十幾秒鐘的手，門才完全關閉。

這天夜裡杜松刷完牙洗完臉，悄悄摸進被窩，他卻一動不動。

「泰迪今天怎麼了？病了？」

「有點感冒，我吃過藥了，就想早點睡……」

「那好唄。」她拍拍他額頭，調暗了自己那邊的床頭燈，準備拿起看到一半的《高迪的房子》，他忽然小聲請求：「抱抱我。」

平時都是他從身後主動抱著杜松入睡，這種要求還是破天荒頭一遭。她沒多問，照做了，從背後抱著他，動作輕柔，下巴抵著他肩膀。

「謝謝你。」

「傻狗。」

「汪。」

他摸著她環在自己腰間的手，剛想再說什麼，床頭櫃的手機開始持續震動，他看都沒看就掐了，沒幾秒鐘電話又響了，看來不是廣告電話，拿起來一看是老尨。

「幫你弄到了！成語言同意了！」

他猛地從床上彈起來，速度過快，後腦勺磕到了杜松的鼻子。女孩叫了一聲，捂著鼻子在枕頭上哀嚎。他在電話和女友之間顧此失彼，最後倒向了老尨：「你現在跟他在一起？」

「沒有，和他經紀人，在青島，任務總算完成了。」

他把這個喜訊告訴了杜松，後者剛從酸痛中緩過來，問真的假的啊？成語言好像從不給人做腰封推薦，你再找他確認下？

老尨發來的證據是微信聊天截圖。成語言的頭像是隻名叫「佐羅」的貓，白底黑斑，眼睛這裡像戴了個佐羅那樣的面具，在網上非常有名。發微信的人叫輝哥，跟成語言說是自己親戚家的孩子出書，是他的鐵桿粉絲，書名也寫在裡面了。成語言發了段六秒鐘的語音，輝哥回答：「多謝了兄弟。」對方給了他一個海綿寶寶的表情。

老尨說就這個了，總不能再讓人家寫個授權書給你吧？道上沒這樣的。

他千恩萬謝，允諾改天請幾位幫忙的朋友吃飯。老尨回絕了，那幾個朋友日理萬機，忙得很，他自己也要繼續雲遊去了，改天有機會再聚。

放下手機，他轉身就在杜松腦門上親了一下。肉鬆這時已經悄然爬上了床，他似乎忘了這廝平時愛舔屁股和爪子、那爪子又在貓砂盆裡摸爬滾打過的事實，抱起貓也親了一口。

其他作者都沒做到的事情，他這個自費出版的卻做到了，真是絕妙的諷刺。讓漢服女孩和裴先生什麼的見鬼去吧。

好消息接踵而來。沒過幾天，姨娘忽然來電話，說你要的那個什麼推薦，有希望了。原來那位宋教授有個姪女考到了姨娘現在的這所二本學校，即將升大四，準備申請國外的學校，無奈平時成績跌跌撞撞，有一門課這學期眼看著就要跌破三．〇。宋教授被親戚纏得沒辦法，想起姨娘這個關係，就來打招呼。她當然搞得定任課老師，順水推舟就跟對方說了自家親戚小孩出書的事情。宋教授說沒問題，都是為了孩子。

這個消息叫他喜憂參半。憂的是書已經下了印廠，現在再加名字來不及。姨娘一介行政管理人員，倒也很懂江湖行情，轉頭又和教授溝通了下，回來說，他會給你寫個書評，把稿子發到這個郵箱。他欣喜若狂，感慨宋教授真是上道。此時他已經全然忘了自己豆瓣上「反抄襲小組」的成員身分，沒了昔日的一腔憤慨。

姨媽比他更清醒，說當然不可能是他本人寫，肯定是叫他手底下的研究生來寫，完了掛他名字。這幫可憐人，叫人想起前幾個世紀的俄國農奴，只不過束縛住他們的不再是土地，而是畢業論文和學位。

無論如何，他現在有了一篇名家書評，可以放在豆瓣讀書頻道上，使得自己的新書頁面不至於那麼蒼白空洞。

四百多本書印起來很快，但家裡肯定放不下，還會讓女友起疑。他提前買通了家附近聯華超市的經理，讓印廠直接把書運到那裡的倉庫，然後提了五十本回家。出版編輯有先見之明，高密度的排版讓書沒那麼重。但杜松看到這些書還是不免問，怎麼會這麼多樣書？一般都給十本啊。他說多出來的是我自己掏錢買的，作者給打折。

第一本毫無疑問簽給杜松，他事先想好了一大段獻給她的文字，第一句是「沒有你就沒有這本書的問世」，倒也算句大實話。接下去是杜胤堯、宋教授、父母、老同學、老尨、姨娘、中文系師兄、所有他記得起來的家族親戚、斷言他絕不可能成為作家的初中班主任、高中時鼓勵他寫作的語文老師……如焦洱所願，他並沒打算送對方一本。至於《愛琦》雜誌的責編，他想了又想，決定還是要寄過去，光腰封上的推薦人就夠刺激她們的了。

簽書是令人高興的事，就是塑封有點惱人，每本書都要先撕開，這花了他不少錢，現在嘗到了惡果，很快地上就堆滿了薄膜垃圾。腰封也會搗亂，時不時從書身上騰空而起，亂舞幾下。他仔細看了看，發現勒口上的個人簡介有一處無傷大雅的標點符號錯誤。

但撫摸著腰封上的三個名字，一切都釋然了，他達成了一件豐功偉績，甚至比出版本身、比取悅女友更加偉大、更加超越前人。

五十本他只簽掉了三十六本，但足以讓上門取件的圓通快遞員大吃一驚，以為他改行賣書了。如果不是杜松在場，他差點就想送給快遞員一本，讓他提高知識水平。

這天夜裡他很晚才睡，坐在客廳沙發上重讀自己的書，眉頭緊鎖，總是在這裡發現一個小錯誤，在那裡覺得還可以用更好的表述方式，一直翻到最後的版權頁，看著自己的書號、自己的名字以及「二〇一三年六月第一版」，他才含笑合上書，走進臥室。杜松已經睡著，他在她鼻梁上輕刮一下，女孩的唇角微微動了動，面容沉靜，像尊古希臘神話人物的雕塑。他想起大學裡唯一的戀人，那個同樣長髮飄飄的女生，睡著時眼睛是微張的，小片眼白露在外面，一度把他嚇得不輕，差點把手指伸到對方鼻子下面試探。

我已經傾盡所有，盡我所能了。他對著關燈後的黑暗喃喃自語。

接下去幾天裡，全上海好幾所中學的圖書館都遭到了騷擾，一個自稱秦玉璽的人死皮賴臉想把一本叫做《智慧樹上智慧果》的小說集弄進館藏，並聲明不要錢，也不用他們出快遞費。大部分學校都拒絕了，少數幾個管理員表示要請示領導，只有一所學校跟他說明了圖書館的採購流程，表示是好書他們會主動購進，不怎麼樣的書就算搭錢也進不來，因為要對學生負責，所以請耐心等候，如果我校進了你的書，會專門通知你。

唯一成功的學校是他在老家的高中，收件人是前班主任。他一次給母校寄了三十本書，兩本給圖書館，剩下的都給文學社——儘管他上學時根本看不起文學社，如今這個社團也只有九名成員。

接下去事情的發展就有點失控了，他昔日的班主任如今已是教導主任和年級副校長，話事權在手，想邀請愛徒回來做講座。母校的校友精英講堂開辦三年來，CBA運動員、麥肯錫中層幹部、空軍少校、高鐵工程師、第一人民醫院主任醫師、地方衛視主持、大學生村官、清華的院學生會副主席都來過，唯獨差一個作家校友。

他並不想填補這個歷史空白，第一反應是婉拒，既是心虛，也因為不知道去說點什麼好。老師卻很執著，說你無論如何也得來，我都跟校長彙報過了。

他回顧歷史，自己的高中生活還算和善，成績中等偏上，當過一年形同虛設的團支書副職，從未闖禍，從未頂撞，最後考進了上海的二本，沒給學校丟臉。再加上他家裡定期給這位班主任送禮，高考分數出來後還辦了一桌豐盛的謝師宴，老師沒有理由不偏愛他。

盛情難卻，他只好同意於兩天後，也就是週五中午趕回母校，在放學前給學弟學妹們講講自己是怎麼堅持夢想，不停奮鬥的。這次旅行將會當天往返，不驚擾家人。

杜松回到家時，他正在電腦前設計PPT。這是校方的要求，要提前看下他打算講的內容大綱，不要出現什麼不該出現的玩意兒，而作家向來又是那樣的不可捉摸。

「你說我要是穿得像個燒烤攤打下手的，會不會更接近真實的作家形象？」

她已經從微信裡獲悉男友的講座之旅：「這年頭還有作家夢的孩子已經不多了，還是給他們留點希望吧——上次幫你買的 ZARA 小西服就在藍衣櫃最裡面，剪頭髮的卡在鑰匙碗最底下。」

他覺得很有道理，也許當自己在台上侃侃而談時，就有個小秦玉璽坐在下面找到了人生未來的方向呢？

那件深灰色西服已經隱居很久，袖子和衣襬有了明顯褶皺。他找出便攜式熨燙機，等著水燒開，手機響了，又是老彪打來的。

「你來上海了？」

「來個屁，你怎麼不早說你女朋友是杜胤堯表妹？」

「嗯？」

「哥們你真是扮豬吃老虎，算我倒楣，剩下的錢剛才都打到你支付寶上了，你看看吧，以後咱們大路朝天，各走一邊。」

他好不容易說服對方先別掛電話，問清楚到底怎麼回事。老彪沉沉嘆口氣，說成語言上腰封推薦的事兒是我不好，騙了你，我根本就沒找過他經紀人，就是想搞點小錢花花。我也不知道你女朋友從哪裡弄來我的號碼，今天下午打給了我，她一自報家門，我就知道大事不妙，果然吧，是讓我把錢給吐出來。

「那你那個什麼白總，輝哥，那個聊天記錄……」

「聊天記錄是演的，弄個同款頭像，改個備注名就有了；白總嘛……那些書是他託人花錢買的，根本不認識幾個文化人，就是土包子附庸風雅，懂嗎？」

熨燙機的水開了，衣帽間變得有些熱。

「那我不是完了，書要是被成語言看到……」

「不至於，成語言脾氣好，看到了最多笑一笑，要換成別人，你和出版社二十四小時內就會收到律師函，這你放心，我早就想好了，不然為什麼我當初找你，問的是成語言而不是蘇穆哲寧什麼的？我就是沒想到這麼快就露餡了，你那女朋友……不是我說，兄弟，你有這麼個女朋友，還放著我進來摻和一腳幹嘛？這不是玩兒我呢嗎？」

「可我一直以為她哥和成語言關係不怎麼熟啊。」

「這跟她哥沒關係……」老尨的聲音一下子變得有點怪異，「你不會不知道吧……我靠你還真不知道？」

肉鬆無聲息地走了進來，用腦袋蹭了蹭男主人的腳踝，但他無動於衷。

老尨：「圈子裡四大美人，白鯨花鹿天鵝黑狐，杜松是天鵝，都說好幾年前成語言和天鵝談過，異地戀，不到半個月就被女方甩了。」

見對方很久沒出聲，老尨安慰說不過這種傳言不知道真假，也有說兩人根本沒談過，談的其實是花鹿，你別往心上去，很久以前了，人生路漫漫，半個月就是彈指一揮間——總之，別說是我說的啊。

杜胤堯說，我從小就看不懂她。

他甚至沒聽見杜松洗完澡從浴室出來的聲音，直到女孩在身後問：「要我幫忙嗎？」他嚇得把手機掉到了地上，撿起來時老尨早已掛了電話。她還沒穿衣服，只裹著綠色浴巾，腦袋上包著同一色的毛巾，宛如古希臘士兵的頭盔。

「先吃飯吧，」他清清嗓子，「晚點再燙。」

晚飯又是筱田屋的外賣，烤飯糰、明太子茶泡飯、培根蘆筍卷、牛肝炒時蔬、幾串銀杏、烏龍茶燒酒。他和她圍著茶几直接坐在地毯上，這是從閘北區老房子帶過來的習慣，那張餐桌只有客人來時才使用。她已經換上了休閒服，頭髮還沒吹，濕漉漉地紮了個鬆馬尾。

他心不在焉地啃著飯糰，偶爾夾一筷子蔬菜。老尨掛得匆忙，他沒來得及問一個至關重要的問題：她知不知道這本書是自費出版的？這原本是整件事的重中之重，但如果老尨說的傳聞是真的，他就算出過一麻袋書也毫無意義。好比杜松才在太平洋的漁船上品嘗過了剛捕上來的黑鮪魚刺身，你現在跟她宣傳說家門口的回轉壽司連鎖店打七折。

「啊？你剛才說什麼？」他忽地回過神。

「我說，後天回學校做講座，我可以陪你一起去。」

「呃……你不是要上班嗎？」

「我有一天年假，這個月得用掉。」她用筷子把竹籤上的三枚烤銀杏果擼下來，給他碗裡夾了一個，「我好像還沒去過常州。」

他怎麼也夾不起來銀杏果，最後只能用筷子插進那個小洞。

「我等會兒就去給你訂車票。」

「別忘了訂酒店，」她筷子用得比他好，輕易夾起銀杏，「你總不能不回家看看吧？」

他看著她，果子還沒嚼爛就嚥了下去，質感如同藥丸。他拿起她面前的烏龍茶酒，一口氣喝掉大半杯，臉瞬間就紅了，皮膚開始微微發燙。

「有件事一直瞞著你……」

「我知道啊。」她拿回酒杯，淺淺一抿。

「我只是想……」

「你經常半夜裡摸我鼻梁骨。」她放下酒杯，盈盈地看著他，「每次你都以為我睡著了，其實我睡得很淺，都知道。」

他半張著嘴，不知道該如何接話。肉鬆走了過來，爬上女孩的膝蓋，卻轉過頭定定地看著他，叫人分不清是在告誡，還是單純地只想討一塊他碗裡的牛肝吃。

「……是不是像個變態？」

「有那麼一點，不過還好。」她蓋上茶泡飯的空碗蓋子，把肉鬆放到一邊，起身往衣帽間走去，忽然又把腦袋從牆壁轉角後面探出來，馬尾辮垂成個「1」字，就像當初她第一次主動跟他搭話那樣，「已經過去的，就不用提了。」

衣帽間傳來熨燙機重新燒水的聲響。

他放下碗，看到茶几下面有一本自己的書，是打算送給他們房東的。他取出來，摘下腰封，對著上面的三個名字看了幾秒鐘，把腰封對摺兩次，莊重地放進了裝外賣的大塑料袋，用杜松的茶泡飯碗壓住。

「她說得沒錯，」秦玉璽對腳邊的肉鬆輕聲承認道，「我就是條傻狗。」

當代名家
夏娃看言情的時候亞當在幹什麼

2024年11月初版　　定價：新臺幣380元

著者　王若虛
叢書主編　黃榮慶
校對　吳美滿
內文排版　李偉涵
封面設計　鄭婷之

出版者　聯經出版事業股份有限公司
地址　新北市汐止區大同路一段369號1樓
叢書編輯電話　(02)86925588轉5307
台北聯經書房　台北市新生南路三段94號
電話　(02)23620308
郵政劃撥帳戶第0100559-3號
郵撥電話　(02)23620308
印刷者　世和印製企業有限公司
總經銷　聯合發行股份有限公司
發行所　新北市新店區寶橋路235巷6弄6號2樓
電話　(02)29178022

編務總監　陳逸華
總編輯　涂豐恩
總經理　陳芝宇
社長　羅國俊
發行人　林載爵

行政院新聞局出版事業登記證局版臺業字第0130號

本書如有缺頁，破損，倒裝請寄回台北聯經書房更換。　ISBN 978-957-08-7524-9 (平裝)
聯經網址：www.linkingbooks.com.tw
電子信箱：linking@udngroup.com

國家圖書館出版品預行編目資料

夏娃看言情的時候亞當在幹什麼/王若虛著．初版．
新北市．聯經．2024年11月．328面．14.8×21公分（當代名家）
ISBN 978-957-08-7524-9（平裝）

857.7　　113016256